JN199995

定家のもたらしたもの◎目次

Ⅲ　定家の築いた「古典」とは

＊

はじめに

高野晴代

本書は、日本女子大学文学部・文学研究科学術交流企画のシンポジウム、講演会の内容を、論文形式、発表原稿の形式などで活字化したものです。

「定家のもたらしたもの」のシリーズとして、三年間にわたり開催されたこの企画は、各回開催直後より内容の公表について多くの希望が寄せられました。このたび三回をまとめまして、ようやく刊行にこぎ着けました。

まず開催当日のプログラムと趣旨・目的を紹介いたします。

第一回　シンポジウム　二〇一四年三月二二日（土）於・新泉山館大会議室

「定家のもたらしたもの――継承と変容――」

パネリスト

渡部泰明（東京大学教授）

『百人一首』と定家

村尾誠一（東京外国語大学教授）

定家から正徹へ

味方健　（シテ方観世流能楽師）

禅竹にみる定家のおもかげ

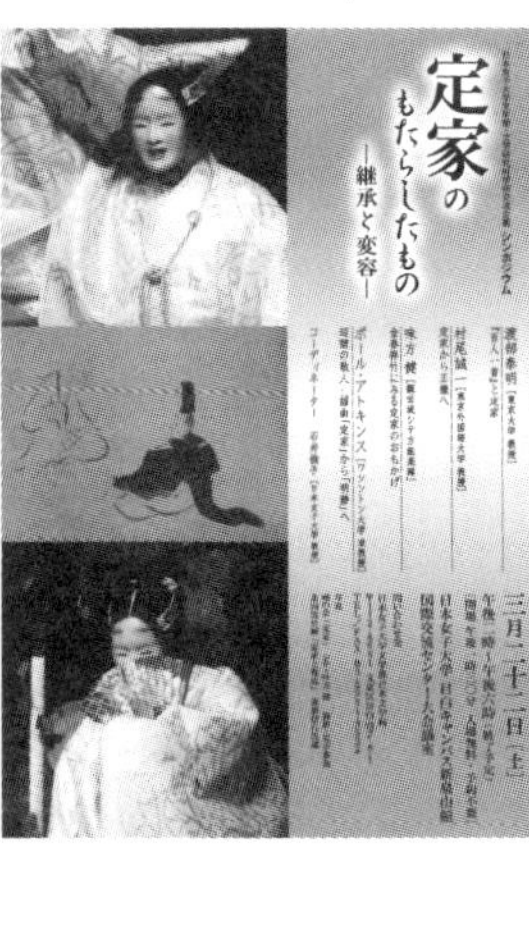

ポール・アトキンス（ワシントン大学准教授）
　辺獄の歌人：謡曲「定家」から「明静」へ

コーディネーター
　石井倫子（日本女子大学教授）

趣旨・目的

近年、『百人一首』がブームとなっており、その編者である藤原定家に対する関心も高まりをみせている。藤原定家は本歌取や本説取という「詞は古きをしたひ、心は新しきを求め」（『近代秀歌』）る詠みぶりによって、物語性・演劇性の強い幽玄な和歌の世界を確立した。その後、歌人として神格化されるようになるにつれ、彼にまつわるエピソードがまことしやかに語られはじめ、室町時代にはそのような定家伝説に取材した能も作られる。

その一方、彼の和歌は勿論、歌論における言説までもが中世文芸の世界に影響を及ぼすこととなる。たとえば、定家に私淑した室町時代の歌僧正徹は、自ら「定家宗」と公言して憚らないほど定家を尊崇し、夢幻的・象徴的とも評される独自の歌境を切り拓くに至る。その正徹と交流のあった能役者金春禅竹もまた定家に深く傾倒し、定家と式子内親王をめぐる巷説に取材した能〈定家〉を作るのみならず、『源氏物語』や『伊勢物語』などの古典を背景に持つ和歌を詞章に多く採り入れ、本説となる古典文学作品を大幅に換骨奪胎して優艶かつエロティックな能の世界を展開させる。このように、定家の和歌の世界はさまざまな形に継承され、変容を遂げてゆくのである。

本シンポジウムは藤原定家、そして正徹、金春禅竹にスポットライトを当て、中世文芸の世界に定家がも

日本女子大学叢書……20

定家のもたらしたもの

日本女子大学日本文学科――編

翰林書房

たらしたものを明らかにすることを目的とする。和歌文学研究者に海外の古典文学研究者や能の実技者をも交え、さまざまな視座からのアプローチによってこの問題を掘り下げてみたい。

第二回　公開講演会　二〇一五年三月一四日（土）於・成瀬記念講堂

「定家のもたらしたもの――文字と仮名遣い――」

講演者

坂本清恵（日本女子大学　教授）

定家仮名遣いの継承

遠藤邦基（奈良女子大学　名誉教授）

擬定家本の定家仮名づかい

別府節子（出光美術館　学芸員）

定家様と中世の古筆

小堀宗実（遠州茶道宗家十三世家元）

小堀遠州と定家様の書

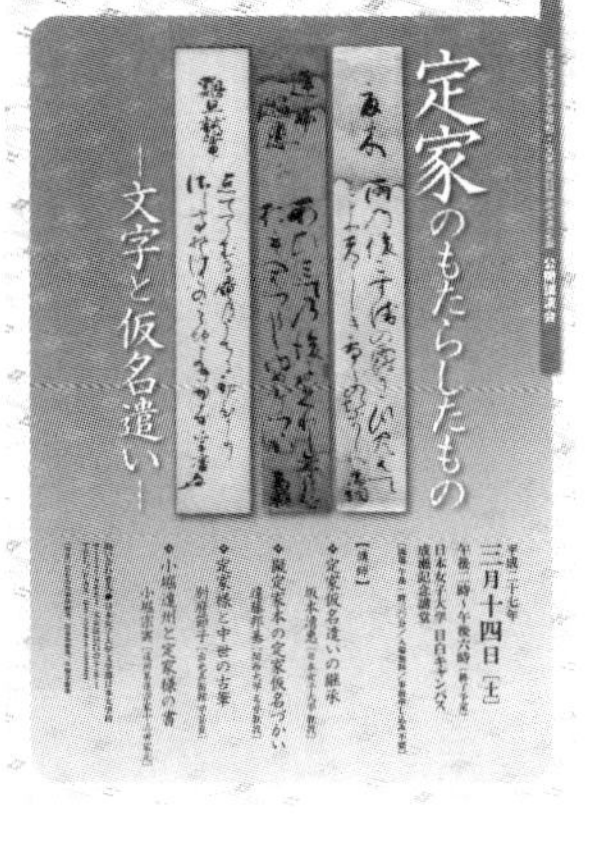

趣旨・目的

二〇一三年度の学術交流企画では、「定家のもたらしたもの」の一回として、鎌倉時代の藤原定家が、和歌と能の世界においてどのように継承され、あるいは変容し、享受されたのかをテーマに、国内外の研究者や能楽師を招き、シンポジウムを開催した。

二〇一四年度はその第二回として、定家の特有な「文字」に着目、日本語学や古筆学の研究者、また今日実際に定家様の文字を揮毫する遠州流茶道の家元を招聘して、定家の魅力とその影響の大きさを探ることとする。

定家は数多くの古典籍を書写、校訂した。定家が写したことによって現在読むことができる古典作品（例えば『更級日記』）も存する。定家はその日記『明月記』において、自身の文字を「其字如鬼」（その字、鬼のごとし）と記している。書風は平安時代の流麗な仮名字体とは異なり、連綿に乏しく、肥瘦のコントラストが強い筆致である。これが定家の子孫（冷泉家など）によって模倣され、「定家様」と称される書風が生じた。この影響はさまざまな分野に及び、謡本や浄瑠璃本にもこの書様で筆写される伝本がある。また武野紹鷗が侘び茶の精神を定家の和歌に見出したことを淵源とし、茶人たちは「定家様」を愛翫、その筆法を実践した。小堀遠州や松平不昧はその代表だが、遠州流茶道では現在でも家元がその書様を伝えている。

書写にあたり、定家は誤読や誤写を防ぐため合理的な仮名文字の配置を工夫し、『下官集』にリスト化される仮名表記法は「定家仮名遣」として広く行われた。声調を反映させた仮名遣いは、時代とともに批判もされるが、「定家仮名遣」は近世にいたるまで継承されていく。定家が冒頭部分を写し、残りを側近の者に書写させた定家監督本があり、また擬定家筆本という写本群も出現する。その冒頭部分の「定家様」は書体のみの「様」であるのか、仮名遣いにまで及んでいるのか。

この講演会では、定家が日本文化にもたらしたもの、そして現在まで受け継がれたものを、「文字」とその用法に焦点を当てながら問うことを目指す。擬定家本の仮名遣い、書写と文字・仮名遣いの関係などをテーマに据えながら、学術的アプローチを試みたい。

第三回　シンポジウム　二〇一六年三月一二日（土）於・新泉山館大会議室

「定家のもたらしたもの——定家の築いた「古典」とは——」

パネリスト

伊井春樹（阪急文化財団逸翁美術館館長・大阪大学名誉教授）

『源氏物語』の本文と書写活動と

浅田徹（お茶の水女子大学教授）

書き入れ注記から見る定家の古典観

杉本まゆ子（宮内庁書陵部文書研究官）

古今伝受に見る定家

コーディネーター

高野晴代（日本女子大学教授）

趣旨・目的

日本女子大学文学部・文学研究科学術交流企画「定家のもたらしたもの」は、二〇一四年三月に第一回「継承と変容」、二〇一五年三月に第二回「文字と仮名遣い」として開かれた。本シンポジウムはそれらに続き、第三回「定家のもたらしたもの——定家の築いた「古典」とは——」と題し、二〇一六年三月に開催する。なお今回が本シリーズの最終企画となる。

近代以前の日本において、文学は『古今集』『伊勢物語』『源氏物語』といった「古典」を絶対的な前提としたうえで、オリジナリティを作り出すものであった。その「古典」の成立に際し、定家はさまざまな側面で重要な役割を果たしている。定家から今までおよそ八〇〇年、その「古典」を受け継ぎ、読み解き、そして新たな創作が行われてきたという点で、定家の築いた「古典」はきわめて現代的課題と言える。

本シンポジウムでは、『源氏物語』の書写による本文の提供、詠歌において依拠すべき「古典」の提示とその理解、さらには定家の教えそのものの神格化すなわち古典化について考えることにより、定家を軸にすえて「古典」の成立と展開を明らかにしたい。

講師の先生方には、当日の熱心なご講演とともに今回の出版に際して、講演内容の原稿化にひとかたならぬご尽力を頂戴しました。定家の仕事の多様性とともに文学史における特別な存在が、三回を通して、より具体的に明らかにされたシンポジウム・講演の状況を、今回は本の形態でお伝えいたします。

以上、当日のプログラムとねらいをご理解くださり、次のページより繰り広げられる定家のもたらしたさまざまな世界をお読みいただければと思います。

継承と変容

北向雲竹画「定家と俊成」兼築信行氏蔵

藤原定家の百人一首

渡部泰明

はじめに

権中納言定家

来ぬ人をまつほの浦の夕なぎに焼くや藻塩の身もこがれつつ

（新勅撰集・恋三・八四九）

いうまでもない、『百人一首』の藤原定家の歌である。『新勅撰集』に自撰し、『定家卿百番自歌合』にも選び入れてもいるから、たしかに定家自讃の一首ということになる。「有心・妖艶の最高を極めた歌であると共に、象徴の點からも最高の歌と言ってよく、晩年の定家の歌として最もすぐれたものといってよい歌だと思はれる」[1]と石田吉貞氏のように激賞するかどうかはともかく、晩年の定家の歌風、あるいは彼の好尚をよく示す歌として、好意的に受け止める理解が少なくない。ただし、どのように評価するのであれ、この歌の詠まれ方、すなわち方法を、しっかり理解したうえでなされるべきだろう。この歌の読み方そのものにも、まだ掘り下げる余地はあるように思われる。なお、和歌の引用は原則として『新編国歌大観』によったが、表記は私意に改めた。

一

まず「来ぬ人を」の歌の、基礎的な事情を確認しておこう。『新勅撰集』では、この一つ前の歌に「建保六年内裏歌合、恋歌」の詞書が付されており、それがこの歌にもかかるわけだが、実は「六年」は誤りで、正しくは、建保四年（一二一六）閏六月九日に順徳天皇内裏で行われた『内裏百番歌合』での詠である。

一首について、大取一馬「新勅撰和歌集所収の歌一首」[2]は興味深い指摘を行っている。その論述をたどることを端緒としてみたい。大取論文は、江戸時代の祖能の注釈書『新勅撰和歌集鈔』（一八二三年刊）のこの歌の注釈に、「さて淡路には火によりて人を待つこと由緒ある事也」として、別の歌の注を見よ、とあることに注目する。それは、同じ『新勅撰集』の、次の歌である。

和歌所歌合に、海辺霞をよみ侍りける　前内大臣（源通光）

淡路島しるしの煙見せわびて霞をいとふ春の舟人

（新勅撰集・雑四・一三三五）

この「しるしの煙」について、摂津国の須磨と淡路の岩屋とは渡し船が通っていて、淡路へ行こうとして便船がない時、須磨の浦で火を焚いて合図を送れば、岩屋の浜でもそれに応えて火を焚き合わせ、迎え舟を出す、これを「飛火」とか「飛火あぐ」とかいうのだ、と祖能の注釈では説明されている。また、この故実を踏まえて詠んだ歌として顕輔の歌があることを、『袖中抄』に依拠して引用してもいる。『顕輔集』によって示せば、

或所にあはぢといふ女房にたびたびせうそこすれど、かへりごともなければ

いかにせん飛火も今は立てわびぬ声もかよはぬ淡路島山　（顕輔集・五一）

という歌である。淡路という名の女房に文を贈ったが返事がなかったので、その名にちなんで、「飛火」を持ち出したということになる。

さらに大取論文は、谷山茂「しるしの煙」（『いずみ通信』4、昭和五八・六）に導かれつつ、平間朝雅『百人一首鈔講談秘註』および大菅白圭『小倉百首批釈』を引用し、定家の歌が悲恋物語を基にして詠まれているとする秘伝があることを紹介する。淡路島と明石浦を隔てて言い交わした男女の話である。女は支障のない時は「印の煙」を立てるのでそれを見て通え、と約束した。ある時煙を立てても男が来なかったので、女は心変わりを恨んで海に身を投げて死んだ、という悲恋の物語であった（ただし『小倉百首批釈』では「明石」とは特定されていない）。これらの恋物語は、しかし定家以前にその存在が確認できず、むしろ定家の百人一首歌をもとにして作られたフィクションであろう、と推測されている。蓋然性に富む推測である。

たしかに定家は、右の恋物語に基づいて「来ぬ人を」の歌を詠んだわけではないのだろう。では、「しるしの煙」の故事と、この歌は無関係だということになるのだろうか。両者の関係については、今少し見当の余地がありそうに思われる。少なくとも定家が、「須磨と淡路との航行に関する合図の煙」である「しるしの煙」を知っていたことは間違いない。通光の「淡路島しるしの煙」の歌は、その故事への知識がなければ読み解けない歌だから、これを知らずに『新勅撰集』に入集させるはずもない。では、建保四年に「来ぬ人を」を詠んだ時には知っていたろうか。通光の歌は、建仁二年（一二〇二）二月の和歌所影供歌合で詠まれたかと推定されており[3]、その可能性は小さくないと思われるが、それだけでなく、正治二年（一二〇〇）、寂蓮の『正治初度百首』での、

淡路島通ふしるべに立つけぶり霞にまがふ須磨の明ぼの　（正治初度百首・一六〇七）

の歌が、「しるしの煙」の言葉こそ含まないけれど、明らかにこの故事を詠み込んでいる。[4] 通光も、そもそもは六条家の歌人から仕入れた知識であったかもしれないが、この寂蓮の歌に後押しされるところがあったろう。寂蓮が詠み込むということは、定家の視界にも入っていたと考えるのが自然である。つまり、建保四年の段階でも知っていたはずである。

では、「来ぬ人を」の歌は、「しるしの煙」の歌と関係するのだろうか。ここで、定家がふまえた『万葉集』の笠金村の長歌を見ておこう。

笠朝臣金村作歌一首并短歌

なきすみの　ふなせゆみゆる　あはぢしま　ゝつほのうらに　あさなぎに　たまもかりつゝ　ゆふなぎに　もしほやきつゝ　あまをとめ　ありとはきけど　みにゆかん　よしのなけれ（から）ば　ますらをの　こゝろはなしに　たをやめの　おもひたわみて　たもとほり（やすらはん）　あ（わ）れはそ（きぬ）こふる　ふね（な）かぢをなみ　（万葉集巻六・九三五）（廣瀬本本行訓）

現行の訓に対して、（　）内に、廣瀬本の本行の訓を示した。廣瀬本は、定家所持本の流れを汲むと想定されている『万葉集』の伝本である。五月女肇志氏は、両者の本文の違いを重く見ている。現代の注釈が、現訓に基づいて、全体を男性の立場で統一して解釈するのに対して、廣瀬本の訓読に従えば、つまり定家の依拠したと思われる本文では、とくに「たをやめの　おもひたわみて　やすらはん」の部分は、松帆の浦にいる女性の心情を表している、とするのである。[5] この論説に従うとすると、定家歌が女性の立場に立って詠んでいるのは、定家独自の創意工夫ではなく、すでに『万葉集』にあった発想を生かしたことになる。ただそれゆえに、笠金村の長歌を仕立て直しただけで、これほど定家が自讃するだろうか、という疑問も湧いてくる。松帆の浦の待つ女性の心を深々と味わおうとする時、何を拠りどころにすればよいのか、その内実が浅すぎる、ということになってしまいかねない。感情移入を誘うには、深みに欠けるのである。

そこで、この「しるしの煙」が、一首の抒情に深みをもたらすために働いているのではないか、と考えてみたい。もとよりこの故事そのものを踏まえているといいたいわけではない。ただ、「松帆の浦」のにまつわるイメージは、対岸との行き来を根幹とするのだから、須磨の浦と淡路を往来する話である「しるしの煙」は、イメージとして重なる所があることは確かである。しかも支障あって男が女の待つ淡路を訪れない、という点でも繋がる。加えて、火を焚いて煙を立ち昇らせることも——定家の歌に「煙」は直叙されていないが、もちろん藻塩火の煙がひどくくすぶっている——共通する。松帆の浦の女を思い浮かべる時、十分に連想されうるのである。「来ぬ人を」の歌を作っている定家の脳裏に、必ずや存在したことだろう。

連想されたとしても、あるいは定家の脳裏にあったとしても、作品の表現内容に組み込まれているとは言い難い、という反論も当然あり得るだろう。作品に付随するものと認められたとしても、作品世界そのものとは別個のものだ、と言われるかもしれない。ただし、これだけごく自然に連想される事柄が、もし一首の作品の内容と齟齬するものだったら、はたして定家はそういう歌を作っただろうか。仮に作ったとして、自信作として押し出すことをしただろうか。そういう連想がおのずと許容され、許容されるだけでなく作品の世界を豊かにすると思うからこそ、自負をももつのだろう。その意味で、作品から切り離された連想だといって済ませることができない。だからこそ、作品を作る定家の連想の働かせ方に注目したいと思う。そしてさらに、「しるし煙」が連想されていたとすれば、それがさらなる連想を呼び込む手助けをするのではないか、と考えてみる。

二

「しるしの煙」の故事を確認するために、あらためて『袖中抄』第八「とぶひの、もり」を引いておこう。

又故六条左京兆あはぢと云女の許へ遣す歌云、
　いかにせんとぶひも今はたてわびぬ声も通はぬ淡路島山
これは摂津国の須磨と淡路の岩屋といふ所とは、渡にてあるに、淡路へ下る急ぎの便船のなければ、須磨の浦にて火を焚くなり。それに淡路の岩屋の浜に火を焚きて合はするなり。さて迎へ船を遣すとぞ申。その火焚くをばとぶ火たつといふなり。うるはしきをばとぶ火あぐといふなり。（歌論歌学集成本による）

まずは「故六条左京兆」すなわち顕輔の歌を引き、ついでそれが基づいた「しるしの煙」について説明している。「しるしの煙」は、須磨と淡路の岩屋とを結ぶ烽の煙であった。「岩屋」は淡路島北部の地名であり、松帆の浦に近接している。「岩屋」は歌枕ではないから、歌でみやびに表すとすれば、顕輔や『正治初度百首』の寂蓮のように、淡路島と漠然と表すしかなかった。定家による『万葉集』笠金村歌の「松帆の浦」の発見は、それを新たな歌枕によって可能にしたともいいうる。

ここで注目したいのは、「しるしの煙」の一方の岸が、須磨であることである。寂蓮の歌は、そのことをはっきりと表現している。そもそも笠金村の歌は、播磨国の名寸隅の船瀬（現在の明石市魚住町か）から眺望して詠む設定がなされていた。「名寸隅」もまた歌枕ではない。つまり、本来王朝和歌の歌枕とは無縁であった金村の長歌は、「しるしの煙」の故事を補い合わせることによって、須磨——松帆の浦の往来をみやびな世界に転換することになるのである。そして、須磨が連想されることによって、一首の世界は格段に広がる。須磨と淡路は、和歌的に強固な観念連合を形成しているからである。同じ『百人一首』に入る源兼昌の、

淡路島通ふ千鳥の鳴く声に幾夜寝ざめぬ須磨の関守　（金葉集・冬・二七〇）

などはもちろんこと、定家にも、

正治二年九月院に初度歌合、浦月

淡路島月の影もてゆふだすきかけてかざせる須磨のうら波　（拾遺愚草・二二五七）

かざすてふ波もてゆへる山やそれ霞ふきとけ須磨の浦風　（同・内大臣家百首・一一〇四）

などといった、須磨浦から淡路島を見やる歌がある。

そして何より、いま引いた兼昌の「淡路島」の歌が、『源氏物語』須磨巻の、

友千鳥もろ声に鳴くあかつきはひとり寝ざめの床もたのもし

という光源氏の歌と無関係ではないように——定家の連想の範囲に必ずやあったように——、須磨といえば、『源

氏物語』須磨巻を想起することになる。では、「来ぬ人を」と『源氏物語』は結びつかないだろうか。

三

ここで目を『新勅撰集』に転じてみよう。そこでは、「来ぬ人を」の歌を含む並びはこうなっている。

建保六年内裏歌合、恋歌　　前内大臣

松島やわが身のかたに焼く塩の煙の末をとふ人もがな　（通光）（八四八）

権中納言定家

来ぬ人をまつほの浦の夕なぎに焼くや藻塩の身もこがれつつ　（八四九）

題しらず　　権中納言長方

恋をのみすまの潮干に玉藻刈るあまりにうたて袖なぬらしそ　（八五〇）

まず直前の八四八番歌を検討してみよう。『後拾遺集』道命の「しほたるるわが身のかたはつれなくて異浦にこそ煙たちけれ」（恋一・六二六）に、松島を取り合わせた歌である。その結合の必然性が問題である。陸奥の歌枕「松島」は平安時代から詠まれており、とくに、

松島や雄島の磯にあさりせし海人の袖こそかくは濡れしか　（後拾遺集・恋四・八二七・源重之）

が有名で、歌枕松島のイメージを強く規制していて、しばしば袖が濡れることが詠まれてきている。それだけに、塩を焼く煙を組み合わせるのは珍しい。この歌の先蹤と考えられる平安時代の例歌は、次の一首くらいしか見当たらない。

しほたるることを役にて松島に年ふる海人も嘆きをぞつむ

『源氏物語』須磨巻の藤壺の歌である。須磨の光源氏の、

松島の海人の苫屋もいかならむ須磨の浦人しほたるるころ

への返歌である。「海人」は「尼」を掛け、藤壺自身を指す。「役」には「焼く」が、「嘆き」には「投げ木」が掛けられていて、縁語を形成している。少なくとも言葉の上では、松島での塩焼きが示されているわけである。通光の歌の、松島─焼く塩の繋がりの背後には、『源氏物語』があるのではないだろうか。少なくとも定家は、『源氏物語』の匂いをかぎ取っていたのではないか。定家には、この松島で塩焼くことを詠んだ歌がすでにあるのである。百人一首歌を詠んだ前年である建保三年（一二一五）の、『内裏名所百首』のものである。

松島

ふくる夜を心ひとつに恨みつつ人まつ島の海人の藻塩火

（拾遺愚草・内裏名所百首・一二七五）

この定家の歌は、『源氏物語』須磨巻の藤壺歌を響かせていると見るべきだろう。でないと、松島で塩を焼く心情が、深みに欠けてしまう。『源氏物語』では「松島の海人」とは藤壺自身のことを指すわけだが、夜が更けていくのを恨み、人を待つ一首の趣旨そのものは、藤壺には適合しない。だから物語の内容を踏まえたとは言えない。だが、藤壺の歌を触媒にして、須磨巻の愁いの情緒を流れこませるとき、この歌の心情は生き生きと立ちあがるだろう。そして、この「ふくる夜を」の歌の内容をよくよく見てみると、来ぬ人を待つ状況といい、「まつ」の掛詞といい、藻塩火に身を焦がすさまといい、かなり「来ぬ人を」の歌に似ていることに気づく。定家の『百人一首』歌は、この歌の改訂版のごとき位置にあるのではないだろうか。須磨巻を意識する点でも、受け継ぐところがあるのではないか。

通光は定家の方法を学んだのかもしれない。少なくとも『新勅撰集』に選び入れ、しかも自歌に並べた定家のつもりとしては、自分と同じ方法を用いていることがあったかと思われる(6)。

右のことが確かめられるのが、次の八五〇番「恋をのみすまの潮干に」である。自歌の直後に、須磨を歌った長方の歌を配置しているのである。長方は、定家の従兄にあたり、新古今時代が本格化する以前の、建久二年（一一九二）には没している。この歌は、新古今時代の物語取りのように、明確に『源氏物語』を踏まえたとまで言い難いが、須磨巻を思い起こし、重ねながら味わいたくなる歌である。少なくとも入集させた定家の意図はそこにあろう。八四八・八四九番歌も、同様に須磨巻を想起しながら読んでほしいと、あたかも定家は示唆しているかのようにも見える。

「来ぬ人を」の歌は、須磨巻を想起しながら作られたものであり、『源氏物語』を重ね味わうことで、作者の願う理解が得られるものだと考えたい。しかし、この歌で塩を焼いているのは松帆の浦の海人である。須磨の海人が塩を焼くというならまだしも、いかに航路の往返があるとはいえ、この歌で須磨を想起しなければならないというのは、人物の立場が違っている以上無理な注文である、ともいえそうである。その疑問に対しては、須磨巻の次の贈答をもって答えたい。

こりずまの浦のみるめのゆかしきを塩焼くあまやいかが思はん　（光源氏）

浦にたくあまだにつつむ恋なればくゆる煙よ行く方ぞなき　（朧月夜）

「こりずまの」歌は須磨の光源氏の歌でありながら、表面上の意味においては、須磨以外の場所にいる人物が、須磨を思いやっているかのようである。また朧月夜の「浦にたく」の返歌は、都にいながらも、須磨の藻塩火の縁で、自らの心情を「くゆる煙」によそえている。我が心を須磨の海人の心に引き比べ、その心を引き取るかのように。我々は、物語を思い浮かべる時、どうしても登場人物の立場に固執しがちである。プロットとの関係を考えるからである。しかし、歌の言葉を前提にする時、立場というものは意外に可変的である。肝心なのは、言葉の繋がりに導かれて形をなす心であり、それがそうでしかありえぬわが身の訴えかけとなることである。これも広い意味での連想の力であり、定家が触発されているのも、そういう人の運命を可視化するような連想の力であると考えたい。

四

既述のような定家の連想のあり方が本当にあるものなのか、あるにしてもそれを考察することが作品分析に有効なことなのか、当然疑問になるだろう。そこで、次の例から考えてみる。やはり建保三年（一二一五）に詠んだ『内裏名所百首』について自注する彼の言葉である。

「手染めの糸」は河内女が物にて候へば、さらぬものをだに手に取る心なれば、まして糸などはより候ひけむと、河内の山に思ひよりたるを、人の目見せよかしと存じ候。

（名所百首哥之時与家隆卿内談事。『中世の文学 歌論集（一）』による）

これは、『内裏名所百首』での秋部の歌、

生駒山

生駒山嵐も秋の色に吹く手染めの糸のよるぞ悲しき

（拾遺愚草・一二四一）

が、『万葉集』の、

河内女が手染めの糸を繰り返し片糸にありとも絶えむと思へや（ふな）

（万葉集・巻七・一三一六・作者未詳、括弧内は廣瀬本本文）

を踏まえつつ、さらに『伊勢物語』二十三段の、いわゆる筒井筒の章段で、高安の女が「手づから飯匙とりて、笥子のうつはものに盛りけるを見て、心うがりて行かずなりにけり」それで高安の女が詠んだ歌、

君があたり見つつををらむ生駒山雲な隠しそ雨はふるとも

を、「河内女」を媒介にして連想し取り込んだ、と意図を語っているわけである。この場合、『伊勢物語』二十三段の歌を本歌、もしくはこの章段を本説としたと言えるかどうかは、微妙である。もしこの自作解説がなかったなら、我々は同段に依拠したと言い切ることに躊躇を感じたことだろう。生駒山は『伊勢物語』に拠らなくても歌枕として自立している。だから、『万葉集』一三一六番歌の「手染めの糸」を「河内」を媒介に取り込んだ季節の歌、と見る程度にとどめておくのを穏当な解釈として選んだかもしれない。定家の発言の中にある「人の目見せよかしと存じ候なり」とは、久保田淳氏のいうように「人びとが注目してほしいと思います」の意であろう。[7]つまり、当時も説明されなければ『伊勢物語』を踏まえたとわからない人が多かった、あるいは理解できぬ人が多いと予想されたことが推測されるわけである。

定家は、創作過程における自らの連想のあり方を語った。これまで誰も注目しなかった万葉集歌を発掘し、それを媒介にして物語の連想を取り込んでいるのだと。連想は、万葉集歌だけでは不十分なものにならざるをえない一首の心情を、感情移入を可能にし、深める働きをしている。まったく同じ創作方法を、「来ぬ人を」の歌にも認めたいのである。

他に同様の方法が見られる歌がある。同じ『内裏名所百首』の定家の歌である。

野島崎

面影はひもゆふぐれにたちそひて野島に寄する秋の浦波　（拾遺愚草・一二四八・内裏名所百首）

野島崎の所在に関しては、実は問題がある。淡路国説と近江国説の二説が当時存したのである。『千載集』にも両方の「野島」の歌が収められている。定家の歌の本歌でもある、『万葉集』の柿本人麻呂の歌、

あはぢ（あはみぢ）の野島の崎の浜風に妹が結びし紐吹き返す　（万葉集・巻三・二五一・柿本人麻呂）

の初句の「粟路之」の訓読の仕方に起因するらしい。廣瀬本も「あはみぢ」である。『内裏名所百首』の主催者順徳天皇はどちらかといえば近江説に傾いていたようだ。『八雲御抄』「二十九　崎」の「野じまが」、「四十一　島」の「野島」ともに「近江国」だとされている。『内裏名所百首』の古写本にも「野島」の題に「近江国」の注記が付されているものがある。定家の歌も、琵琶湖の沿岸の風景と見られなくもない。しかし、『千載集』の、

あはれなる野じまがさきのいほりかな露おく袖に浪もかけけり　（羇旅・五三一・俊成）

玉もかるのじまの浦のあまだにもいとかく袖はぬるるものかは　（恋二・七一三・雅光）

しほみてば野じまがさきのさゆりばに浪こすかぜのふかぬ日ぞなき　（雑上・一〇四五・俊頼）

などはいずれも海辺と見る方が自然であり――五三一番は海辺の歌群の中にある――、しかも定家の歌もこれらの歌の情趣を継承する部分もあり、やはり定家は野島崎＝淡路国と見ていたと思しい。だとすれば、「野島」は淡路島の北西の地名で、松帆の浦はそのごく近くにある。

「面影は」の一首は「野島崎」を歌った柿本人麻呂の万葉集歌を本歌取りしている。しかし本歌は風を歌っているだけで、波は詠んでいない。この「野島に寄する秋の浦波」はどこから来ているのか。『源氏物語』須磨巻の

恋ひわびて泣く音にまがふ浦波は思ふ方より風や吹くらん　（源氏物語・須磨・光源氏）

ではなかろうか。思い人のいる野島崎の対岸から、打ち寄せてくる浦波が想像されるのである。これも放恣な想像にすぎないだろうか。しかし、ただ野島に波が打ち寄せるだけでは、どうして面影が「たちそふ」のかがわからず、「立ち」の掛詞がかえって浮いてしまいかねない。波や風に故郷を恋い慕う、須磨の光源氏のような心情が思い浮かべられることによって、「面影」も色濃く立ちあがるだろう。

光源氏の「恋ひわびて」をふまえた定家の、

袖に吹けさぞな旅寝の夢も見じ思ふ方より通ふ浦風　（新古今集・羇旅・九八〇・定家）

なども思い出される。[8] 定家の「面影は」の歌は、淡路の地名を歌った万葉の本歌を取りながら、そこに須磨で思い人の幻影をかき抱いている心情への回路を開いていると思われる。作中主体は、野島が崎に佇んで、打ち寄せる波とともに、対岸の恋しい人の面影を手繰り寄せている。定家の百人一首歌と一致する方法である。同じ夕暮時の心情ということもあって、二首の世界には重なるところが多いのである。

淡路とは無縁だが、万葉集歌を新たに再生し、しかも王朝物語につながっているという方法を、同じ建保三年に催された、『光明峯寺摂政家百首』での定家の歌で見てみよう。

やすらひに出でけんかたもしら鳥のとば山松のねにのみぞなく　（一一六八、自歌合・続古今にも）

やはり、定家自讃の一首である。

白鳥の飛羽山松の待ちつつぞあが恋ひわたるこの月ごろを　（万葉・四・五八八・笠女郎）

本歌であるこの万葉集歌の発掘は、定家の功績と見てよいようだ。しかもそこに、『狭衣物語』で、飛鳥井姫君が乳母に欺かれて筑紫へと連れ出される時の歌、

天の戸をやすらひにこそ出でしかと木綿つけ鳥よ問はば答へよ　（巻一）

が取り込められている。なるほど、狭衣大将にとって、行方も知れず失踪した飛鳥井姫君は、「出でけん方もしらず」というべきだし、「白鳥」「飛羽」は、飛鳥井の姫君に、表記の上からも適合する。というより、万葉集の原表記から、連想を働かせたのだろう。「音になく」も、もとより鳥の縁語であり、飛鳥井姫君歌の「木綿つけ鳥」にも響き合う。『万葉集』に埋もれていた恋歌の地名が、物語の滋養を得て、言葉の縁に手繰り寄せられつつ、生き返ったのである。連想の力によって、定家が生き返らせたのだ。

以上、藤原定家の『百人一首』の歌「来ぬ人を」の背後に、『源氏物語』須磨巻の世界があるのではないかと指摘し、それに端を発して、定家の詠歌における連想の方法を見てきた。主として建保三、四年ころの詠作に、『万葉集』の歌を新たに発掘して本歌に採用し、そこから連想を働かせて物語との回路をつなげ、歌の心情を深めるという方法を見たのである。連想という曖昧ともいえる視点を用いたのは、和歌を作り上げる創作の過程を知りた

かったからにほかならない。語句の類似に基づいた本歌や参考歌を指摘するだけでは、どうしてその歌が作られたのか、どこに作品の良さがあるのか、十分に捉えきれない、と考えるからである。こうした連想のあり方を私に「縁語的思考」と呼んでいるが、それは創作の母胎となるものの一つだ、と考えている。創作だけではない。作品世界の深みを、作者の意図に即して正当に理解するための媒介となるものだとも思っている。

注

（1）石田吉貞『藤原定家の研究』（文雅堂銀行研究社、昭五〇改訂再版）三四八頁。
（2）『龍谷大学論集』四二六、一九八五・五）。
（3）前掲大取氏論文。
（4）中川博夫校注和歌文学大系『新勅撰和歌集』（明治書院、平一七）も、一三三五番歌の補注で、この寂蓮の歌を参考として掲げている。
（5）『藤原定家論』（笠間書院、二〇一一）第一編第三章。
（6）ただし定家は定家で、慈円の『正治初度百首』の一首、

いとどしく我は恨みぞ重ねつるたれまつ島の海人の藻塩火（正治初度百首・六七八）

の下句を密かに取り入れた可能性がある
（7）『藤原定家』（集英社、一九八四）、『久保田淳著作選集 第二巻』（岩波書店、二〇〇四）所収。
（8）安藤宏・高田祐彦・渡部泰明著『読解講義 日本文学の表現機構』（岩波書店、二〇一四）第五章「縁語的思考」参照。

付記　本稿は、「定家のもたらしたもの」のシンポジウムにおいて「『百人一首』と定家」の題で発表した内容に基づい

て成稿し、『これからの国文学研究のために――池田利夫追悼論集』（笠間書院、二〇一四）に掲載した論文と同じものである。諒とされたい。

定家から正徹へ

村尾誠一

はじめに

私の発表では、定家から正徹への継承について考えたいと思います。継承の中に変容は含まれると考えます。また、このシンポジウムの中では、定家を十五世紀に繋ぐ役割も担っていると考え、微力ながらもそれが果たせればと思います。

発表は、正徹という歌人のプロフィールを略述した上で、総論として、正徹における定家の継承をどのように捉えるかを概観的に示し、具体論として、正徹の作品に即して、定家からの継承を考えます。総論と具体論の両者がきれいに整合すれば格好がよいのですが、それは今後の課題であることを、あらかじめお断りしておきます。

一　正徹のプロフィール

定家についてはプロフィールの説明は不要でしょうが、正徹の場合はそうはいかないと思います。中世の大歌人なのですが、認知度は高いとは言えないのが残念です。

正徹は、永徳元年（一三八一）に生まれ、長禄三年（一四五九）に没しています。室町幕府の将軍で言えば、足利義満・義持・義教・義政の時代を生きています。このシンポジウムの後半で話題になる金春禅竹はやや年下ですが、ほぼ時代が重なります。

正徹は現在の岡山県、備中国小田郡出身とされていますが、実は出自は未詳です。遅くとも十代には京都で過ごし、冷泉派の歌人今川了俊に和歌を師事しました。東福寺で出家し、栗棘門派の禅僧となり、東福寺末寺の万寿寺の書記ともなり、徹書記などと呼ばれます。清巌正徹というのが道号です。

生涯に三万六千首の歌を詠んだと自ら語り、一万首を越える歌が現存しています。京都の市井に庵を結び、武家層との交流が密接で、ほぼ毎日のように武家の歌会に参加しています。弟子筋には幕府の重臣も多く含まれ、晩年には若き足利義政に『源氏物語』を進講しています。公家との交流は、師筋である冷泉家の人々と以外はほとんど見られず、一条兼良が主催した「前摂政家歌合」が現存する唯一の公家の歌合への出詠です。

五十代に撰集された勅撰集『新続古今和歌集』の入集を逸しましたが、晩年には地方にまで名声が及び、堺に招かれ滞在し、実際には足を運べなかったものの山口の大内氏からも招かれました。正広などの弟子を育て、招月（松月）庵流という流派も形成しました。

そして何よりも、特にこのシンポジウムとして重要なのは、定家への熱狂的ともいえる傾倒です。このことは後に詳しく述べますが、自らを「定家宗」と称して、信仰にも近い形で定家のことを鑽仰しています。自らの作品の達成理念として言明する「幽玄」も定家に由来すると彼は考えます。また、作品の難解さも、定家を倣う故であると彼自身考えていました。

歌人としては、先にも述べたように、多作であり、定家的な作品が特色ではあるものの、そうではない十五世紀の日常に即した作品も多く詠まれています。現代の国文学者から中世第一の歌人という評を得たこともあります。私家集として『草根集』があり、歌論書に、彼の言動を弟子が筆録したと考えられる『正徹物語』があります。

二　総論

（1）定家から正徹へ

正徹の定家からの継承ということを総論的に考えてみたいと思います。「定家宗」を自称する正徹ですから、時代や環境をすべて超えて定家に直結するのだと考えたい所ですが、冷静に考えてみれば、そう簡単にはいかないはずです。先ずは、そのあたりをやや観念的になることを厭わずに、文学史の展開という視点からの論理を先行させる形で、捉えてみたいと思います。結論的な展望を概念図で示しておきます。

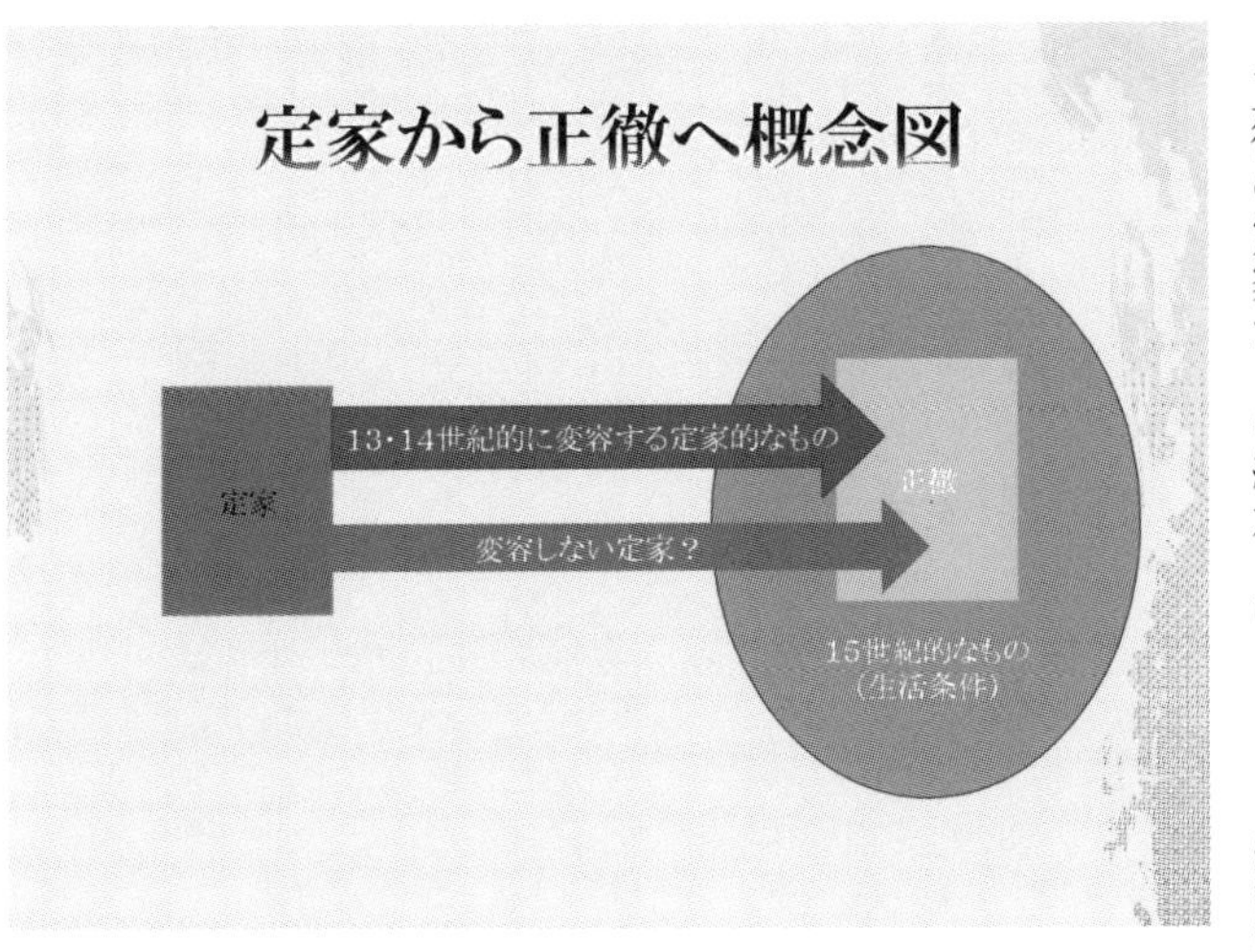

次の三点を図示したものです。第一の矢印は、定家の継承と言っても、定家の伝統自体、十三・十四世紀を通して変容して継承されていないだろうか、それはやはり正徹に及ぶのではないかというものです。第二の矢印は、定家に直結する変容しない定家の受容です。正徹の主張からすれば、この部分こそが大きなはずです。正徹を囲む楕円は、彼が十五世紀の環境の中にいるということです。文化も社会も定家の生きた十二・十三世紀とは異なります。さらに、正徹は公家貴族ではないというように生活条件も異なります。定家から流れてくる伝統は、そうした十五世紀的なるものを通らなくては正徹に至らなかったはずです。このあたりを図示

したものですが、この三点について、もう少し説明したいと思います。

（2）十三・十四世紀的に変容する定家

最初に十三・十四世紀的に変容する定家。ややなじみのない言い方ですが、つまりは、定家の孫の代で、二条・京極・冷泉の三家に別れて、歌の「家元」という形で受け継がれて行く定家です。正徹の場合、『正徹物語』の最初で、「この道にて定家をなみせん輩は冥加もあるべからず」の名言の後、三流に別れた伝統を否定し、「叶はぬまでも定家の風骨をうらやみ学ぶべし」と言います。しかしながら、三家三流に分かれた定家の伝統、また、それとは別にやや得体の知れない偽書のような形で継承された定家は、正徹にも継承されていると考えなくてはならないでしょう。

もう少し具体的に見ると、先ずは二条家（門弟達も含めて二条派）として継承された定家。この流派は、和歌の平明化（平懐化）に特色があり、守旧主義とも言われる立場を持ちますが、このあたりは正徹の批判する所であり継承はされないとしてよいでしょう。しかし一方で、この流派は表現を繊細化し、それが魅力を生じさせ、さらに、その繊細な表現が型として受け継がれて行きます。このあたりは正徹の作品の表現形成と無縁ではないように思えます。

この流派で特に注目しておきたいのは、和歌作者の階層拡大の問題です。二条派は、和歌を貴族層のみのものとしない階層拡大に寄与しました。宗祇などの連歌師に受け継がれて行く系統を考えてもよいでしょう。正徹の場合、特に二条為世門下の法体歌人の影響は重視できると思います。その代表である頓阿や兼好は、貴族層の出自ではないと思われ、宮廷ではなく市井を拠点とした法体歌人という在り方を作って行きます。兼好については、現在知られている『徒然草』の最初の名の明らかな読者が正徹であることはよく知られており、静嘉堂文庫に残る現存最古の写本も正徹の筆によるものです。

二条派の保守性に対立した革新派が京極家・京極派です。二条派の、受け継がれてきたものを重視する姿勢に対して、心の重視を掲げ、言葉や言葉続きもより自由であることを求めました。実現した作品として、フランスの印象派絵画を思わせるような、光の把握を重視し、繊細で動的なものに着目する自然把握、繊細で屈折した心理に着目する恋歌などという特徴を現出させます。

京極派と呼ばれる歌人は、皇室を含む上級貴族層にほぼ限られ、広がりはないのですが、その作風の影響は大きかったように思えます。対立する二条派へも影響はあったと考えます。新古今的なものの一つの到達形態とする風巻景次郎（『新古今時代』）の把握もよく知られています。

正徹の場合も、実現した作品に見る限り、自然の把握や恋の感情の表現にこの派との共通点があると考えます。おそらくそれは、影響だと考えてよく、彼の意識からすれば、定家からの継承に他ならないと考えていたようにも思えます。

最後に、冷泉家・冷泉派的な継承。正徹の場合、この流派の重鎮である今川了俊に師事しているので、冷泉派歌人であると言えなくはないのです。貴族との交流があまり見られない正徹ですが、冷泉家の人達との交流はあります。冷泉派の特色として、元々鎌倉に根を張ったこともあり、武家層への浸透があります。

冷泉派は、発想の相対的な自由を認めていたようですが、その最も特徴的な主張は、「只詞」と呼ばれる、三代集時代から使われる伝統的な歌語である「歌詞」とは異なる言葉の使用を認める詞の自由主義にあります。ただ、この時代の同派の歌論は、専ら了俊の著作により知られるものであり、室町幕府の重鎮であった武将の彼の歌論で、この流派を代表してよいのかという疑問が残ります。更に、正徹が晩年に参加した一条兼良主催の歌合では、冷泉家の人達との作風の相違も見せています。冷泉派と正徹との関わりは一筋縄ではいきません。

以上、三家三派は、十三・十四世紀的に変容した定家の継承ということになります。先に述べたように、こうした継承の伝統に対して、定家と直結することを唱えた正徹ですが、ここを通した継承も無視できないと思います。

さらに正徹の場合、これは禅竹をはじめ能にも大きな影響がある拡がりのある問題ですが、鵜鷺系偽書と呼ばれる一連の歌論書からの影響が明らかに見られます。正徹の歌論の根幹であり、作品で実現したい世界の目標である「幽玄」論の形成には、定家著であることを語る偽書の影響が明らかにあります。

鵜鷺系偽書とは、定家に仮託された『愚秘抄』『愚見抄』『三五記』『桐火桶』という歌論書で、定家の著作ではありません。藤原為実という人物が関与したことは知られていますが、素性や著作意図などははっきりとしません。しかし、正徹をはじめ十五世紀の人々は、定家の著作だと信じていました。これも十三・十四世紀的に変容した定家からの継承です。

（3）変容しない定家?

さて、今までも度々述べてきたように、正徹の場合、十三・十四世紀的に変容した定家的伝統ではなく、定家そのものを直接継承する所に骨頂があります。自分自身もそのように述べていますし、周りの人もそのように考えていたと思います。変容していない定家を、定家そのものを継承するということになるのですが、言うまでもなく、変容しないというのは正徹と周囲の認識の問題であって、客観的な見方ではありません。?印を付した理由です。

とは言え、定家の和歌の持っていた最も基本的な枠組は、そのまま継承されます。すなわち、平安時代、特に十世紀の前後に規範を求める古典主義と、歌会を主な場として、与えられた題により題詠歌を作り上げるという、二点です。この二点は、先に述べた十三・十四世紀的な変容の中でも、変わらずに受け継がれる点です。正徹についても同様です。この二点は前提条件だと言えましょう。

さて、先にも述べたように、正徹は『正徹物語』冒頭で「この道にて定家をなみせん輩は、冥加もあるべからず」と言い切り、三家に分かれた定家からの流れではなく、定家そのものの「風骨」を受け継ぐことを宣言します。また、この歌論書には、定家に対する熱狂的と言えるような愛着の姿勢や、作品理解の卓越さを語る記事がいくつも見られます。先に「定家宗」という、宗教的信仰にも近いような自認にもふれましたが、これは弟子筋である東常縁の『東野州聞書』という歌論書の中で、正徹自らの言明として語られるものです。

自らがそのように言っていただけではなく、周りからも定家の再来のように扱われていたようです。象徴的なエピソードとして、享徳元年（一四五二）の幕臣斯波義健からの画讃の依頼があります。末期の義健は、定家の肖像画に正徹の讃を求めましたが、その後さらに俊成の肖像画に、定家になって歌を書くように依頼がありました。そして義健没後に、その軸を墓所に収めたということです。そのエピソードの載る『草根集』巻十をそのまま引いておきます。

廿九日、治部大夫の家より、釈阿の影を画かせ、定家卿のごとく賛をすべきよしありしに、詠みて書きつかはし侍りき、円寂ののちに聞けば、遺言ありて、龕にいれられきとなり、

つむ年のみてるをいはふ九十たぐひまれなる花山の雪

まさに定家の再来として扱われていました。

自他共に認める定家の直接の後継者としての正徹が印象づけられます。先に見た三流とその他の十三・十四世紀的な変容を超えて、定家そのものの後継者という印象を強く持たせられることになります。

『草根集』をながめても、先に述べた古典主義や題詠は当然としても、定家の詠んだ特徴的な詞を使ってみたり、

定家の詠んだ珍らしい素材を詠んだりといったあからさまな継承の例も見られます。定家の作品世界を真似てみたり、作品世界から発展させたりというような作例もあります。具体的な作品表現の上でも定家に親しい歌人だということは言えるでしょう。さらに、作風ということでも、難解な作品となることは厭わず、表現の委曲も尽くし、観念的な作品世界が形成され、あるいは、極めて象徴的な作品世界が実現したりします。その作品の背後に物語的な世界があったりするというように、ほぼ定家の作風を語るのと同様な言葉で語れそうな作風を示す作品も少なからず見られます。だからといって、それが全く定家と同じとは言えません。それは歌人同士の個性の相違と言うこともありますが、やはり時代や生活環境の違いも大きいと思います。

作風ということでは、正徹は自らの目標とする作品世界を「幽玄」という言葉で明らかにしています。正徹の意識としては、「幽玄」は定家の主張を引き継ぐものと信じていました。しかし、その論の構築で重要な役割を果たした書物が、先にもふれた鵜鷺系偽書と呼ばれる定家に仮託された歌論書です。全く定家の立場と異なる主張であるかは問題ですが、定家の執筆でないことは明白な歌論書です。さらに言えば、定家と「幽玄」の関係も、現在の定家学からすれば一筋縄で捉えられませんし、むしろ、定家が美的な達成様態を「幽玄」のような言葉で考えていたとしないのが、学的把握としては主流です。

無論、そうした理念に基づき構築しようとした世界が、定家と縁がないものというわけではありません。しかし、同じではないのです。

変容しない定家からの継承の話をしながら、違いばかりを強調しましたが、確かに大きく見れば、正徹は定家を直接継承していると言えるでしょう。しかし、彼自身の示す定家への熱狂的な偏愛や、定家再来とさえ見る世間の見方からすれば、むしろ相違する点もしっかりと見ておく方が、文学史的な見地からすれば重要だと思います。

（4）十五世紀的なもの

正徹は十五世紀の人です。定家の生きた十二・十三世紀とは文化的背景も生活状況も違います。歌人の場合、和歌的世界の基盤が宮廷にある以上、その内側にいるか外側なのかは大きな問題です。

社会や文化の相違は、それこそ大きな問題で、ここで略述することは無理です。しかし、社会的には、室町時代の幕府というのはかなり特異な政治体質を持っていたらしいこと、特に、足利義教という人物は万人に恐怖感を持たせるような強烈な存在感を持っていたこと、さらにはそれが応仁の乱前夜とでも呼ぶべき社会状況を作っていたことは一言しておきたいと思います。そして文化、これはまさにこのシンポジウムで議論しているのですが、誰もが室町文化として言及する北山文化と東山文化、その間の時代が今日の後半の主なフィールドなのだということは確認しておきたいと思います。金閣寺と銀閣寺を並べる極めてベタなスライドを提示しましたが、個別の議論に踏み込んだ時、こうした基本的な見取り図を忘れがちになる自戒でもあります。

定家の生きた時代とは大きく社会的・文化的な背景が異なった中で生きた正徹ですが、定家は宮廷の内側の人、公家貴族であったのに対して、正徹は宮廷の外の人でした。同じ京都でも、公家屋敷を構えるのではなく路地の中に小さな庵を結ぶ市井に生きる歌人でした。出家をしており、隠者文学者に分類されることもあり、洛外の今熊野に庵を持ていた時代もありましたが、そことて当時は必ずしも山里ではなく、それ以外は洛中での生活でした。市井に住む和歌師範として、武家を中心とする歌人達との交わりの生活をしていました。公家との関わりは師筋の冷泉家の人々を除いてほとんど見られません。

先にも述べたように、正徹にとって宮廷は外の世界でした。外から見学する世界であったことを示すエピソードが『草根集』巻三に見られます。後小松院の崩御した翌年、永享六年（一四三四）二月、正徹は諒闇の内裏を見物したことをつぶさに詞書に示しながら、その珍しい景物に接した感動を

今ぞ見るうす墨染のあしすだれ雲の上にもかかりける世を

と詠んでいます。貴族であれば近い存在の主上の死に悲しみの日々を送る場を、おそらく諒闇ならではの風情を「諒闇の年ばかりあはれなることはあらじ」と綴った、『徒然草』二八段に触発されて、興味深げに見て回っています。当時の宮廷は邪魔にならない限りかなり自由に見学できたようで、果てには幼い後花園天皇の姿まで目にしています。すべてが外からの視線なのです。

そうした正徹が、現在知られる限りでは一度だけ列席した公家主催の歌合が、今まで何度か言及した一条兼良邸での「前摂政家歌合」です。嘉吉三年（一四四三）、晩成の彼も十分成熟した六三歳の折です。

この歌合は写本で伝わり、主催者一条兼良の手による詳細な判詞も知られます。正徹の歌は兼良から一定の理解は得られているものの、芳しい評価を受けているとは言えず、むしろ兼良による違和感が表明されている判が少なからず見られます。「風雅の正しき道」からの逸脱といった捉え方がされています。冷泉家の歌人、その重鎮である持和の作品ともかなりの異なりが明らかにされており、公家的な発想との違和感が指摘されたりしています。

定家の継承者として考えた場合、宮廷の内部の人ではないというのは、やはり大きな問題だと思います。しかし、十五世紀ともなれば、貴族世界を基盤とした王朝文化の伝統は、貴族でない人々によても担われることが、すでに珍しいことではなくなっているのです。

最初に示した定家から正徹への継承の概念図は、おおよそそうしたことを含み込んだ図式です。

三　具体論　作品の検討

今まで述べて来たことを受けて、正徹の作品を検討してみたいと思います。定家的なものをどのように継承し、変容させ、作品を形成しているかという視点に当然なるはずですが、作品というものはそう簡単に我々が見たいものを見せてくれるわけではありません。何とか、できる範囲で接近して行きたいと思います。

(1) わたりかね

最初に取り上げるのは次の歌です。

わたりかね雲も夕べをなほたどる跡なき雪の峯のかけはし

解釈すると次のようになるでしょう。

どこを通って行くべきか分からずに、雲も夕べの時間に困り果てて、たどりたどり雪の峯を越えて行く。先に行った人の足跡も見られない、雪の積もった峯の桟道を、足跡もつけずに雲が通り過ぎて行く。

何とも不思議な歌で、私自身十分分かったという実感が、正直なところないのですが、『正徹物語』で、彼自身が、自讃歌としている自信作です。『草根集』では巻五に収められますが、詠作年次は未詳です。

『正徹物語』ではこの歌の作意について詳細に説明しています。先に示した解釈もその説明に則ったつもりです。説明によれば、そもそもは、雪に覆われた山の雲の移動を詠んだものです。雲の移動を擬人化すること、雲という無心なものに、「心を作る」ことによって発想された作品で、そのことによって、何とも言えない不思議な世界が現出することを狙ったものです。

白く積もった雪の雪明かりで、そもそも夕方が来たこともわからない。さらに、道も雪に埋もれてどこを行けばよいのかもわからない。「跡なき雪」という言葉続きが肝要で、先に行った旅人もなく辿るべき足跡もない。そんな山をゆっくりと足跡をつけることもなく雲が越えて行く。両者の意味を含み得る言葉の配置です。そうした構築によって、孤独とも何とも言えない「飄白として何ともいはれぬ」所のある作品世界を形成させた。これによって「幽玄」体の一体である「行雲廻雪」という風体を実現し得た作品だと言うのです。言外の余情も深い作品だと自注します。

正徹は、雪山の雲の動きという何でもないような情景を念頭に、雲を擬人化することを発想します。これは十分説明しがたく印象的な物言いですが、定家は、もう一歩王朝文学の蓄積というか連続性に踏み込んで、作品世界を発想すると思います。その発想を基に、言葉と観念との操作によって、複雑な文脈を形成させます。そうして、意味的な明白さを超える言語世界が形成されます。

そのあたりの和歌を構築して行くという方法や、難解さをいとわない表現世界の実現など、正徹も定家も方法的に近いでしょう。そして、正徹は、明確に設定された「幽玄」という美的目標のひとつである「行雲廻雪」体を実現しようとします。この風体はすでに指摘されているように、先に言及した鵜鷺系偽書に見られる概念です。正徹のつもりでは定家の求めた表現目標ということになりますが、偽書を経由したものであることは明らかです。さらに「行雲廻雪」という風体の名称が、雪山の雲を詠むという発想の背後にあるのではないかと推測させるのも自然だろうと思います。このあたりは定家から離れざる得ません。総じて言えば、定家的な歌でもありますし、そうでない面も少なくないでしょう。

（2）咲けば散る

次も『正徹物語』に自注されている歌です。『草根集』では巻四。

咲けば散る夜のまの花の夢のうちにやがてまぎれぬ峯の白雲

咲けば夜の間に散るというのが桜のならいだが、この夜の間に花が散っているようだ。夢の中にそのまま紛れてしまい、夢の出来事として終わってしまえばよいのだが。朝になって見ると、花にはとうて紛れることのない白雲が峯にかかっている。桜ははかない夢のように、あわただしく咲き散ってしまった。

かなり複雑な歌ですが、次のような内容でしょう。

『正徹物語』では、先ず「幽玄体」の歌であることを注します。その「幽玄」の解説は鴨長明『無名抄』からの引用と思われる文章が引かれます。そして、この歌の肝要な点として、『源氏物語』若紫巻の源氏と藤壺との密通の場面の歌の本歌取であることが、その場面の解説を含めて注されます。情事の後の源氏の次の歌です。

見ても又逢ふ夜まれなる夢のうちにやがてまぎるる我が身ともがな

確かに詞もしっかりと重なり、本歌取がなされています（正徹は五句目を「憂身ともがな」と引いています）。さらに藤壺の返歌、

世がたりに人やつたへんたぐひなく憂き身をさめぬ夢になしても

も引かれます。源氏の歌を本歌取しながら、現実に夜の間に桜が散ってしまい、それが夢の中にもあらわれていたのだが、夢の中にまぎれても、夢が覚めれば桜はそのままだということはなく、昨夜見た峯の桜はすっかり散って、そこには紛れることのない白雲だけがあったという情景なのだと語ります。

落花への愛惜という普遍的な感情を、言葉を構築することで、難解な複雑な気分の漂う読後感に誘う、さらには、『源氏物語』の歌を取るという本歌取の手法も構えるというように、方法の上では、定家も同様なことをするでしょう。しかし、定家の場合、物語の歌を取る場合、物語の雰囲気のようなものが揺曳することをねらいます。正徹のこの歌の場合、『正徹物語』では『源氏物語』での義母密通という状況を説明しますが、作品では、「夢にまぎれぬ」という措辞の説明として本歌が働き、切迫した恋の思いは捨象されているように思えます。先ほど示した私の解釈では、夢の中で散るというように、夜に散る花を、また夢の中でも散っているということを前提に解釈し、正徹もそのように説明するのですが、最後に、「夢のうちとは咲き散るうちをさすなり」と、夢も実体としての夢ではなく、言葉の喩としての夢のようにも解説します。そうなると夢を見る生身の人間も捨象され、「夢」という言葉の概念自体だけが前面に出るという、抽象性の極めて高い歌ということになります。

「幽玄」の解説で鴨長明『無名抄』を引くことは先にも述べましたが、この有名な歌論書の位置づけはかなり難しい。長明が師である俊恵を通して比較的素朴な和歌観を提示するとともに、新古今時代の定家達前衛の作品に驚きの声をあげています。定家とはやや異なった立場からの歌論とするのが順当でしょう。この歌論記述を引く正徹の真意はわかりませんが、この目標風体にも定家との差は考えておいてもよいでしょう。

(3) 春の夜は

以上二首は、定家的な世界を実現させた作品ということになりますが、以下の二首は、定家の作品の影響がある、定家の作品を基にして詠まれた作品です。定家の作品の変奏という言い方もできるかもしれません。

春の夜はかりねの夢の浮き橋もみじかき雲にわたるかりがね

『草根集』巻四所収の作品です。定家の『新古今和歌集』にも入集して有名な、

春の夜の夢の浮き橋とだえして峯にわかるる横雲の空

をあからさまに意識した作品です。それだけに相違が目立つかもしれません。

正徹の歌は、

春の夜の仮寝の夢が短いように、短い雲のかかる空を、雁が短い間しかいられない春を惜しむかのように、鳴きながら北へ帰って行く。

といった内容でしょう。定家の歌には見られない雁が主題であり、歌題は「旅宿帰雁」です。正徹の歌のポイントは「仮寝」と「雁音」の掛詞であり、この掛詞によって、定家の歌を雁の歌へと変容させます。「春の夜」、「夢」、「短き」そして「浮き橋」、「わたる」と縁語が緊密に張りめぐらされます。このあたりの構造の組み立て方は定家的と言えるかもしれません。しかし、全体で作り出した雰囲気はやはり異なるものと思われます。縁語の張りめぐらしは「みじかき雲」という不思議な詞を作り出してしまっています。作品世界はかなり明瞭で、定家の作品が持つような朦朧とした雰囲気ともやや異なると思います。さらに大きな異なりとして、定家の歌は、『古今和歌集』の壬生忠岑の恋歌、

風吹けば峰にわかるる白雲のたえてつれなき君が心か

を本歌として踏まえていますが、正徹の歌の場合、本歌取に至るように詞を取ることはしていません。したがって、忠岑歌の世界とは無縁です。定家の歌を下敷きにしながらも、かなり異なった世界の作品に変容しています。この歌の場合、技巧の顕在化が大きな特色と相違点となっています。

（４）風あつく

次は『草根集』巻十二の作品で、康正元年（一四五五）閏四月二十六日平等坊円秀歌合での作品。題は「夏路車」です。

風あつく照る日の路にゆるぎくる車の牛のあよむゆたけさ

これは定家の異色作として知られる

ゆきなやむ牛のあゆみにたつ塵の風さへあつき夏の小車

を踏まえた作品であることは直ちに理解できると思います。定家の作品は、先にも述べた京極派の『玉葉和歌集』で勅撰和歌集に収められたもので、その派の人々との選択眼の共通性ということでも注目されるものです。言うまでもなく、市中の熱暑と埃にまみれた牛の引く荷車という、和歌においては極めてめずらしい素材です。そうした素材を詠う異色作にまで目を配るのは、京極派の目であり、正徹の目でもあります。

定家の場合は公家貴族であり、市中を行く荷車という実景に触れるということはあまりなかったと考えてよいでしょう。一方、正徹は市中にいて、多くの場合辻子と呼ばれる路地に庵を構え、そこから歩いて様々な武家の家の歌会に通っていたわけです。だから、夏の日に、こうした実景を見ることもあったと想像されます。特に三句目の「ゆるぎくる」は具体的実感的だと思います。建て付けの悪い荷車のギシギシと鳴る音を想像させます。無論、その実景を目にしてのスケッチではなく、題詠の作品ではありますが、詠まれた情景への親近度の度合いに異なりを感じさせられると言っても言い過ぎにはならないと思います。

(5) 雪の日の日常

観念家といわれ、西郷信綱という国文学者からは「観念的な物狂い」(『古典の影』)というようなレッテルを貼られた正徹ですが、『草根集』を見て行くと、市井での生活や、そこでの和歌師範としての日常に即した生活詠ともいえる作品が少なからず見られます。

その例として『草根集』巻二にある永享四年(一四三二)二月二日、雪の日の作品をあげておきましょう。彼には、現在の長岡京市にある海印寺という寺の広経僧正という親友がいました。雪の日に彼を訪ねると、談話の途切れに、同じ敷地に住まわせていた母親を訪ねて孝養を尽くしていました。その姿をうらやんだ作品です。

愚老も、八十の母の露のいのち風をまつほど、山城の多賀といふ山里におきて、まかり見ることだにまれなる。雪のうちはましていかにと覚ゆるに、かくなぐさめらるることのうらやましく覚ゆるまま、松の枝に雪のふかきにつけて

言の葉につけてぞ思ふなぐさめぬ我がたらちねの雪の山里

自分の母親も多賀という京都近郊の山里に老いを養うが、なかなか訪ねて行けない。広経のこまめに母親を訪ねる姿をうらやましく思うのです。そして、孝を尽くせない自らを反省します。そのあたりを素直に詠んだのがこの歌です。

公家の社会とは異なった、むしろ近代の市民社会から見ても健全な倫理のようなものすら漂って来る生活詠ではないでしょうか。定家とは異なった生活基盤や精神生活の有り様を感ぜずにはおれません。

(6) 具体論の総括

以上、限られた時間の中で駆け足で五首の歌を見てきたわけですが、一万首の歌が残る彼の作品世界を、これだけでまとめに入るわけにはいかないのは当然です。しかし、この五首は、総論と絡めながらある程度の見取り図の作成を予測して選んだものであることも当然です。思い切った所為ではありますが、定家との異同を中心にまとめておきたいと思います。

先ずは、発想の違いがあるように思えます。五首目の歌は明白なのですが、牛の歌でも顕著なように、市井に住む人として、宮廷世界に住む定家とは、そもそも見る物も感じる物も、その基盤となる生活も違うように思えます。先に述べた一条兼良の「前摂政家歌合」で「風雅の正しき道」からの逸脱が指摘される場合も、先ずは発想の公家との違いに起因するところがあると考えます。

さらには、古典との関係も、関係の結び方が、やはり外側からのように思えます。貴族社会の住人といっても、十五世紀は無論のこと、定家の時代にあっても、『源氏物語』や『伊勢物語』の十世紀とに断続性を意識するのは当然です。しかし、宮廷社会という連続性の中にあることもまた事実です。「咲けば散る」の歌の、『源氏物語』の「夢」の算術的とも言えるような踏まえ方も、外からの発想によるものと考えてよいように思えます。

発想という言葉は簡単なようで難しい言葉で、自分で十分定義をしないままで使っている危うさは自覚しているのですが、このような歌を作ってやろうと構想する端緒のような状況を言っている、とご理解いただければと思います。この面では正徹と定家はかなり違うのではないかと思います。

そのような発想を一首の歌に仕立て上げてゆく方法は、定家と正徹は共通点を多く持つと思われます。やはり基本的には古典主義であり、古歌の伝統の上に立つことを基本とします。古歌により蓄積された観念の上に立って、その観念を再構築することにより、今までに生まれて来なかった世界を作り上げて行きます。古歌の詞をそのまま、特徴的な詞（詞続き）を引用することで、その古歌を作品に取りこむ本歌取の技法も重視されます。さらには、言葉の構築において、今まで見られなかった言葉同士の組み合わせや、語順の変更などにより、印象に残る詞続きを構成します。古典主義的な在り方と構成主義的な在り方は、定家以来の中世歌人の常道でしょう。

定家とほぼ同じ方法で実現した世界の形成は、やはり近似した複雑難解な世界を現出させます。あえて難解さを避けることなく、それ故に生じる意味理解の障壁は、逆に読み手に、意味的な明白さを超えた縹渺とした言語の連なりを体験させることになります。そうした雰囲気を重視した表現世界の形成ということでは定家と共通する所は大きいと思われます。しかし、三首目の「春の夜は」の歌が顕在的な掛詞が要となっていたように、表現世界の形成の仕方が、技法や言葉の構え方などにおいて、定家よりも明示的な、技法的な明確さに依っている面が目につくようにも思えます。また、そもそも発想に違いがある以上、ほぼ同じ方法で実現させる世界に相違が生じるのも当然であると言えましょう。

最後に歌で実現させる美的世界の目標、もう少し具体的に言えば、どのような美的様態を実現させたいかとする目標は異なりがあるでしょう。定家の場合、今でも時折「有心」ということが言われますが、これを定家の目標とする美的様態だというのは無理があると思います。定家は「及ばぬ高き姿」を求めるとは言っておりますが、それがどのような美的な様態のものであるかは、明確には語っていません。

一方、正徹の場合は、それを「幽玄」という形で言明しています。「幽玄」という庶幾すべき美的様態がはっきりと言明されています。正徹の意識では「幽玄」は定家の主張を引き継いでいると考えていたと思われますが、先にも触れたように、定家のものとして依拠しているのが、鵜鷺系偽書とよばれる定家の名をかたる偽書で、それを基に認識された美的様態論であり、「幽玄」という美的様態自体も定家の理解とは距離のあるものと考えなくてはなりません。そもそも、一つの美的な達成の様態を言明し、その実現を目標として持つという態度自体が、かなり定家とは違うと言えましょう。

膨大な作品の中から、たった五首を検討したに過ぎませんが、正徹の作品から、定家からの継承と変容について、このようなことが見出されるのではないかと思います。定家を信仰するようにして継承しようとする正徹ですが、その継承は、かなりの変容を内包しているのだと考えなくてはならないでしょう。

おわりに

正徹と言えば、「定家宗」を自称するような、熱狂的な定家への「信者」です。だから、彼のプロフィールの基本は、定家の継承者として捉えるのが順当です。しかし、見てきたように、その内実においては、その定家からの継承に、かなりの変容が見られたように思えます。というより、この発表では、むしろその部分に焦点を当てて来ました。定家がその作品の享受の中で変容し、さらに、変化した社会や生活条件の中で正徹に受け継がれる以上は、いくら彼が熱狂的に定家を求めても、それが変容した形で受け継がれてしまうのは仕方がないことであるとも言えましょう。また、だからこそ文学の歴史は動いて行くのです。

それにしても、今回の発表では、総論で述べたことと、具体論で述べたこととが、十分噛み合ったか覚束ないと自覚しており、反省もしております。しかし、両者は必ずや噛み合うものと考え、若干はその結びつく回路についてお話しし得たものと思います。しかし、まだ十分でないことは残念ながらそうです。今後の自分の課題としたいと思います。このシンポジウムの議論の中でも、そのヒントは得られるのではないかと、ワクワクしております。

引用・参考文献

正徹の作品からの引用は、『草根集』については、『私家集大成　中世Ⅲ』（明治書院、一九七四年）所収の本文、『正徹物語』については、小川剛生校注『正徹物語』（角川ソフィア文庫・角川学芸出版、二〇一一年）による。清濁を含めた表記については、私に手を加えた。

伊藤伸江『正徹と心敬』（コレクション日本歌人選・笠間書院、二〇一二年）
稲田利徳『正徹の研究　中世歌人研究』（笠間書院、一九七七年）
井上宗雄『中世歌壇史の研究　室町前期』（風間書房、一九八四年改訂新版）
風巻景次郎『新古今時代』（『風巻景次郎全集　第六巻』桜楓社、一九七〇年）
西郷信綱『古典の影　批判と学問の接点』（未来社、一九七九年）
村尾誠一『残照の中の巨樹　正徹』（日本の作家・新典社、二〇〇六年）
村尾誠一『中世和歌史論　新古今和歌集以後』（青簡舎、二〇〇九年）

金春禅竹に見る定家のおもかげ

味方健

一

さきほど、村尾誠一先生が、〝「鵜鷺（うさぎ）の偽書」について述べる時間がなくなったので、能のほうで触れていただきましょう〟とレクチュアを結ばれましたので、そこから話を始めさせていただくことにいたしましょう。

「鵜鷺の偽書」というのは、それぞれ巻末に「遺老　藤原朝臣定家」、あるいは「前中納言朝臣」、『桐火桶』には、「明静判定家法名也」などと、麗麗しく原本が定家の執筆である由をしるす、鎌倉後期から南北朝にかけて世に出た、筆者を定家に仮託する歌学書、『愚見抄』『三五記』『愚秘抄』『桐火桶』の四篇を指すのでありまして、『三五記』二巻がそれぞれ上・下巻を鷺本・鷺末、『愚秘抄』二巻が鵜本・鵜末とするところから、この四種の定家仮託の歌学書を世に「鵜鷺の偽書」と呼びならわすのであります。

これらの書は、室町、江戸期を通じて、いや近代に至るまで、しんじつ定家のしるすところと信じられ、当然、和歌の家において重宝された、秘伝の書でありました。読みようによっては、偽書の常として、定家の真書よりも定家的な性格のものも見られ、冷静な解析によれば、おのずから、その意識構造を異にするのでありますが、うっかりすると、足もとをすくわれかねないことになる。いまは、禅竹がこれらの書にいかに傾倒し、いかに大きな影響を受けたか、という話をいたします。

禅竹は康正二年（一四五六）に①『歌舞髄脳記』、②『五音十体』(1)、長禄四年（一四六〇）に③『五音三曲集』という能の伝書を書いています。①は能作品それぞれの曲味や先人たちの藝風を類似共通する先行和歌の情調で示したもの、②は祝言・幽玄・恋慕・哀傷・闌曲の五音の曲調を説き、それぞれ先行和歌を添えて、その情調の質を示したもの、③は音曲（謡）の②に挙げた五つの曲味を能作品の例曲を以って示し、それぞれに、やはり先行和歌を引いて情調の質を示したものです。その例歌の出所が、『新古今集』や定家の家集『拾遺愚草』であることが、しばしばですが、さきに申した四種の「鵜鷺の偽書」からの引用がおびただしい数にのぼるのです。いま、いちいちの例を挙げる余裕はありませんが、重複を含みながらじつに何十首という歌を、みずからの伝書に引いています。

そして、五音というのは、岳父世阿弥の五音説を踏襲するものですが、十体とは、世阿弥が諸伝書にいう、すべての風体という意味でなく、定家の『毎月抄』にいう十体（十種の歌体）、というより、それの流れにある『定家十体』（いま伝わるものの原本は、定家自身の筆なのでしょうか）に拠ったと思われ、祝言・幽玄・恋慕・哀傷・闌又は閑に麗躰・遠白躰・濃躰・有心体・事可然躰を都合十体としています。

また③は五音のそれぞれをさらに分類し、歌学書のいう歌体の名を当てはめ、『愚秘抄』の挙げる十体の、さらに細目「物哀体（もののあはれなるてい）」などが見えるのも、特徴的といえましょう。

さて、①の後半、先達たちの藝風を先行和歌で比喩的に表わしているくだりに、「観世十郎」評があります。世阿弥の長男十郎元雅、禅竹にとっては義兄（禅竹は世阿弥の女婿）に当たります。その記載は、こうです。

観世十郎、遠山にかすめる花のごとしといへり。
　足引の山のはごとにさく花のにほひにかすむ春の明ぼの

元雅は禅竹にとって、座こそ違え、敬愛する先達でした。元雅もまた、道の伝承者として、禅竹に嘱目していました。永享五年（一四三三。元雅の客死の翌年）、世阿弥は七十歳にして『却来華』という伝書を書きますが、その中に〝元雅は、「金春」（注、禅竹）ならでは当道の家名を後世に遺すべき人体あらず」と思ひけるやらん、一大事の秘伝の一巻を、金春に一見を許しけるとかや〟とあり、こんにち、生駒市の宝山寺に蔵せられる一群の金春家伝来の伝書の中に禅竹筆の世阿弥伝書『花鏡』が存在することは、じつに示唆的で、世阿弥が元雅に相伝した『花鏡』を、元雅が必ずしも父世阿弥の許しを乞わず、みずからの才量を以って、禅竹に一見を許したことの証左であります。そして、禅竹は、みずからにとってかけがえのない道の先輩元雅を評するに、「足引の…」を以ってしたわけです。

これから、おいおい禅竹が定家を尊崇し、定家に傾倒していたことを示す諸事象をあきらかにしていこうと思いますが、この歌は、定家の家集『拾遺愚草』に建久元年（注、一一九〇）秋　左大臣家」と注して見える「花月百首」のうちの「花五十首」に収載されるものです。能本作者というものは、勉強家で、しぜん博識で、仏典や和漢の文藝に通じ、引用和歌にしても、およそいろんな歌集から採っていますが、『新古今』その他から定家歌は引くものの、ふしぎに『拾遺愚草』からの引用はありません。これは伊藤正義氏があきらかにしておられるところでありますが、[2]禅竹作の《定家》に同集から三首、おなじく《小塩》には、はっきりしている引歌二首、フレーズの引用の可能性のあるもの一首が見られるのは特徴的といっていいでしょう。

二

さて、さきに挙げた「鵜鷺の偽書」の一つ『愚秘抄』に、こうあります。

常によき詩を心にかけて詠吟せよ。心をたかくすます事詩にすぎたることなし。

蘭省花時錦張下　盧山雨夜草庵中（訓点筆者。以下おなじ）

この詩を先人常に高吟せられし。

「先人」は定家にとって父であり、歌の師である俊成を指しており、おなじ記述が『愚見抄』にも見えますが、こちらは「亡父卿」となっています。そして、『三五記』も「行雲体」の情調を持つ例詩として、冒頭にこの詩を掲出しています。

この「蘭省…」は、白居易（楽天）が江州の司馬に左遷されていたとき、盧山の草堂に独り宿して、昨今の感慨を都長安にいる三人の親友に寄せたもので、わが国でも有名となり、ことに律詩中のこの二句（頷聯）は、『和漢朗詠集』巻下、雑「山家」に採られ、『枕冊子』七十八段（三巻本）その他にも引かれる名句であります。わたしは、「父俊成が常に愛吟していた」と『愚秘抄』『愚見抄』にいい、『三五記』が「行雲体」の例詩とするところに影響されて、禅竹はこの詩句に少なからず魅かれていたと思います。

《芭蕉》は、禅竹の孫禅鳳が「芭蕉は禅竹若き時書き候ひて、観世へ遣はされ候ふ能にて候」と『禅鳳雑談』で語っている能で、芭蕉の精を中年の女の姿で登場させ、蕭条と闌けてゆく秋の風物を、この上なく美しく、せつなく描き出す禅竹一代の名作で、いわば、日本の中世を流れる滅びの美学の決定版であると、わたしは受け取っています。唐土湘水のほとり、とある庵の中で、閑居の僧が『法華経』の「薬草喩品」を余念もなく読誦している。その法味にあずからんものと、芭蕉の女が慕い寄ってくる。でも、女人の入室は許しがたい。それにしても、彼女の仏法に寄せる心はあまりに深い。僧は、いかがしたものかと躊躇逡巡します。そのとき、絶妙のタイミングで地謡がこの詩句を謡うのです。

〽誰か言ひし「蘭省の花の時、錦張の下」とは、「廬山の雨の夜、草庵の中」ぞ思はるる

まさに、エリオットのいう、戯曲における第三の声です。女にとって、法味に満ちたこの茅屋ほど、切実に心の寄るところはない。僧は女の志にほだされ、「あまりに御志深ければ、御経読誦のほど内へ御入り候へ」と、暫時の入室を許すのでした。世阿弥が次男元能に語った藝談『世子六十以後申楽談儀』でいえば、「規模」なる箇所、すなわち、一曲中の一つのキワドコロ、それが、《芭蕉》においては、じつにここなのでありまして、この詩句が二者の出合いの契機となっているわけです。

三

「蘭省…」とほとんど同格に「鵜鷺の偽書」が珍重するのは、やはり白居易の作、

三五夜中新月色　二千里外故人心

であります。これも、わが国で人口に膾炙した佳句であります。八月十五夜に詩人が禁中に独直して、はるかの江陵に流されている親友元稹（微之）を憶う一首でありまして、おなじく律詩の頷聯であります。『和漢朗詠集』、『源氏物語』の「須磨」、『江談抄』等等に引かれ、能作でも、《小督》《雨月》《姥捨》《三井寺》《反魂香（不逢森）》などに見えますが、このうち、《小督》《雨月》は、早く伊藤正義氏が、「禅竹作の可能性が高い」とされ[3]、《姥捨》については、禅竹作の必然説に近い蓋然説を山木ユリ[4]・堂本正樹[5]・三宅晶子[6]の諸氏、そして、わたし[7]が唱えていま

す。

禅竹がこの詩句に思いを寄せるのは、もちろん白氏の名吟に魅せられたからではありますが、「鵜鷺の偽書」の一つ『三五記』の影響をこうむるところが大なのではありますまいか。『三五記』の筆者は、その「鷺本」の冒頭、同書の序ともいうべき一文に、すっかり定家気分で、次のようにしるします。

予七歳の秋、亡父卿に随ひまうで丶、清涼殿に候し、今宵ぞ月ははじめなりけると（叡慮のすゑをいたゞき、応勅の歌）仕れりしより以降、七旬に及ぶまで、寝食をわすれ病席をいはず、嗜みもて束ぬる心は、さりともなどか、麒麟の一日の長途には及ばずとも、兎の足をつけらむ例（尽きんためし＝「群類本」）にしも叶はざるべきとて、爰にちはやぶる住吉の御神の玉の砌、光あざやかなる夢のしるべを感じて、左右なく名月のたえぬ秋をちぎり、仍抄物本末ふたつを集めて、愚老が心底をあらはし侍るならし。

どうも書きぶりからして、父俊成に伴われて清涼の歌宴に侍ったのは、八月十五夜のことで、それゆえに『三五記』と命名するということらしく、同時に定家の真正の日記『明月記』に因む意味も、おおいにあってのことと推察されます。

その『三五記』が、『定家十体』にならって、歌体を十体に分かち、それぞれの歌体の情調とあい通う先行の和歌作品を三首ずつ挙げ、加えて、先行のそれぞれ異作の漢詩の対句部分を三聯（三韻）ずつ挙げ、和漢相方の事例からその情調の質を解くのですが、その行雲体の第一の例詩が「蘭省…」であり、長高体の第一の例詩が「三五夜中…」なのです。この詩が、筆者にとって、長高体の情調をたたえている好例だったには違いないとしても、この書の冒頭文にいう著者の心緒、いきさつ、書名と詩趣との密接な結びつきを、わたしは思うのです。

能作の引用例を見ましょう。まず《小督》。これは『平家物語』の「小督の事」で知られる、入内した中宮徳子が清盛の娘なのを憚った小督が、嵯峨野の奥に身を隠したのを、帝の命を承けた弾正の大弼仲国が、馬寮の御馬に跨って訪ねてゆく話で、その引用箇所は後段冒頭です。

〽あらおもしろの折からやな。「三五夜中の新月の色、二千里の外（ほか）」も遠からぬ、叡慮畏き勅を承けて、心も勇む駒の足並み、夜の歩みぞ心せよ。

「あら…やな」（横道萬里雄氏命名の「あらやな言葉」＝初出未確認）は、気分の昂揚したときに、ことさら禅竹が他の作者に増して好んで用いるフレーズです。この使いは、ほかならぬ勅命によって、とくに馬寮の御馬をたまわっている。帝は最愛の小督の行くえを失って、身も世もない悲しみに明け暮れておられる。なんの、隠れ家を捜しあてずにおくものか。今夜は八月十五夜、小督の局ならば、今宵の月に琴を弾ぜられぬことはあるまい。その琴の音を便りに…という、ある気負いを伴った使命感の吐露、と、今宵、仲秋の名月に逢いえたという昂り（たかぶり）が、巧みに表現されていると、わたしは読み取ります。

つぎに《雨月》の前段は、『撰集抄』や、『古今著聞集』等で知られる、西行が宿を借りようとして、あるじの老翁（じつは住吉明神の化身）と歌の遣り取りをする話で、姥は月を賞でるために破れた軒を葺くまい、翁は村雨の音を聴くために軒を葺こうと、風雅な争いをしています。「賤が軒端（のきば）を葺きぞわづらふ」という老翁の下の句に、西行はいみじくも「月は洩れ雨はたまれととにかくに」と上の句を付けるのです。一夜の旅宿を得た挨拶に、西行は（尤も地謡の代吟ですが）

〽折しも秋なかば、「三五夜中の新月の、二千里の外」までも心知らるる秋の空

と、月を賞でるために、破れた軒端を葺くまいという老嫗にも合意し、一方、

〽雨はまた瀟湘の、夜のあはれぞ思はるる

と、老翁にも如才なく賛意をのべるのでした。老翁と姥の心情にとくに違和なく、さすがプロらしく、ひらたくおさめたわけです。

《姥捨》は月が統象、すなわち、主題を象徴的に表わす景物になっています。隈なき空に天下の姥捨の月を満喫しようと、はるばる都（流儀によっては陸奥の信夫）から訪れた月の客たちは、心をときめかせながら名月の出を待っています。

〽夕陰過ぐる月影の、〱、はや出で初めておもしろや。万里の空も隈なくて、いづくの秋も隔てなき、心も澄みて夜もすがら、「三五夜中の新月の色、二千里の外の故人の心」

前段からすでに、旅人が「嶺平らかにして万里の空も隔てなく、千里に隈なき月の夜、さこそと思ひやられて候」といい、現れた里の女が「けふは名に負ふ秋の半ば、暮るるを急ぐ月の名の、殊に照り添ふ天の原、隈なき四方の景色かな。いかに今宵の月のおもしろからんずらん」と応じて、人人の今宵の名月への期待は、かなりなものです。当該箇所は由ありげな前シテの描く名場面を踏まえて、ワキの旅人が名所の月を待ちもうける所で、原詩の

環境をいささか奪胎して、広がる詩劇的空間に清澄観を盛るとともに、心のときめきを感じさせます。文芸が環境を変えて一人歩きし、もとの意味を充分含みながら、また別の世界を展開してゆく、これは文芸の伝統的属性というべきものです。

四

《定家》は室町後期の作者付『能本作者註文』系の諸書や『自家伝抄』に禅竹作としるします。観阿弥や世阿弥のことが、すでに昔語りになった時代のこれらの資料に拠って、観阿弥・世阿弥を作者に擬するのは、もはやこんにちでは暴挙に類するといわなくてはなりますまいが、禅竹については、年代的にいちおう心に留めておいても、悪くはないと思います。それより、なにより、作品的内部徴証を解析するに、《定家》には、禅竹作とするに動かない特徴を見ることができます。おそらく原作に世阿弥が手を入れて、こんにちの形にしたであろうとおもわれる《求塚》[8]（後出）、『世子六十以後申楽談儀』に「世子作」と明記される《檜垣》、あきらかにその延長線上に位置する禅竹の《野宮》《定家》、この系譜は、逃れえぬ煩悩・妄執を持つ一切の有情が、因果律の支配するままに、救われることなく輪廻しなくてはならない、その輪廻の外には、永劫に逃れ出ることはできない。これが有情に与えられた宿業である——というのが、世阿弥・禅竹の把握する世界観であったと、わたしは理解しています。すでにこの世の人でなくなった主人公をシテとして、肉体をともなわなくなって久しい今でも、なお輪廻しつづけている魂の相(すがた)を描こうとするという点で、わたしは、二世に亙るライフ-ワークであり、その意味で世阿弥の理念的後継者は、元雅より、むしろ禅竹であったと思うのです。世阿弥の嫡男元雅は、世阿弥が「祖父（注、観阿弥）にも越えたる堪能」（『夢跡一紙』）といっているように、父としてのいくぶんかの身贔屓を除いても、すぐれた役者であったようですし、すぐれた能本作者であったことは、彼の遺作が証明しています。元雅の作品は、生身の人間を主人公とし、現世において、その主人公を極限状態に追いこみ、現世的責め苦にないなむ、《盛久》《弱法師》《歌占》《隅田川》…みなそうでありまして、名曲ながら、父世阿弥とは、おのずから構造を異にします。それに対して、《定家》《野宮》は世阿弥とはいささか異なりつつ、やはり永劫の妄執輪廻を主題とする曲であり、内部徴証に動かない禅竹の作家性を見ることができるのであります。

世阿弥は、応永三十年（一四二三）に『三道』という伝書を書きました。これは種・作・書の三道、すなわち能本に脚色すべき話の素材と、台本としての構成法と、実地に筆を走らせて書く文章作法との三つを説いた、いわばノウ - ハウもので、相伝されたのは、次男の元能であります。これにシテの人体が「形鬼心人」、姿は鬼であるけれども、心は人というのが書かれています。この世で志を得ずして果てた、あるいは非業の死を遂げた主人公の魂が、時を経ても浮かびきれず、娑婆に立ち却って来て、その苦しさのほどを訴えるという能柄で、世阿弥はこの鬼――幽鬼。「鬼哭啾啾」という、あの鬼――を砕動風鬼といっています。もともとの冥土の鬼、地獄の鬼を力動、つまり、骨太に荒く立ちはたらくのに対して、砕動とは、身を細かく砕いて所作をするという技法論のまじった風体の命名であります。砕動風鬼の歴史は古く、世阿弥以前の《佐野船橋》《綾の太鼓》《四位少将》（のちに《通小町》）などにはじまる、大和猿楽の重要な持ち駒ということができます。世阿弥は第一伝書『風姿花伝』の「第二物学条条」で、「鬼、是、ことさら大和の物也。一大事也」といい、近江猿楽日吉座の名手犬王道阿弥は、〝四位の少将の能、事多き能也。犬王は、「えすまじき也」と申ける也〟（『世子六十以後申楽談儀』）といういきさつだったようです。「天女などをも、さらり〳〵と、飛鳥の風にしたがふがごとくに舞ひし」（同書）近江の幽玄無上の名手も、骨ぶし強く立ちはたらく大和体質の鬼には兜を脱いでいたのです。

ふつう、砕動の鬼は習慣的に従来男体を自明のこととしていますが、わたしは、風体を男体と決めてかかることはない、そのシテュエイションからいえば、女体の砕動というものが、一本立てられて不思議はないと思っています。[9]《求塚》《檜垣》《野宮》《定家》みな、この娑婆世界に執心を残し、その思いの晴れぬまま、娑婆へはもちろん戻れず、その罪業の深さゆえ、彼岸にも赴けず、永劫に中有に迷うて苦渋する魂の姿、その大和本来の強靱でリアルな主題を、幽玄な——じつは、世阿弥が犬王を通じて学んだ近江の藝風だったわけですが——ヴェールに包んで表現するのが、女体の砕動の昇華した姿にほかならないのです。

後白河院の内親王である式子は、賀茂の斎院を降りてのち、和歌の師定家と熱烈な恋に落ちた、と世の俗伝にいいます。これを禅竹は自作の《定家》に採りあげました。異名を《定家葛》といいます。

この歌の達人と高貴な身分の歌の弟子との人倫許されまじき「徒(あだ)なる仲の名は洩れて、そらおそろしき」始末となり、破局を迎えたのですが、式子が空しくなり、定家も世を辞してのち、「定家の執心葛(かづら)となつてみ墓に這ひ纏ひ、互ひの苦しみ離れやらず、ともに邪婬の妄執」にいまなお苦しんでいるというのです。どちらが苦しめ、どちらが苦しめられるという能動受動の関係ではなく、たがいに苦しめあい、苦しめられあい、この苦患がいく世にも亙って続いてゆき、この苦しみに出口はない。まさに山本ユリ氏のおっしゃった「円環構造」、わたしの言葉でいうなら輪廻にほかなりません。旅の僧の『法華経』「薬草喩品」の手向けによって、墓石の定家葛が解け、式子の魂はひとときの安息を得て、報謝を述べに娑婆に立ち却(かえ)って来ますが、やがて中有の世界に帰るべき時が来ると、一旦ほぐれた葛がもとのようにぎりぎりと石塔に這いまとうのです。「露と消えてもつたなや蔦の葉の、葛城の神姿、はづかしやよしなや。夜の契りの、夢のうちにとありつる所に帰るは葛(くづ)の葉の、もとのごとく這ひ纏はるるや定家葛…」。道ならぬ契りは絶えるべくもなく、したがってその輪廻苦も終焉がない。もう、定家の思慕とか式子の恋情とかいった小意志を超越した、有情の抗(あらが)いがたい因果のことわりにまかせて、この流転輪廻は続くのです。ギリギリと塚の作り物の柱をめぐる型は、テイカカヅラが石塔に這いまつわる大和本来の物真似藝を骨子に、形而上的な妄執流転の具象的表現に昇華しています。ほかならぬ大和猿楽の砕動の鬼が、近江猿楽と北山文化の洗礼を受けたのちに見られる昇華というべきでしょう。

すこし話が前後しますが、前段、時雨をあしらって僧を定家ゆかりの「時雨の亭(ちん)」に宿らせ、『拾遺愚草』に見える「偽りのなき世なりけり神無月誰が誠よりしぐれ初めけん」をシテ、すなわち式子の化身たる里の女に披露させるのは、気の利いた導入部で、そろそろ眼目の主題にはいってゆきます。

〔クセ〕前の〔サシ〕に式子の歌、

〽玉の緒よ絶えなば絶えねながらへば忍ぶることの弱りもぞする

を引いて、偲ぶ仲の世に漏れた仕儀をいい、『三道』『世子六十以後申楽談儀』のいう「開聞」の個所、すなわち眼目の語りどころ、聴かせどころの〔クセ〕をいきなりやや唐突に『拾遺愚草』歌、

〽あはれ知れ。霜より霜に朽ち果てて。世に古りにし山藍の。袖の涙の身の昔

と始めるのです。禅竹作品の〔クセ〕の謡い出しには、思い切った独特のもの、たとえば「つらきものには、さすがに思ひ果てたまはず」(《野宮》)、「便りとなれば早船に、乗り遅れじと松浦潟」(《玉鬘》)のような例が散見し、ありきたりの「さるほどに」「さても」「そもそも」のような常套的発語でないことが珍しくありませんが、《定家》の「あはれ知れ」という、瞬発力の利いたインパクトの強さは、聴く者に意外性をさえ覚えさせて、効果を挙げています。なにしろ、「あはれ!!」というのは、間投詞(インタージェクション)なのですから。

御堂の関白道長の後胤正二位中納言定家にとっても、式子は、後白河の内親王。当然高嶺の花、慕うとも歎くとも、思いを遂げる道はない、という苦しみを、おなじく式子から定家への想いともしても、〔クセ〕の〔上ゲ端〕に、

嘆くとも、恋ふとも逢はん道やなき。君葛城の峯の白雲

の『拾遺愚草』の歌を引きます。想いや行為をどちらが、どちらと判じかねるような叙述のしかたは、《玉鬘》の〔クセ〕などとともに、禅竹表現の曖昧さと一般に解されるむきがあるのですが、わたしは、逆にここに主人公たちの想いの行き交い、むすぼおれた心緒が、意図的に述べられていると読み取るのです。後段にことに顕著な執心のまつわりあいは、テイカカズラの執拗なからみと、つきづきしく映りあっています。

後段、僧の回向によって、ひとときの安息を得た式子の魂は、それこそ闇に閉ざされた細く長い道を、報謝を述べるべく、一足一足立ち却ってくる（観世流で「闇夜之一声」という習にしています）。そして、塚の中で呻くように吟ずる〔詠〕が、

〽夢かとよ。闇のうつつの宇津の山。月にも辿る。蔦の細道（下懸り「下道」）

です。この状況下、定家ばりの、じつに的確な〔詠〕で、音数律からいくと、きれいな短歌形式なのですが、先行和歌群に事例を求めえません。昔は、第三句と第五句の重なる「ふみわけし昔は夢か宇津の山あとともみえぬ蔦の下道」（『続古今』藤原雅経）を参考歌として挙げていましたが[10]、昨今では、『拾遺愚草』と『新古今』に見える定家自

身の詠「都にも今や衣を宇津の山夕霧はらふ蔦の下道」を参考歌としています[11]。わたしは、早く昭和三十年代の当初（一九五〇年代後半）に京都学生能楽聯盟の機関誌『却來』に後者を挙げましたが、いま、そのバック－ナンバーを特定しえません。曲中吟と原歌の第三句・第五句の重なるのは、雅経歌とおなじ、作者は、定家とおなじくいずれも十二世紀後半から十三世紀にかけて生存した人ですが、こと《定家》であり、しかも作者が禅竹となれば、定家歌を意識して作書したと考えるのが自然でしょう。すぐれた定家自作とされるものがあるのに、よりドラマツルギーに密着させるべく、禅竹が積極的なヴィジョンを働かせて、あえて作中詠を試みた心がわかるような気がします。

さて、葛が解けて、憔悴のていながら、式子がかつてのノーブルな美貌を現すくだりでは、「なになかなか」という、フレーズを用いて、沈みもやらず、浮かみもせずという魂の姿を表わそうとします。わたしがいくたびか述べているように、「なかなか」という心緒のむすぼおれをいう言葉は、禅竹好みなのですが[12]、この場合、作者の脳中には、やはり「よそ人はなになかなかの夢ならで闇のうつつの見えぬおもかげ」（『拾遺愚草』）が去来したのではないかと勘ぐってみたくなるのです。

五

《野宮》も禅竹の名作です。かつて、その幽玄味と小段構成の類似から、《井筒》と並べて扱ったりしましたが、両曲はかなり違います。表章氏は、岩波版「日本古典文學大系」に校注をほどこしたあと、二曲がよくもこれだけ違っていると思ったと語っておられました。《定家》をも含め、ここいら一円の曲は、観世流において、観世寿夫師によって蘇（よみがえ）ったといっても過言ではありません。謡の巧みさや型の美しさ、ノリのよさ、そして優婉な風趣は、さすが名手と感じさせるところでしたが、あの近代劇そのこけの筋金入りのドラマトゥルギーの体現は、斬新でみごとなものでした。師の没後、観世銕之亟（静夫）師をして、「《野宮》なんて能は、寿夫さんのためにあったようなものだから」と言わしめ、太鼓の小寺金七師をして、「寿夫の能はルーブル美術館に並べておいても通る」と言わしめた、あの《野宮》は、藝の継承と展開とは、こういうことですゾ、と禅竹に見せてあげたい気がいたしました。

《野宮》は『源氏物語』に登場する、さきの皇太子の未亡人六条の御息所の霊がヒロインです。「葵の巻」に見える、例の御禊（ごけい）の日（俗に「賀茂の祭」）、かなりの躊躇の末、思い切って、光源氏の勅使の晴れ姿を、一目見ようと出かけた御息所の車が、光源氏の正妻葵上がたの伴まわりの者どもによって、さんざん傷めつめられるという恥ずかしめを受けた話、いわゆる「賀茂の祭の車争い」を踏まえ、これをしおに、伊勢の斎宮に立つ娘について伊勢に下ろうと心に決め、桂川で禊（みそぎ）をする娘と一緒に野宮に籠もっていた長月七日、光源氏がおしのびで訪れた「賢木の巻」のエピソードが中心になっています。

御息所の魂は、長月七日の廻り来るごとに、ここ野宮に立ち却って来て、光源氏を懐かしむ。たまたま、この日野宮を訪れたワキの旅僧に姿を見られた御息所の化身は、一旦は僧に立ち去れと言いますが、やがて心をほどいて、その日のこと、伊勢に下った経緯などを詳しく僧に語るのです。

後段、御息所の後を弔うて通夜をする僧の前に、かつての日の破れ車に乗った御息所の霊魂が現れます。

《野宮》の統象はなんといっても月です。そして屈辱と悔恨の象徴である破れ車、その車の縁で、月日が廻り、因果が廻り、長月七日には、ヒロインの魂が、ここ野宮に廻ってくる。明け方近く、僧の前を車は去ってゆきますが、けっして火宅の門、煩悩の住み家を解脱してゆくわけではありません。来年の長月七日には、魂が浮かばぬままに、またまたここ野宮に廻ってくるはずです。これが御息所の背負う宿業というものです。一曲中には色・花・身・露という名詞が繰り返し使われ、主題に直接参画するものとして、車・廻るも少なからず用いられています。

光源氏を思慕する情念で満たされた〈序之舞〉を舞い終ると、短歌形式の〔ワカ〕を上げます。《井筒》の場合は、

〔ワカ〕〽(シテ)ここにきて、昔ぞ返す、在原の〔ノリ地〕〽寺井に澄める、月ぞさやけき〳〵

《野宮》の場合は、

〔ワカ〕〽(シテ)野宮の、月も昔や思ふらん。〔ノリ地〕影さみしくも森の下露〳〵

《野宮》が『源氏物語』を本説(原拠)としながら、情調のなんと新古今的であることか。そして、三句切れ、体言止めも新古今調です。もちろん、《定家》の場合とおなじく、禅竹の曲中吟であるわけですが、やはり、「消えわびぬうつろふ人の秋の色に身を木枯らしの森の下露」という『拾遺愚草』と『新古今』に見える定家歌の影の揺曳するのを、わたしは払拭しがたいのです。

＊歌学書の引用は「日本歌学大系」に拠る

注

(1) かつて、吉田東伍氏、川瀬一馬氏によって世阿弥の『拾玉得花』とされたもので、表章・伊藤正義氏校注『金春子傳書集成』(わんや書店)に『五音十体』(禅竹筆)の名で収載された。なお、この真正の『拾玉得花』は昭和三十一年(一九五六)に発見され、野間光辰氏によって発表された。「世阿弥の拾玉得花について」(『京大文学部五〇

周年記念論集』昭和三十一年）

（2）偽りのなき世なりけり神無月誰がまことより時雨そめけん
あはれ知れ霜より霜に朽ち果てて世世に古りぬる山藍の袖
嘆くとも恋ふとも逢はん道やなき君葛城の峰の白雪（以上《定家》）
都べはなべて錦となりにけり桜を折らぬ人しなければ
散り紛ふ木の本ながらまどろめば桜に結ぶ春の夜の夢
三芳野は花にうつろふ山なれば春さへみ雪ふる里の空（以上《小塩》）（傍線部が能本本文）伊藤正義氏『金春禅竹の研究』赤尾照文堂に拠る。

（3）伊藤正義氏『金春禅竹の研究』五三ページ。

（4）山木ユリ氏〝「荒れたる美」とその演劇的成立――「芭蕉」・「定家」・「姥捨」と禅竹の様式――〟『日本文学』昭和五十二年五月。三四～三六ページ。

（5）堂本正樹氏『世阿弥』劇書房。五一二ページ。

（6）三宅晶子氏「金春禅竹の能小考――〈定家〉と百人一首・〈姥捨〉の作者」『国語と国文学』平成二十五年十月。一〇～一七ページ。

（7）拙稿「能本《姥捨》の作者」『論究日本文學』第一〇〇号。平成二十六年五月。

（8）拙稿「能本《求塚》の作書者」『論究日本文學』第九十一号。平成四年五月。

（9）拙著『能の理念と作品』和泉書院。一七五～一九六ページ。

（10）野上豊一郎氏『注解謡曲全集』第二巻。中央公論社。小山弘志・佐藤健一郎氏「新編日本古典文学全集」『謡曲集』小学館。

（11）伊藤正義氏『新潮日本古典集成』「謡曲集」中。新潮社。

（12）「禅竹用語考」①――なかなか――京都観世会館御案内『能』四〇八号。平成四年五月。拙著『能の理念と作品』和泉書院。二八三～二八八ページ再録。

(29) Tanaka, ed., *Mikan yōkyokushū*, vol. 3, pp. 76-80.

(30) See Kamata Shigeo and Tanaka Hisao, eds., *Kamakura kyū Bukkyō*, vol. 15 of Nihon shisō taikei (Iwanami Shoten, 1971), pp. 13-30.

(31) Cited in Nishino Haruo, "'Teika' wo megutte," *Tessen* 258 (October, 1977), p. 5.

(32) For more details see my article "Depictions of the Kawara-no-in in Medieval Japanese Noh Drama," *Asian Theatre Journal* 27:1 (Spring, 2010), pp. 1-22.

(33) For the text of the play, see Haga Yaichi and Sasaki Nobutsuna, eds., *Kōchū yōkyoku sōsho*, vol. 2 (Hakubundō, 1914), pp. 610-13.

(34) See Tanaka Makoto, ed., *Mikan yōkyokushū*, vol. 4 (Koten Bunko, 1965), pp. 63-67.

(35) See Tanaka, ed., *Mikan yōkyokushū*, vol. 12, (Koten Bunko, 1968), pp. 82-86.

(36) Haga and Sasaki, eds., *Kōchū yōkyoku sōsho,* vol. 2 pp. 242-45.

(37) See Tanaka, ed., *Mikan yōkyokushū*, vol. 1 (Koten Bunko, 1963), pp. 97-102.

(38) See Sasaki Nobutsuna, ed., *Shin yōkyoku hyakuban* (Hakubundō, 1912), pp. 311-15.

(39) The anecdote is from *Sōgi shūen ki* (Chronicle of the demise of Sōgi, 1501-02) by Sōgi's student Sōchō (1448-1532). See Kaneko Kinjirō, *Sōgi tabi no ki shichū* (Tokyo: Ōfūsha, 1970), pp. 114-15.

(20) This is explained very early, at the end of Canto I of *Inferno*. Speaking of Purgatory, Virgil tells the narrator, "Then you shall see those souls who are content / To dwell in fire because they hope some day / To join the blessed: toward whom, if your ascent // Continues, your guide will be one worthier than I — / When I must leave you, you will be with her. / For the Emperor who governs from on high / Wills I not enter His city, where none may appear / Who lived like me in rebellion to His law." Translation by Robert Pinsky, *The Inferno of Dante* (New York: Farrar, Straus and Giroux, 1994) pp. 8-11.

(21) Pinsky, tr., *Inferno,* pp. 38-39.

(22) For an edition of the play, see Itō Masayoshi, ed., *Yōkyokushū,* vol. 2 (Shinchōsha, 1986), pp. 341-52.

(23) For Go-Toba's views on Teika, see Robert H. Brower,"'Ex-Emperor Go-Toba's Secret Teachings': *Go-Toba no in Gokuden,*" *Harvard Journal of Asiatic Studies* 32 (1972), pp. 5-70. Tameaki's comment appears in his text *Chikuenshō* (Excerpts from the bamboo garden, ca. 1265-70); see Sasaki Nobutsuna, ed., Nihon *kagaku taikei*, vol. 3, p. 411. For Nagachika's comment, see his text *Kōun kūden* (Kōun's oral teachings, 1408) in Mimura Terunori et al., eds., *Karon kagaku shūsei*, vol. 11 (Tokyo: Miyai Shoten, 2001), p. 49. Shōtetsu's statement is quoted from Robert H. Brower, tr., *Conversations with Shōtetsu*, p. 61. All translations are mine unless otherwise indicated.

(24) Ōtani Setsuko. "Nō 'Teika' sunken." From an unpaged pamphlet to accompany a performance of the play *Teika* by Hirota Yukitoshi, October 5, 2008, Kongō Noh Theatre, Kyoto. http://hirota-kansyokai.la.coocan.jp/hirotakansyokai/images/11_kenkyu_teika01.pdf. Accessed July 28, 2016.

(25) Itō Masayoshi, ed., *Yōkyokushū*, vol. 2 (Shinchōsha, 1986), p. 349.

(26) See *Pari-bon Nippo jisho* (Tokyo: Benseisha, 1976), s.v. "Chiguiri."

(27) Kaneko Kinjirō et al., eds., *Rengashū, haikaishū*, vol. 61 of Shinpen Nihon koten bungaku zenshū (Tokyo: Shōgakukan, 2001), p. 313.

(28) Tanaka Makoto, ed., *Mikan yōkyokushū*, vol. 3 (Koten Bunko, 1965), pp. 76-80.

envied, and imitated.

注

(1) 「正徹物語」久松潜一、西尾實校注『歌論集・能楽論集』(岩波書店、1961年) 166頁参照。

(2) 大谷節子「能『定家』寸見」廣田鑑賞会、研究第11回、http://hirota-kansyokai.la.coocan.jp/kenkyu/images/11_kenkyu_teika01.pdf

(3) 伊藤正義校注『謡曲集　中』(新潮社、1986) 349頁。

(4) 土井忠生、森田武、長南実編訳『邦訳　日葡辞書』(岩波書店、1980)、121頁、項目「Chiguiri」。

(5) 金子金治郎他校注『連歌集・俳諧集』(小学館、2001年) 313頁。

(6) 田中充校『未刊謡曲集　三』(古典文庫、1965年) 76～80頁。

(7) 山川丙三郎訳『神曲 上』地獄 (岩波書店、1952年) 13頁。

(8) 田中充校『未刊謡曲集　三』79－80頁。

(9) 鎌田茂雄、田中久夫校注『鎌倉旧仏教』(岩波書店、1971) 所収、13～30頁。

(10) 『明月記』元久2年 (1206) 8月12日条。冷泉家時雨亭文庫編『翻刻明月記一』(朝日新聞社出版、2012年)、598頁参照。

(11) 西野春雄「『定家』をめぐって」『鉄仙』258号 (1977年10月)、5頁。

(12) 詳しくは、拙論 Paul S. Atkins, "Depictions of the Kawara-no-in in Medieval Japanese Noh Drama," *Asian Theatre Journal* 27:1 (Spring, 2010), pp. 1-22を参照されたい。

(13) 芳賀矢一、佐左木信綱編『校注謡曲叢書　二』(博文堂、1914年)、610～613頁。

(14) 田中充校『未刊謡曲　四』(古典文庫、1965年)、63～67頁。

(15) 田中充編『未刊謡曲集　十二』(古典文庫、1968年)、82～86頁。

(16) 芳賀矢一、佐佐木信綱編『校註謡曲叢書　中』(博文堂、1914年)、242～245頁。

(17) 田中充編『未刊謡曲集　一』(古典文庫、1963年)、97～102頁。

(18) 佐々木信綱編『新謡曲百番』(博文堂、1912年) 311～315頁。

(19) 『宗祇終焉記』金子金治郎『宗祇旅の記私注』(桜楓社、1970年) 114～115頁参照。

Teika. There is *Myōjō*, and a handful of others. Without a doubt, the play Teika has been performed far more often and is far better known, and so it has dominated our understanding of Teika. Just before the renga poet Sōgi died in 1502 on the road near Mt. Hakone, he told his disciples that he had seen Teika in a dream. Then he recited an old waka, not one by Teika, but this one by Shokushi:

> *Tama no o yo / taenaba taene / nagaraeba / shinoburu koto zo / yowari mo zo suru*
> O cord of jewels,
> if you are to break, then break!
> If I live any longer
> I will grow even weaker
> in enduring this pain.[39]

This is the poem by Shokushi that is included in *Ogura hyakunin isshu*, but it also plays a prominent role in the play. The grip of the forbidden love between Teika and Shokushi clearly left a deep impression on Sōgi.

Viewed in the context of noh drama, especially a restricted vision of noh that omits the plays that are no longer performed and those that are not part of the standard repertories of the modern troupes, the play *Teika* seems fascinating but, paradoxically, also unremarkable. But when we broaden our perspective to include the entire canon of noh plays and the history of Teika's reception, its uniqueness becomes apparent. Subsequent playwrights were disturbed by *Teika*, and felt they had to rewrite it, or efface it with happier, more auspicious plays. In terms of the reception history, the play *Teika* creates a new persona for the brilliant but grumpy poet, the sick man who lived to be eighty: he is also a passionate and fiercely devoted lover, someone to be admired,

fukaki makura wo chigirine no
kojika no tsuno no tsuka no ma mo
wakare mo oshiki naka nagara. . .
I shared a bed and deep vows
with the owner of these blossoms,
and we are so close we dislike being apart
even for a time as short
as the antlers of a fawn. . . .

and insists that is she who is waiting for Teika. Shokushi corrects her, but the woman replies,

Tatoe ie koso moritamawame,
aruji no kokoro wa ware ni ari.
Though you may watch his house,
the master's heart belongs to me.

Wracked by jealousy, Shokushi tries to strike the woman, but she disappears; only the scent of the blossoms remains. Teika returns, and Shokushi accuses him of infidelity. He senses something odd. In the second act the woman returns in her true form, the spirit of the cherry blossoms, the only woman who could possibly compete with Shokushi for Teika's affections. She is delighted to see Teika and Shokushi happily in love in the spring moonlight; sings the joys of nature and love, and steps into the shade of the blossoms as the dawn bell rings.(38)

V. Conclusions

As we have seen, *Teika* is not the only noh play about Fujiwara no song and dance appears at the end, then disappears, and the monk wakes from a dream. It is a happy if abrupt ending, a kind of fusion of the plays *Teika* and *Myōjō*, as if the playwright were unhappy with *Teika*.(36)

A third play of this kind is *Ogura gokō* (Imperial progress to Ogura). Akitada, a courtier, visits Teika's old villa in Sagano as the advance party for an imperial visit. The play says that Teika was a great poet who was in love with Princess Shokushi; she died, then he died. Feeling sorry for Teika, the emperor has decided to visit his villa. The courtier meets a woman who is on her way to visit a grave. It is not the ghost of Shokushi but rather a live woman, an former attendant of the Princess. She shows him Teika's old house and, improbably, a place where Shokushi herself stayed. The walls are covered with the poems of *Hyakunin isshu*. They discuss poetry, and the courtier leaves.(37)

As you can tell, these are early modern variations on the Teika story. Perhaps there is something about the late medieval period that allowed playwrights to compose a dark masterpiece like *Teika*. I would like to end the survey on a lighter note, with a piece that was also a distinctive product of its own time, the Edo period.

The play is called *Teikazakura* (Teika and the cherry blossoms). Teika is alive and at his villa in Ogura. It is the middle of the second month, and the cherries are in full bloom, just as they are now. He goes off to visit Shunzei.

Left at home is Princess Shokushi, who sees off her husband (*tsuma*) Teika. Then another woman appears, and Shokushi thinks her suspicious and tells her to go home. The other woman seems to suggest that she too was a lover of Teika:

Kore wa kono hana no aruji ni

Kujū ga (Ninetieth Birthday Celebration), which centers upon the party held to celebrate Shunzei's 90th birthday, which actually took place. Teika assists the aged Shunzei as he enters the site, and encourages Shunzei to view a standing screen that includes a poem on spring composed by Go-Toba himself. There is of course no mention of a relationship between Teika and Shokushi.[(33)]

Such is also the case in a play called *Ogurayama (Mount Ogura)*. In it, a wandering monk visits Sagano. There he meets a man who tells him, however improbably, that Teika retired to Sagano because he was stung by criticism that the poems he and others included in the *Shin Kokinshū* were too fanciful. Of course the man is the ghost of Teika, who returns in the second act quoting famous poems by Teika, attains enlightenment, and heads to the west.[(34)]

There are other plays in which Teika is mentioned but does not appear, as in *Teika*. In a play called *Tameie*, the Tendai abbot Jien visits Teika's son and heir Tameie in seclusion at Hiyoshi Shrine. Tameie has been sent there because he lacked heart for poetry, and Shunzei ordered that he be punished, but then died. Teika unwillingly complied. After secluding himself at Hiyoshi and composing a thousand waka every day, Tameie sent some to Teika who was impressed and allowed him to return. It is Jien who brings the good news, and Tameie dances for joy.[(35)]

Another play in which Teika is mentioned but does not appear is called *Shokushi Naishinnō* (Princess Shokushi). It is a kind of rewriting of the play *Teika*. A monk visits Kyoto for the first time, stops at Senbon and meets a woman who asks him to pray for Shokushi. Teika is mentioned briefly, including his affair with Shokushi. The season is, as in *Teika*, the time of the *shigure*. In the second act, it is revealed of course, that the woman is the ghost of Shokushi. The bodhisattva of awareness of their relationship, and assumes that the audience will take it for a given. Teika was once a sinner, but now sins no more, and his amazing journey through the Six Realms of existence marks him as a true person of merit. He performs as the Bodhisattva of Song and Dance, just as Narihira himself is identified in various medieval texts, and the near-pun on *uta* as both 'poem and 'song' and the traditional, perhaps universal linkage between 'song' and 'dance' allow the shite to meld the two worlds of Teika and noh drama. *Myōjō's* version is no more or less made-up than *Teika*'s is, and both plays refuse to present transformations or salvation. In *Teika*, Shokushi begins and ends where she began, wracked by attachment (the same is true for Teika, implicitly); in *Myōjō*, Teika's enlightenment is already complete when the play begins; the only revelation that takes place is to the waka and to the audience.

In rehabilitating Teika, the playwright of *Myōjō* was following, perhaps unawares, a tradition of long standing. We see this phenomenon occur, for example, in Zeami's rewriting of Kan'ami's play *Tōru no otodo*. The earlier Tōru was a threatening ghost suffering in hell, the Tōru we see in a *kōshiki* dated 926; the later Tōru is the elegant, extravagant master of the Kawara-no-in.(32) Or, in the earlier *Aoi no ue*, we see the Rokujō consort as a jealous monster, murderous in her rage, who tries to kill Genji's pregant wife Aoi. Zenchiku revisits Rokujō in his poignant work *Nonomiya*, and recovers her humanity. Myōjō reimagines Teika and puts him on a noh stage for the first time.

IV. Other nō plays in which Teika appears

But *Myōjō* is not the end. There are other plays in which Teika figures prominently. For example, there is a very auspicious play called

uchi mo nezu / arashi no ue no / tabimakura / miyako no yume ni / kayou kokoro wa
I cannot sleep
with the storm crossing
my traveler's pillow.
In my dreams my heart
goes back and forth to the capital.

I am told that these are superb poems.

Lord Teika eventually mastered the inner secrets of the sixty Tendai volumes, and he took the Buddhist name Myōjō (Enlightened Stillness) based on the Buddhist phrase "*shikan myōjō zendai mimon*" ("stopping distractions and perceiving phenomena, its enlightened stillness is unheard of in former ages"). Moreover, he had a strong wish to lead sentient beings in the Six Realms to good lives, so on the fifteenth day of every month, he would select a group of twenty-five worshippers, and they would chant and sing the holy name of Amida, offering these acts to the sentient beings, it is said. As for the origins of this, when Grand Master Jikaku [Ennin] traveled to Tang, he received the scripture of the Western Paradise on Mount Jingling, and it was left as a practice of singing the *nenbutsu* at this temple. From that time onward, it began used to refer to reciting waka poems and so forth, I have heard.(31)

In this telling of the story, the affair between Teika and Shokushi is a premise, not the conclusion. Teika's punishment leads him to Mount Hiei, and to the religious life.

Just as the ai-kyōgen seems to have fully digested the love story between Teika and Shokushi, the play *Myōjō* seems built with a tacit

Jōkei lived in Teika's time and they were present together on several occasions; Jōkei received special patronage from Kujō Kanezane and other members of the Kujō family, who were Teika's patrons as well. Nonetheless, there is no sign that the acquaintance between the two men motivated the playwright's choice to quote Jōkei's lines; they were chosen probably for their sheer rhetorical power.

Curiously, the text of *Myōjō* itself provides little explanation for why Teika was forced to endure the sufferings of hell. There are generic remarks about the pursuit of fame and profit, and a hint that waka was frivolous in comparison to the Buddhist scriptures. As Nishino Haruo has pointed out, the real cause of Teika's sufferings in the afterlife is provided only in the ai-kyōgen:

First of all, it is said that Lord Teika was engaged in a secret affair with Princess Shokushi when, after repeated meetings they were discovered, and he was subjected to imperial censure. Therefore his desire for enlightenment grew even deeper, and he secluded himself at this temple. Then Lord Shunzei wrote a poem and sent it to him:

ko o omou / kokoro ya yuki ni / magauran / yama no oku no mi / yume ni mietsutsu

Out of concern
for my son my heart
wanders in the snow.
In a dream I saw him,
deep in the mountains.

Teika responded with this:

Mutsu no chimata wo hanareenu
jūaku no tomogara mo
ichinen mida no chikai ari.
Minori no fune ni mi wo ukete,
mina kano kishi ni itaran.
(shite): In the transient realm
of the human beings, those who prosper
fall into ruin, and even the pleasures
and joys of the heavenly realm
give way to the Five Forms of Decay
in the space of a dream.
Even to those who have committed
the ten crimes, and cannot flee
the Six Paths, Amida has made a pledge
to extinguish the sins of all
who pray to him but once.
He will bear their bodies on the ship of the Dharma
and take everyone to the yonder shore.[(29)]

Various lines of this passage bear close resemblance to lines in a text by the Hossō priest Jōkei, titled *Gumei hosshinshū*.[(30)] It is believed to have been composed in the late twelfth or early thirteenth century, around the time that Jōkei, who was born into the Fujiwara family and had won renown as an extraordinarily learned speaker and writer, left Kōfukuji and went into reclusion at Kasagidera. In that text, the speaker among other things, laments his failure to live properly and to work toward enlightenment. It is a distinct mode of expression called *sange*, or confessional literature, and resembles, if I may be permitted another comparison to Western literature, the *Confessions of St. Augustine*.

Ton'yoku guchi no toga nari.

(shite): As for the realm of beasts, in form
(chorus): they are a myriad,
with just as many ways of suffering.
The flitting moth
destroys itself in a flame
or throws away its life
in the spider's web.
One devours another.
This is the penalty for avarice
and folly.

Shura wa shinni wo fukunde,
tentai to arasoi,
ware to mi wo kiru kōha wa
myōka to natte kimo wo yaku.
In the ashura realm,
seething with rage,
they battle the god Indra,
and the red waves of blood
from their hacked bodies
become raging fires
that broil their livers.

(shite): Ningen mujō sekai nite
sakauru mono wa otoroe,
tenjō no keraku mo
yume no naka nite gosui ari.

and ten thousand are born.
This is the punishment for taking life.

Gaki wa ninden ōkeredo,
shoku wo negau ni ataezu.
Hyakka hayashi ni musubedomo,
todomu to sureba kotogotoku
tōrin to natte te wo saki,
ashi ni tōzan fumu toki wa
kenju tomo ni ge su to ka ya.
Kore kendon no gō nari.
There are many starving demons
in the human realm,
but when they ask for food
you do not give it to them.
Many fruits grow in the forest
but when you try to take one
they all turn into a forest of swords
and slit your hands.
When you tread upon the mountain
of swords, your feet fall apart
like the scattering leaves of swords.
This is the punishment for stinginess.

(shite): *Chikushō wa sono katachi*
(chorus): *senpin ni shite kurushimi ari.*
Tobu ari wa hi nite mi wo messhi,
chūmō ni inochi wo sute,
tagai ni, ai tanjiki su.

upon my own sins.
My useless words
were but noisy chatter, and yet
I did not speak of the Buddha's way.

Hitotabi nairi ni shizumaba,
kōgō mo ikade izubeki.
Jigoku no kurushimi muryō nari.
Shimen ni mōka jūsoku shi,
nettetsu wo chi to seri.
Suzushiki kaze wo nagaeba,
kaen kitarite mi wo yaki,
reisui wo motomureba,
kakutō waite hakuzetsu no
kottō yori hi wo idashi,
ichijitsu no sono naka ni
banshi banshō tari.
Kore sesshō no toga nari.
Once one sinks into hell,
how can one escape for eons?
The sufferings of hell are without number.
Raging flames completely block every side,
and the ground is made of hot iron.
When you wish for a cool breeze,
flames come to sear your body.
When you ask for cold water,
a cauldron boils, and every joint
of your body bursts into flame at the bone.
In a single day there, ten thousand die,

passage of Dante's *Inferno*, in which the narrator says, "In the middle of our life I found myself lost in a dark wood." Yet there are important differences: Teika's wandering came after death, not in the midst of life; and in Dante's world there are not six realms, but five: this mortal life; hell; purgatory; heaven; and limbo.

The lines continue with the shite singing:

Tsutanaki ka na ya.
Tsune ni on'ai no kizuna ni matsuwari,
How foolish I was!
Bound always by the ties
of favor and affection,

And then the chorus continues:

jōgō wo kuwadatsu to iedomo,
akuen ni yaburare,
tanin no hi wo ba wakimaete,
mi no ue no toga wo
kaerimizu.
Muyaku no kotoba wa
kamabisushi to iedomo,
butsudō no koto wo danzezu.
though I tried
to do good works,
I was defeated by bad karma,
and could recognize the evil in others
while never reflecting

has attained great merit. First he was reborn in the Six Realms, but had bad karma, passing through the realms of hell, starving demons, beasts, ashura, human beings, and heaven. Then bodhisattva of song and dance appears. Teika gains, or has gotten, buddhahood.[28]

The climax of *Myōjō* is Teika's recitation of his passage through the Six Realms of existence. This type of recounting is familiar to readers of *Heike monogatari* as Cloistered Empress Kenreimon-in describes in the final "Initiate's Chapter" her metaphorical passage through the Six Realms in this very lifetime: how witnessing battles was like living in the ashura realm, how living at court was like being a god; how wandering at sea without fresh water was like being a starving demon. But Teika's account of his passage in *Myōjō* is not metaphorical, but literal. He passed through these realms through many lifetimes after leaving the human realm, which is the only point from which one may escape rebirth and enter nirvana. What went wrong?

Let us take a look at the text. The chorus begins singing, on behalf of Teika:

Sore rurai shōji yori kono kata
rikudō ni rinten shi,
myōri no dokuyaku wo buku shite,
chōya ni michi wo ushinau.
Aimlessly I was born, died, and reborn, over and over,
moving from one of the Six Realms
to another. I swallowed the poison of fame and profit,
and lost my way in the dark night.

Curiously and by coincidence, this passage is quite close to the opening did he pledge his love to the Princess?

In this link, the speaker's admiration for Teika is converted from the poetic to the sexual. He envies Teika not for his ability to write great poetry, but for having been able to seduce Princess Shokushi, and keep her as a mistress for so long.

Thus the ambivalence in the play *Teika* lies not only in the tension between the playwright's admiration for Teika as a poet manifested in his careful reading and citation of *Shūi gusō* and *Hyakunin isshu* versus his portrayal of Teika as a violator of social decorum whose attachment to Shokushi obstructed her enlightenment. The very fact of this scandalous affair is itself assigned an ambivalent value. In the end, perhaps, it is best regarded as a positive attribute, for their fictional relationship was no one-night stand but rather a friendship of extraordinary passion and devotion that lasted literally, beyond the grave.

III. *Myōjō*

Next let us consider another noh play about Teika that is much less well-known, but deserves more attention. It is called *Myōjō*, after Teika's Buddhist name.

A poet from the capital visits Teika's grave at a temple called Anrakuji, on the eastern foothills of Mt. Hiei. The time is the middle of the tenth month in the lunar calendar, the season of sudden winter rains (*shigure*), but on this evening the sky is clear, with a full moon.

He meets a priest, and asks where Teika's grave is. The priest refers to Teika by the name Myōjō, and takes the poet to the grave. He asks the poet to stay for a memorial rite, and the poet gladly assents. Then the priest reveals that he himself is the ghost of Teika.

In the second act, Teika appears, looking wondrous. He says that he

> they were. Everyone living nearby thought it suspicious. Then one night someone had a dream in which a being appeared, saying "I am Teika's attachment turned into the form of a vine. How I resent being removed while I am making love to the grave. Do not clear it away!"[25]

The phrase "*chigiri o komoru*" is quite explicit, at least for classical Japanese literature — he early modern Japanese-Portuguese dictionary *Vocabvulario da Lingoa de Iapam* (also called *Nippo jisho*, 1603-04) glosses it as *Ter copula carnal.*[26]

Indeed, in the Edo period, Teika was regarded as a kind of hero, thanks to this tale. Matsunaga Teitoku (1571-1654) composed a solo haikai sequence right around the time that the *ai-kyōgen* was printed. One link read,

> *itsu sumiyoshi zo / meigetsu no kage*
>
> When will it shine clear at Sumiyoshi,
> the protecting light of the harvest moon?

In the following link, Teitoku links Sumiyoshi and the phrase *meigetsu* by interpreting them as having something to do with Teika; the two are mentioned in a passage in the poetic treatise *Maigetsushō*, which was believed at the time to have been written by Teika.

> *tsuyu hodo mo / ayakaritaki wa / Teika ni te*
>
> The person I most
> want to take after, even for
> a moment — is Teika.

From the context so far it is clear that Teitoku admires Teika for his skill in poetry. But here comes a characteristic twist of haikai. He followed it with:

> *Naishinnō to / chigiru iku aki*[27]
>
> For how many autumns

Zenchiku is believed to have contact with Shōtetsu and his close reading of *Shūi gusō* indicates that he shared Shōtetsu's reverence for Teika. Why, then, would he write a play that portrays Teika in such an unfavorable light?

This question begs another: whether the depiction of Teika as the illicit lover of Princess Shokushi is inherently unfavorable. We find desirable that which we cannot have; and who is more untouchable than a Princess (princesses it seems rarely married in premodern Japan), and a former Kamo priestess? We have in both *Genji monogatari* and *Ise monogatari* good examples of the elevation of male characters who pursue transgressive relationships with forbidden women. In the case of *Genji*, we have Genji and Fujitsubo, and Genji and Oborozukiyo, and Kashiwagi and the Third Princess; in *Ise*, the "man of old" who is closely identified with Narihira has one affair with the Ise Priestess and another with the woman later known as the Nijō Consort.

It is worth examining the very explicit retelling of the story that we find in the *ai-kyōgen* interlude. This version dates from the ninth year of Kan'ei (1632).

It reads in part:

> *Are naru sekitō wa Shokushi naishinnō no onhaka nite sōrō. Kano onhaka ni tsutakazura haishigerisōrō. Onhaka wo kiyomuru mono kore wo torisōraeba, akuru hi wa moto no gotoku haikakarisōrō aida, kono atari no mono mina fushin wo itashisōrō tokoro ni, aru yo saru mono no yume ni mietamau yō wa "Kore wa Teika no shūshin naru ga kazura to natte onhaka ni chigiri wo komuru tokoro ni torinokuru koto no urameshisa yo. Na tori noke so" to mietamau.*
>
> That stone pillar is the grave of Princess Shokushi. Ivy and vines grew lushly around it. When someone came to clean the grave and take away the ivy and vines, the next day they crept back just as

Toba-in onkuden, and a member of the Nijō line of Teika's descendants, Tameaki (1295-1364), disparaged one of Teika's most famous poems as being afflicted by "the illness of disordered thought" (*ranshibyō*), Teika, along with Saigyō and Shunzei, was called one of the great sages of waka by the minister Kazan-in Nagachika (1347?-1429). Furthermore, the monk and waka poet Shōtetsu (1381-1459) famously said, "In this art of poetry, those who speak ill of Teika should be denied the protection of the gods and Buddhas and condemned to the punishments of hell."[23]

By the time *Teika* was created in the mid-fifteenth century, Teika was a poetic saint; and yet, if Shōtetsu had to threaten Teika's critics with a trip to Dante's *Inferno*, it suggests that there were still some who disparaged Teika, probably for poetic reasons.

Nonetheless, it is clear that the author of Teika revered the poet. He not only quoted poems from Teika's personal anthology of poetry *Shūi gusō*, but he cited the preface of one poem as well, making it clear that *Shūi gusō*, and not another text, was his source. Furthermore, he wove into the play various poems from the famous anthology of waka *Ogura hyakunin isshu* (One hundred poems by one hundred poets), which was believed to have been compiled by Teika.

The typical version of the genesis of the story of the passionate love affair between Teika and Shokushi is that it comes from *Genji taikō*, a commentary on the tale of Genji written for renga poets. But, as Ōtani Setsuko has shown, *Genji taikō* is itself based on *Genji monogatari teiyō*, and this story does not appear in the latter text. She found another story that appeared in *Taikō* but not *Teiyō*, and it specifically referenced the noh play *Nonomiya* (which also is believed to be written by Zenchiku).[24] This suggests the possibility that the story appeared first in the noh play, and only then in *Taikō*.

II. *Teika*

Teika is a shocking play. In early winter, a traveling Buddhist monk and his companions enter the capital (today's Kyoto) to see the famous sites. They stop at Senbon Avenue in the northwest part of the city to take shelter from a sudden rainstorm. There they meet a mysterious woman who tells them they are at the Pavilion of Sudden Rains, a structure erected long ago by the famous poet Fujiwara no Sadaie (Teika, 1162-1241) so he could watch the rain fall. Nearby is the grave of Princess Shokushi, with whom Teika was rumored to have had a scandalous affair. After the princess died, Teika's attachment to her took the form of a vine that clung tightly to her gravestone and blocked her from attaining enlightenment in the afterlife. The woman then hints that she herself is the suffering Shokushi and disappears into the grave. In the second act, as the monks pray for Shokushi's release, the woman reenters in her true form as the haggard Shokushi. Freed from Teika's suffocating embrace, she performs a dance to express her gratitude to the monks, but it brings back thoughts of the past, and she once again succumbs to delusion and passion, and returns to the grave, wrapped in Teika's vines, and vanishes.(22)

At the crux of the play is a supposed folk tale, not attested in any source contemporaneous to the time of Teika and Shokushi, that claimed that Teika and Shokushi engaged in a passionate, forbidden love affair during the time she was performing her sacred duties as high priestess at the Kamo Shrine.

Placed in the context of the history of the reception of Teika's poetry and biography, *Teika* is even more shocking. Although Retired Emperor Go-Toba (1180-1239) singled out Teika for criticism in his treatise *Go-*

married someone else, and she died at the age of twenty-four. It is said that Dante remained in love with her his entire life: she was his "immortal beloved." It is Beatrice, not Virgil, who guides the narrator, who is closely identified with the author Dante, through the third and final realm of otherworldly existence, Heaven.

Why the change? Why does Virgil guide Dante only part of the way?

The answer is that Beatrice resides in Heaven and Virgil does not. Although he was a great poet and a hero to Dante, Virgil lived and died before Christ and it is therefore impossible for him to enter heaven, despite his great virtues.[(20)] Beatrice, out of sympathy for Dante, has commanded him to rescue and guide her friend.

Virgil lives in Limbo on the edges of Hell. With him there are other illustrious pagans: Homer, Plato, Socrates, Caesar, Saladin of Arabia. They are in a "fresh green meadow" (*prato di fresca verdura*) at the edge of hell but not in it, deprived of the indescribable ecstasy of heaven but also largely exempt from the sufferings of hell.[(21)] This is Limbo.

Dante's world is not our own, and in modern English usage the word "limbo" exists in an attenuated form. We use it to express a sense of in-betweenness, of being neither here nor there. One asks for something and it is not yet given or denied; one finishes one job before starting another; one leaves one place before settling in another. This is modern-day limbo.

It is precisely that sense of in-betweenness that characterizes, I think, both the overall view of the medieval Japanese courtier and poet Fujiwara no Teika (1162-1241) that we see in the noh plays and the particular view held by Komparu Zenchiku (b. 1405), the noh actor, playwright, and theoretician who is believed to have written the most important of these plays, *Teika*.

"The Poet in Limbo: From the Nō Play *Teika* to *Myōjō*"
(*Hengoku no kajin: yōkyoku 'Teika' kara 'Myōjō' e*)

Paul S. Atkins
University of Washington

I. Introduction

The Divine Comedy (*La Divina Commedia*, ca. 1308-21) of Dante Aligheri (1265-1321) occupies the summit of Italian literature, even though it was one of the earliest noted works composed in the vernacular. In this regard it occupies a similar position to that held by *Genji monogatari* (*The Tale of Genji*, ca. 1008) in Japan. Moreover, like *Genji*, it has become a world classic. Within the context of medieval Western literature, the *Comedy* also plays an extremely important role, giving us a viewpoint into so many aspects of medieval European worlds: not just religion, but history, politics, philosophy, literature, the arts and everyday life. It is the world of wine, bread, roses, and the Cross.

The *Comedy* begins with the book called *Inferno*, in which the narrator, a thirty-five-year-old man living in what is now called Italy on Holy Thursday in the year 1300, is attacked by beasts and then rescued by the shade of Virgil (Publius Vergilius Maro, 70-19 BCE), the great poet of ancient Rome poet who wrote the *Aeneid* (*Aeneis*, 29-19 BCE), and who was clearly one of Dante's personal heroes. Virgil leads the narrator through Hell; in the second book, he leads Dante through the realm of purgatory, a place of punishment but also of joy, for its inhabitants will eventually find themselves in heaven someday; they have hope. In the final book, *Paradiso*, we encounter the saintly woman Beatrice, who is said to have been based on a girl whom Dante met at the age of nine. She was a year younger; they are believed to have met only twice; each

不愉快に思ったらしく、それを書き直すか、もっとめでたい曲に改めるかという戦略を選んだようです。その享受史では、『定家』は歌人の定家に新しいペルソナを作ってくれました。作者の想像から生まれた定家と式子の激しい関係は、ダンテとベアトリーチェのように、プラトニックで、光に満ちた愛でなくても、物語の中では文字どおり、お互いに「不滅の愛人」だったということは否めません。

この世で不機嫌な天才歌人、あるいはずっと病気を訴えながら80歳までも生きた定家が、能の世界では、情熱的で、しかも忠実な恋人に生まれ変わります。それによって羨望を集め、感心すべき、あやかりたい人物となったのです。

夫の定家を見送った後、内親王が庭前の花を見ています。そうすると、女性がひとり現れます。内親王はその女性を不審に思い、帰るように促しますが、その女性は、私も定家に愛される者で、私こそが定家の留守番をしている、と図々しく言い返します。式子が反論すると女性は、「縦へ家こそもり給はめ、あるじの心は我に在り。」と断言します。嫉妬に堪えられぬ内親王は、やがて女性を打擲(ちょうちゃく)しようとしますが、彼女は消えてしまいます。定家が帰宅すると、式子は彼が浮気をしているといって責めますが、定家は知らぬ顔をするしかありません。

後場では、女性がその本体を現して登場します。実は、彼女は桜の霊だったのです。定家を魅了する存在として、式子の上に立つものは人間ではありませんでした。春の夜、式子と定家の愛情を見守る桜の霊が自然と恋のすばらしさを謡い、曙の鐘が鳴ると花の蔭に静かに消えます。(18)

5　結論

藤原定家に関する謡曲はいくつもあり、決して『定家』だけではありませんが、現行曲の『定家』の人気によって、我々が定家に対する理解を形成したと言ってもいいでしょう。

連歌師の宗祇は、1502年に、箱根の辺りで亡くなりましたが、その直前に弟子に、ちょうどいま夢で定家卿を見たと言っています。そして、この古い歌を口ずさみました：

　玉の緒よたえなばたえねながらへばしのぶることのよわりもぞする

これはもちろん、定家作ではなく、式子の詠じた歌です。『小倉百人一首』に載っていますが、謡曲『定家』でも大事な役割を果たしています。定家と式子の禁じられた恋は、宗祇に深い印象を与えた(19)に違いありません。

謡曲の立場から見ますと、特に廃曲や番外曲を視野に入れずに考えても、『定家』は興味深いけれども、特異なものではないようです。それでも、すべての現存謡曲や藤原定家の享受史という立場へと広げてみますと、『定家』の独特さが浮かび上がってきます。後世の謡曲作者は『定家』を社で、天台座主の慈円が定家の嫡男、為家を訪問します。為家は、和歌に対する熱意がなくて、祖父の俊成に罰せられ僧になったところ、俊成がなくなりました。息子のことはかわいそうですが、亡父俊成の命令ですから、仕方なく、定家は為家に日吉に籠らせます。毎日千首を詠む為家が、その歌を父親に送ると、定家がようやく手腕を発揮した息子を許し、彼を呼び戻します。そのいいニュースを伝えるのが、慈円の使命でした。許された為家は喜びの舞を舞います[15]。

もうひとつの作品は『式子内親王』という曲です。謡曲『定家』の書き直しだといってもよいでしょう。初めて都を訪れる旅の僧が、千本の辺りにとどまり、内親王の菩提のために祈祷を頼む女性に出会います。彼女の恋愛遍歴を認めるなかで、定家の名前も出てきます。場所も謡曲『定家』と同じで、季節も同じく時雨の時期です。後場になると、女性はやはり内親王の霊であることがわかります。最後に、内親王が歌舞の菩薩の舞を舞って、白雲に乗るように消えて、旅の僧の夢が醒めます。結末としては突然ですが、ハッピーエンドです。この曲の作者には謡曲『定家』に対する不満があったのでしょうか、『明静』と『定家』を混合させた[16]ようです。

またこの類には『小倉御幸』という曲もあります。嵯峨野にある定家の旧居に右大将の秋忠がやってきます。ここでは定家は内親王と恋に落ちた大歌人で、彼女がなくなると彼もすぐになくなりました。今上天皇は定家のことをかわいそうに思い、御幸されることになりましたので、秋忠はそのために先遣隊としてその下見に行きます。途中、彼はお墓参りに行く女性に会いますが、それは内親王の霊ではなく、生きている女性で、以前、内親王に仕えた、梅壺という女房です。その梅壺が秋忠に定家の庵室を見せると、壁には百人一首の色紙が張ってあり、内親王が留った部屋もあります。しばらく二人は和歌の話しをして、秋忠が帰ります[17]。

最後に紹介したい曲は『定家桜』という曲です。ここでは生前の定家は小倉の別荘に暮しています。時は旧暦の二月の半ば、桜は満開です。定家は、俊成のところに参ります。

定家の別荘で留守番をしているのは、何と式子内親王ではありませんか。

統の末に位置しています。たとえば、世阿弥が観阿弥作『融の大臣』を現行曲の『融』に書き換えた過程でこの現象が見えます。元の曲の源融は恐ろしい幽霊で、この世で殺生を行ったため、あの世で苦しんでいると、死後30年間にわたり、宮廷で信じられていました。ところで、世阿弥が改作した『融』には、そういった融の痕跡はなく、雅びな雰囲気がただよう世界[12]です。

また、『葵上』では、光源氏の正妻を出産の間に殺そうとする六条御息所の描写はほとんど妬み深い化け物に近いのですが、後の禅竹作の『野宮』になりますと、彼女は人間性を取り戻し、未練と懐かしさで満ちた作品となっています。同様に『明静』が能の世界においてその主人公なる定家を再評価する曲になっています。

4　定家に関わる他の作品

しかし、定家の享受は『明静』で終わりません。定家に触れる謡曲はこの他にもあります。たとえば、『九十賀』というとてもめでたい曲があって、実際に催された俊成の九十歳の長寿の祝賀の場が舞台となっています。会場に入る老父を助ける定家は、父に後鳥羽院直筆のお祝いの歌が書かれた屏風を見せます。もちろん、式子との関係については一切言及していません[13]。

『小倉山』という曲も同様に式子との関係に触れません。諸国一見の僧が嵯峨野を訪れると、一人の男に出会います。その男がいうには、定家は『新古今集』を編んだあと、その歌風は花（言葉の飾り）が多すぎて、実（内容）が少なかったと批判されたので、嵯峨野に庵を結んだというのです。とても滑稽な話しです。もちろん、その男は定家の幽霊であって、後場になると、定家の名歌を謡いながら出てきます。最後は、定家が「無上菩提の　眼を開きて、西の空にぞ　帰りける[14]」とあります。

または、謡曲『定家』のように、定家の名前が出ても本人が出ない曲もいくつかあります。『為家』という作品はそのひとつです。ところは日吉

> 遣され候へば、其時の御返哥に、うちもねず嵐の上の旅枕都の夢にかよふ心はと遊ばされ為と申、誠に何もしゆしやう成る御哥の由承り候定家の卿はいよいよ天台六十巻の奥義を極給ひ、しくわむみやうじやう前代未聞のほうごをかたどり明星（ママ）と名を御付有為と申、然ば六道の衆生を善生へ導き給はん御心づき深く　毎月十五日に廿五人のけつじゆを定め、しやうめう念仏をゐんぜい有て、六道の衆生に手向給ひ為と申、此おころと申は、ぢかく大師入唐の時、浄霊山にて西方極（ママ）の法文の伝へ給ひ、いんぜい（引声）念仏とて我山の行法に残し給ふ、是より此方、哥のひかうなどと申事も初り為と承及て候(11)

ここでは、定家と式子の関係が大前提になっていますが、定家が勅勘を蒙ることになると、菩提心を開き、比叡山での隠遁生活へ導かれていきます。

この間狂言が定家と式子の恋愛物語を消し去り、謡曲『明静』全体はその関係を示し続けているようで、観衆もそれを承知の上で舞台を観ているはずです。罪深かった定家は、ここではもう罪を犯しません。彼の驚嘆すべき六道廻りは、並外れた存在の印として機能しています。曲の最後に、「歌舞の菩薩の顕れて、妙なる舞の、袂かな」と謡いますが、そこに定家に業平がオーバラップしてきます。謡曲『杜若』は、業平は実は人間ではなく、歌舞の菩薩が人として生まれたのだ、という中世的理解の上で書かれています。ポエムとしての歌、そしてソングとしての歌のギャップをうまく生かし、中世の謡曲作者は能の謡いと和歌の関係を固めました。それから歌、謡い、舞というように、定家の世界と能の世界がひとつになっていきます。

『明静』にしても、謡曲『定家』にしても、ともに作り話ですが、両者には何の変成も、救済もありません。『定家』の始まりも終わりも、式子内親王と定家が妄執で苦しんでいると暗示しています。『明静』では、最初から定家の成仏は獲得されており、変わるものとしては観衆の意識しか挙げられないでしょう。

歌聖の定家を更生させる『明静』は、作者の意図をさしおいて、長い伝いうテキストによく似ています。(下線で示しました)。この『愚迷発心集』は12世紀末、あるいは13世紀の始めの成立ですが、著者貞慶は、藤原摂関家に生まれ、博学の評判に背を向けて、興福寺を後にして笠置寺(かさぎでら)に入りました。テキストの中の話者は、正しい人生を送らなかったことや菩提のために絶えず勤めなかったことを痛切に嘆きます。このような表現形態は、「懺悔」という文学形式に属するもので、西洋の古典との比較がもう一つ許されるならば、アウグスティヌスの『告白』(あるいは、『懺悔録』といいます)との共通点があります。

貞慶(解脱坊)と定家は同世代で、定家の日記『明月記』によりますと、貞慶が行った法会に定家が出ています[(10)]。貞慶は特に、摂政家の九条兼実の厚いパトロネージュを受けました。定家も九条家の家司(けいし)でした。しかし、二人の関係を『明静』の作者が理解していたという証拠はなく、レトリックとして貞慶のテキストを取り込んだと考えられます。

その部分形式は「地獄巡り」というジャンルに属しています。つまり、話者が、生きているか死んでいるかを問わず、この世に罪を犯し、地獄でとても苦しい、しかもグロテスクな罰を受けている、地獄の住人の有様を述べるものです。これとよく似た事例は謡曲『歌占』に窺えます。この曲では、ある男は、頓死して三日後に蘇った経験があり、その間、地獄でみた有様を真に迫った描写で語ります。本人も、恐怖のあまり、黒髪が白髪に変じてしまったのです。

不思議なことに、『明静』の本文では、定家が地獄で苦しむ理由には、触れていません。「名利(みょうり)」を目指した、というような、一般的なコメントや、和歌は仏典に比べて取るに足りないものというヒントしか見えません。西野春雄氏の指摘する通り、定家の苦痛の原因については、間狂言を見なければなりません。

> 先定家の卿は式子内親王と忍び忍びの御契りにて御ざ有為と申が、度重ればあらわれ勅勘の蒙り給ひ為と申、然るに依て御発心の御心深く此寺へ引隠り御座有為と申、其時俊成の卿の御哥に、子を思ふ心や雪にまがふらん山の奥の身(み)夢に見へつつとか様に遊ばされ、定家の方へ

mi ritrovai per una selva oscura,
che al diritta via era smarrita.
（われ正路を失ひ、人生の羈旅半にあたりてとある暗き林のなかにありき[7]）

とはいえ、決定的な違いもあります。ダンテの迷いは生きたままですが、定家の方は死んでからのものです。また、ダンテの世界は、六道ではありません。この人生、そして地獄、煉獄、天国、辺獄といった五つの世界だったのです。

続いて、以下のように曲が展開します。

シテ　拙きかなや。常に恩愛の羈（きづな）に纏はり、
地　浄業を企つといへ共、悪縁に破られ、他人の非をばわきまへて、身の上の科（とが）を、かへり見ず。無益（むえき）の言葉は、喧（かまびす）しといへ共、仏道の事を談ぜず。一度（ひとたび）、泥梨（ないり）に沈まば、曠劫（くわうごふ）もいかで出（いづ）べき。地獄の、苦しみ無量なり。四面に猛火充塞（じゆうそく）し、熱鉄を地とせり。涼しき風を願えば、火焔来りて身をやき、冷水を求むれば、鑊（かく）湯湧て百（はく）節の、骨頭より火を出し、一日の其中に、万死万生たり。是殺生の科なり。餓鬼は人天多けれど、食を願ふに与へず。百果（はつか）林に結べども、とどむとすれば悉く、刀林となつて手をさき、足に刀山踏時は、劔樹共に解（げ）すとかや。是慳貪（けんどん）の業なり。
シテ　畜生はその形、
同　千品にして苦しみあり。飛蟻は、火にて身を滅し、蛛網（ちうまう）に命を捨、互に。相噉食（たんじき）す。貪欲愚痴の科なり。修羅は瞋恚をふくむで、天帝（たい）と諍ひ、我と身をきる紅波は、猛火となつて肝をやく。
シテ　人間無常世界にて、
同　栄ふる者はおとろへ、天上の快（け）楽も夢の中にて五衰あり。六つの岐（ちまた）を放れえぬ、十悪の輩も、一年弥陀の誓ひあり。御法の船に身をうけて、皆彼岸に至らん[8]。

最初の部分は、鎌倉時代の法相宗の僧、貞慶が書いた『愚迷発心集』[9]と

「止観明静、前代未聞」から取ったものだと考えられています。この曲に関する研究がほとんどなされていませんので、あらすじから始めましょう。

比叡山の東の麓に安楽寺というお寺があり、そこへ定家のお墓参りのため、都から一人の歌人がやって来ます。時は、十月の中旬、時雨のシーズンですが、不思議なほど、晴れています。空には雲が一切なく、満月が輝いています。

歌人が定家のお墓の行方をお坊さんに訪ねると、その僧は定家のことを明静といい、お墓まで案内してくれるのです。そして、法会を行いますので、是非ともと誘い、歌人は快く承諾します。そこで、その僧は実は自分は定家の霊であることを明かし、中入りになります。

後場では、定家の霊がそのまま荘厳な姿で出てきます。死後、すべての六道に生まれ変わり、地獄、餓鬼、畜生、阿修羅、人間、天神、という様相を経験したと話します。最後に、歌舞の菩薩という舞を舞って、「仏果を得しこそありがたけれ」[6]と言って、曲が終わります。定家の成仏によって、めでたい曲になっています。

この『明静』という謡曲のクライマックスは、後シテが六道を語るところだと思います。これは『平家物語』の最後の「灌頂巻」に建礼門院が同じ過程を比喩的に経験したと書いてあるのと同じです。すなわち、戦を見ることは阿修羅の世界のようで、宮廷に住むことは神のような存在、船の上で飲水がないと餓鬼、というようなものでした。しかし、『明静』では、定家の霊が語ることは比喩ではありません。彼が涅槃への唯一の入り口であるこの人間界を去ってから、幾度も生まれ変わって、様々なつらい目にあいました。一体、何がおこったのでしょうか。

本文を見ましょう。クリで、地謡が定家に代わりこのように謡います。

夫(それ)流来生死より以来(このかた)、六道に輪転し、
名利(みやうり)の毒薬を服(ぶく)して、長夜に道を失ふ。

勿論偶然ですが、この箇所は、ダンテの『地獄篇』の第一句によく似ています。

Nel mezzo del cammin di nostra vita

いつすみよしぞ　めいげつのかげ[5]

（いつ澄んで見えるのだろうか、住吉神社の名月の月影）

という句があり、次に住吉神社と「名月／明月」という言葉を繋げて、定家に関連づけます。（両方の言葉とも、定家の歌論書と思われていた『毎月抄』の一段落に出てきます。）

つゆほども　あやかりたきは　定家にて

（ほんの少しの間でも、私がその真似をしたいのは、やはり定家卿です。）

今の点では、貞徳が定家を敬服しているのは、あくまでも彼の歌の手腕によるものです。ところが、俳諧の典型的な手段で、今度視点が急に変わります。

内親王と　契るいく秋

（定家は、何年間、式子内親王と恋をしたのだろうか。）

この句では、貞徳の関心は詩的なものから性的なものに移り、定家を歌人よりも、長年、内親王と関係を持ち続けたラバーとして羨望を表しているようです。

従って、『定家』における両義性は、作者が『拾遺愚草』や『百人一首』の精読にみられる歌人として定家への尊敬を描く一方で、社会の秩序に違背し、内親王への妄執が彼女の菩提の邪魔となった定家を描いているということに留まるだけではありません。その密通関係自体に未知の価値がつけられているようです。

結局、定家の活動は積極的に評価されたと思われますが、内親王との架空間柄は、決して一夜限りの情事にあらず、極めて情熱的、そして献身的であることが、文字どおり、墓のかなたまでも続いたのです。

3　『明静（みょうじょう）』

『定家』ほど知られていませんが、我々の注目に値する作品で、『明静』という番外曲があります。定家の仏名は天台の論書『摩訶止観』の冒頭、だことは、正徹と同じように、定家を高く評価したことを示唆するのでしょう。それならば、禅竹はなぜ、定家をこのように「違反」した存在として描く曲を作ったのでしょうか。

この問いは、実はもうひとつの重要な問いを投げかけています。すなわち、定家が内親王と密通することが、定家にとって本当にマイナスのイメージになるのかということです。人は、手に入れられないものが欲しくなります。内親王の身分の上、式子は前（さき）の賀茂斎院として、禁忌に囲まれている存在です。そして、たとえば『源氏物語』や『伊勢物語』を見ても、この禁じられた女性と関係を持つ男性がかなり好意的に描かれている例があります。『源氏』の場合は、光源氏と藤壷、あるいは源氏と朧月夜の事件が挙げられます。『伊勢』ではもちろん、昔男、つまり在原業平の分身が、現役の伊勢斎宮、それから二条の妃とそれぞれに恋をします。

次に、『定家』の間狂言から、定家と式子の恋の詳細を考えましょう。底本は寛永9年（1632年）のものです。

> 「あれなる石塔は　式子内親王の御墓にて候　かの御墓に蔦葛這ひ茂り候　御墓を清むる者これを取り候へば　明くる日はもとのごとく這ひかかり候ふ間　このあたりの者みな不審をいたし候ふところに　ある夜さる者の夢に見え給ふやうは　これは定家の執心なるが　葛となつて御墓に契りをこむるところに　取り除くることの恨めしさよ　な取り除けそと見え給ふ」(3)

葛をとりのぞくな、といっているのは定家か式子かは不明ですが、それまでの主語は定家であって、定家の行動には「給ふ」という尊敬語が添えられていますので、「これは定家の執心なるが　葛となつて御墓に契りをこむる」云々というのは定家の立場から言っているようです。この「契りをこむる」という表現は、実はかなり露骨なもので、17世紀初頭の『日葡辞書』でははっきりと「性的交渉を持つ」(4)と述べています。

確かに、近世になりますと、定家はこの物語のお陰で諸方面からの憧憬を集めるようになりました。たとえば、この間狂言が刊行された頃、俳人の松永貞徳が独吟で百の俳諧をつくりました。その中に、

2 『定家』

後鳥羽院が『後鳥羽院御口伝』で定家のことを厳しく批判し、さらに定家の子孫である二条為明が、定家の名歌のひとつ、「見わたせば花も紅葉もなかりけり浦の苫屋の秋の夕暮」には、「乱思病」という欠陥があるという酷評を出しました。しかし、13世紀の末、西行と俊成ともに、定家は「和歌の大聖人」と花山院長親に称賛されました。または、正徹が「この道にて定家をなみせん輩は、冥加もあるべからず、罰をかうむるべき事なり[(1)]」と断言したのは、15世紀のなかばです。

同じ時期に禅竹が『定家』を書きました。つまり、定家の歌聖時代になります。しかし、正徹が「定家をないがしろにするものには、罰が当たる」とまで言わなければならなかったということは、定家を批判する人もいたからに違いありません。

それにも関わらず、『定家』の作者が歌人の定家をあがめたことは、明かです。その曲に、定家の歌を引くのみならず、定家の歌集『拾遺愚草』の言葉書きまで引用することから、定家の愛読者クラスであると言えましょう。その上、定家が編集したと当時も考えられていた『小倉百人一首』の歌を数首、曲のなかに取り入れています。

定家と式子の情熱的な愛の物語の由来については、連歌を作るための手引き、『源氏大綱』によるものと考えるのが一般的です。しかし、大谷節子氏の示すように、この『源氏大綱』は『源氏物語提要』に基づいていますが、この愛の物語は『提要』のなかには見当たりません。『大綱』にあって、『提要』にはないというエピソードについて、大谷氏がもうひとつ指摘していますが、そこでは禅竹作ともいわれる謡曲『野宮』が言及されています。これによって、『定家』が『源氏大綱』を引いたのではなくて、実は逆だった、『定家』と『野宮』から『大綱』が引用を行ったのだという仮説[(2)]がなり立ちます。

禅竹が正徹となんらかの交際があって、彼が『拾遺愚草』を丁寧に読ん生涯、ベアトリーチェを恋い慕ったといわれています。彼にとって、ベアトリーチェはまさに「不滅の愛人」でした。天国を案内するのは、このベアトリーチェです。

ダンテの案内役が、ベアトリーチェへ交代するのはなぜでしょうか。ウェルギリウスがなぜ途中で退いてしまうのでしょうか。

実は、ベアトリーチェは天国の住人の一人ですが、ウェルギリウスはダンテにとっていくら優れた人物であっても、天国に昇ることはできませんでした。その理由は、ウェルギリウスがキリスト以前に生きていたからです。(これは『地獄編』の第一節にはっきりと説明されています)。ベアトリーチェは親友のダンテが道に迷っているのに同情し、ウェルギリウスにダンテを彼女のもとに導くよう指示したのです。

ウェルギリウスの住むところは、地獄の周辺にある「辺獄」といわれるところです。そこにはウェルギリウスと共に多くの異教徒がいます。ホメーロス、ソクラテス、プラトン、ガイウス・ユリウス・カエサル等、というすばらしい面々が勢揃いしています。地獄の周辺といっても、地獄に行くことはなく、新鮮な緑のなかで暮しています。ところが、地獄の苦しみを免れながらも、言葉で言い表しようのない、天国の歓喜を味わうこともできません。この曖昧な存在を辺獄といい、ラテン語ではlimbusといいます。

しかし、ダンテの世界は過去のものであり、現代の英語ではlimboということばには、宗教性が皆無に等しく、ただ「こうでもない、そうでもない」という状態を描写するときに使います。たとえば、何かを頼んだら、イエスともノーでもない、返事がまだ来ていない状態です。あるいは、ひとつの仕事が終わって、次がまだ始まっていない状況です。これが今日の辺獄です。

ちょうど、このような両義性、中間性、曖昧さが、日本の謡曲全体、特に、金春禅竹が書いた『定家』にあらわれる藤原定家の見方とよく似ていると、私は考えております。

辺獄の歌人「定家」から「明静」へ

ポール・S・アトキンス

1　序論

ダンテ・アリギエーリの叙事詩『神曲』*La Divina Commedia*は、ラテン語ではなく、地元のトスカーナ方言で書かれた傑作のやや早い例であるにもかかわらず、その後、イタリア文学の最高峰に聳え立つようになりました。この点では、『源氏物語』が日本で果たしている役割によく似ています。さらには、『神曲』も『源氏物語』もそれぞれ、後世において世界文学world literatureの古典作品の一つとなりました。『神曲』は、西洋の中世文学ですが、現代社会の我々に宗教観はもちろん、歴史、政治、哲学、文学、芸術、日常生活も含め、中世ヨーロッパの諸側面を見せてくれ、とても重要です。これこそがワイン、パン、バラ、そして十字架の世界だと言えるでしょう。

『神曲』は三部に別れており、第一部は『地獄篇』*Inferno*といいます。最初の設定は、現在のイタリア、1300年の聖木曜日、つまり復活際より三日前、キリストの受難を記念する日の前夜、つまり最後の晩餐の日です。話者でもあるダンテは、獣に襲われますが、辛うじてウェルギリウスの幽霊に救われます。ウェルギリウスとは、『アエネーイス』という叙事詩の作者として、ダンテが深く尊敬し、私淑もした、古代ローマの偉大な詩人です。ウェルギリウスが話者のダンテを地獄に案内します。第二部では、ウェルギリウスとダンテが煉獄purgatorioを通ります。煉獄にいる人は、罪があるため、罰を受けますが、いつか天国に昇る希望を持って意外にもその運命を楽しく受け入れています。そして、最後の第三部では、ダンテがウェルギリウスと別れ、ベアトリーチェと再会します。ベアトリーチェは、作者のダンテが9歳の時に初めてあった女の子で、彼より一つ年下でした。その後一度しか会っていませんし、二人とも別の人と結婚し、さらにベアトリーチェは24歳という若さで早世してしまいますが、作者のダンテは

文字と仮名遣い

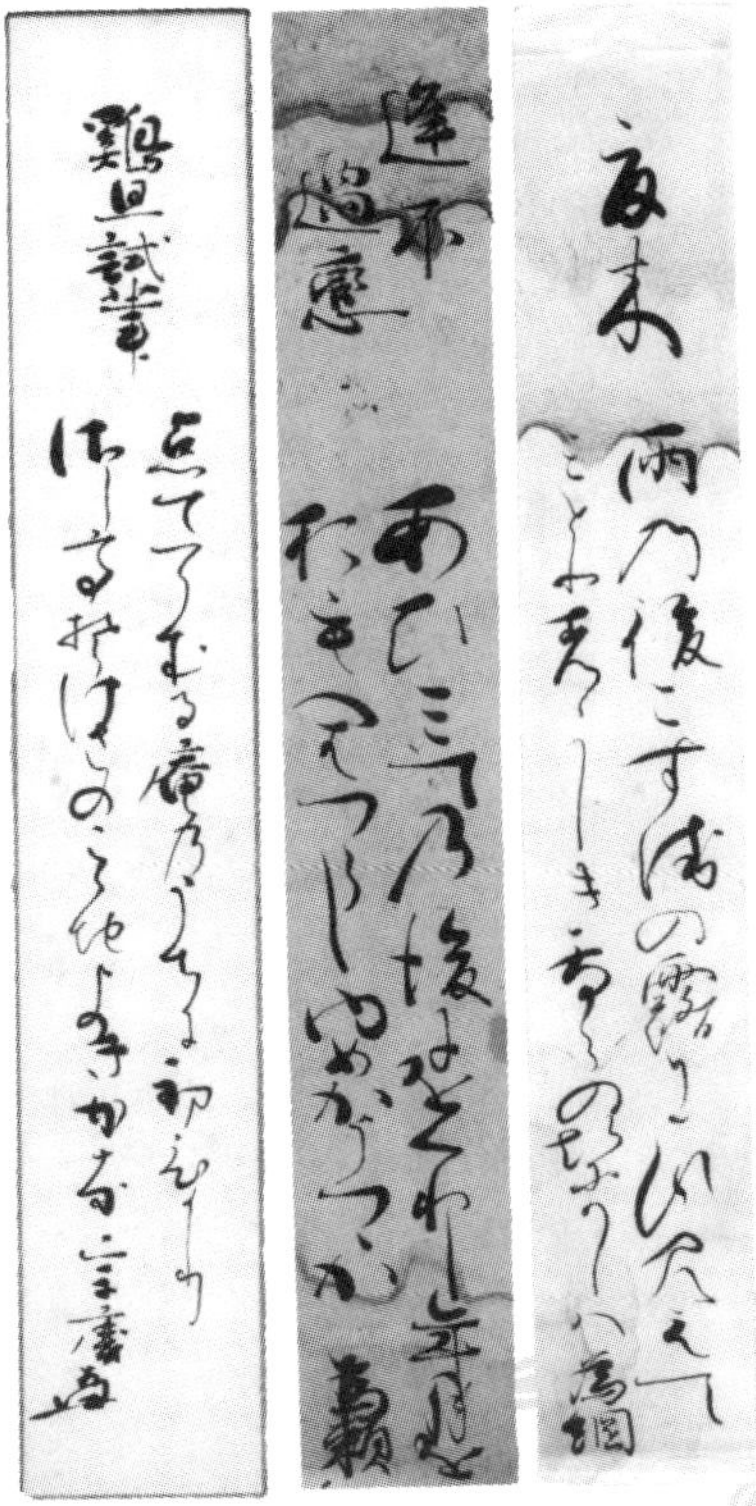

冷泉為綱筆・冷泉為頼筆・小堀宗慶筆　兼築信行氏蔵

定家仮名遣いの継承

坂本清恵

定家の仮名遣いはどのように伝わったのか。定家仮名遣い書とされる行阿の『仮名文字遣』はアクセントによった仮名遣いではなく、[1]定家仮名遣い批判の書といわれてきた長慶天皇の『仙源抄』の仮名遣いは実は定家の仮名遣いの原理どおり、自身のアクセントによる仮名遣いで書かれたこと、また、『仙源抄』の現存最古の書写者である耕雲（花山院長親）自身の仮名遣いはアクセントによる仮名遣いではなかったことを述べる。[2]さらに、書流と仮名遣いの具体例として、近衛信尹の仮名遣いと近衛流で書かれた謡本の仮名遣いに触れ、江戸時代にかけての定家仮名遣いの広がりについて探る。

一　定家仮名遣い

仮名遣いの問題は、区別すべき仮名の数が確定し、その区別すべき文字間で発音上の区別がなくなったときに生じる。具体的には「いろは」四十七文字が区別する文字として定着したこと、次に挙げた音変化が起こったことにより、仮名遣いの問題が始まった。

一、ア行の「お」とワ行の「を」、ア行「い」とワ行の「ゐ」、ア行「え」とワ行の「ゑ」の発音の区別がなくなる。

二、ハ行転呼音によって語頭以外のハ行音がワ行音に変わる。

平安中ごろからこれらの書き分けに揺れが生じるが、表記は古いものを踏襲することが多く、音韻変化が起こってもすぐには問題にならない。定家がのちに『下官集』と呼ばれる書に仮名遣いを取り上げたのは、古典作品を書写するために、仮名遣いを強く意識し、規範を定める必要があったからである。

それでは、定家はどうやって発音の区別がなくなったものを書き分けたのか。

定家自身は自分の仮名遣いの原理については書き残してはいない。次に掲げたものは、国文学研究資料館所蔵、橋本進吉博士旧蔵の定家模刻本の『下官集』である。堀尾吉晴が所持した際、近衛信尹（三藐院）が慶長八（一六〇三）年四月二十五日に模写したものの模刻である。定家が自ら「その字鬼の如し」といった文字の特徴がよく現れている。三藐院の書については五で触れるが、定家は『下官集』に仮名遣いの凡例を挙げている。

定家自身の仮名遣いには二つのルールがある。

まず、一つは声調、現代でいうアクセントによる方法で、アクセントの低い部分には「うゐのおくやま」の「お」、高い部分には「ちりぬるを」の「を」で書くというものである。これをアクセント仮名遣いと呼ぶ。

アクセント仮名遣いの例を挙げると、例えば「男」は図書寮本『類聚名義抄』では、万葉仮名で「緒止古」と書かれたところに声点〈平平平〉が差されており、定家仮名遣いでは「おとこ」と書くことになる。

定家筆本の伊達本『古今和歌集』の序では、「おとこをむな」とある。「男」は定家の時代はＬＬＬアクセントで「おとこ」と、「女」はＨＨＬで「をんな」と書かれる。また、412の左注には「男」が横に並んでいるが、同じ字母の「於」の字体を変えて、ともに「おとこ」と書いている。

もう一つのルールは、古典仮名遣い、歴史的仮名遣いと呼ばれるものと同様に、「旧草子」、つまり古い文献によるもので、「え・ゑ・へ」「い・ゐ・ひ」をこれによって書き分けた。

二〇一二年一一月に朝倉書店から出版された『日本語大辞典』掲載の「定家仮名遣い」の説明では、二つのルールが大野晋氏の発見のように読める。確かに定家が仮名遣いのルールを書いたものはなく、「お」と「を」が現代

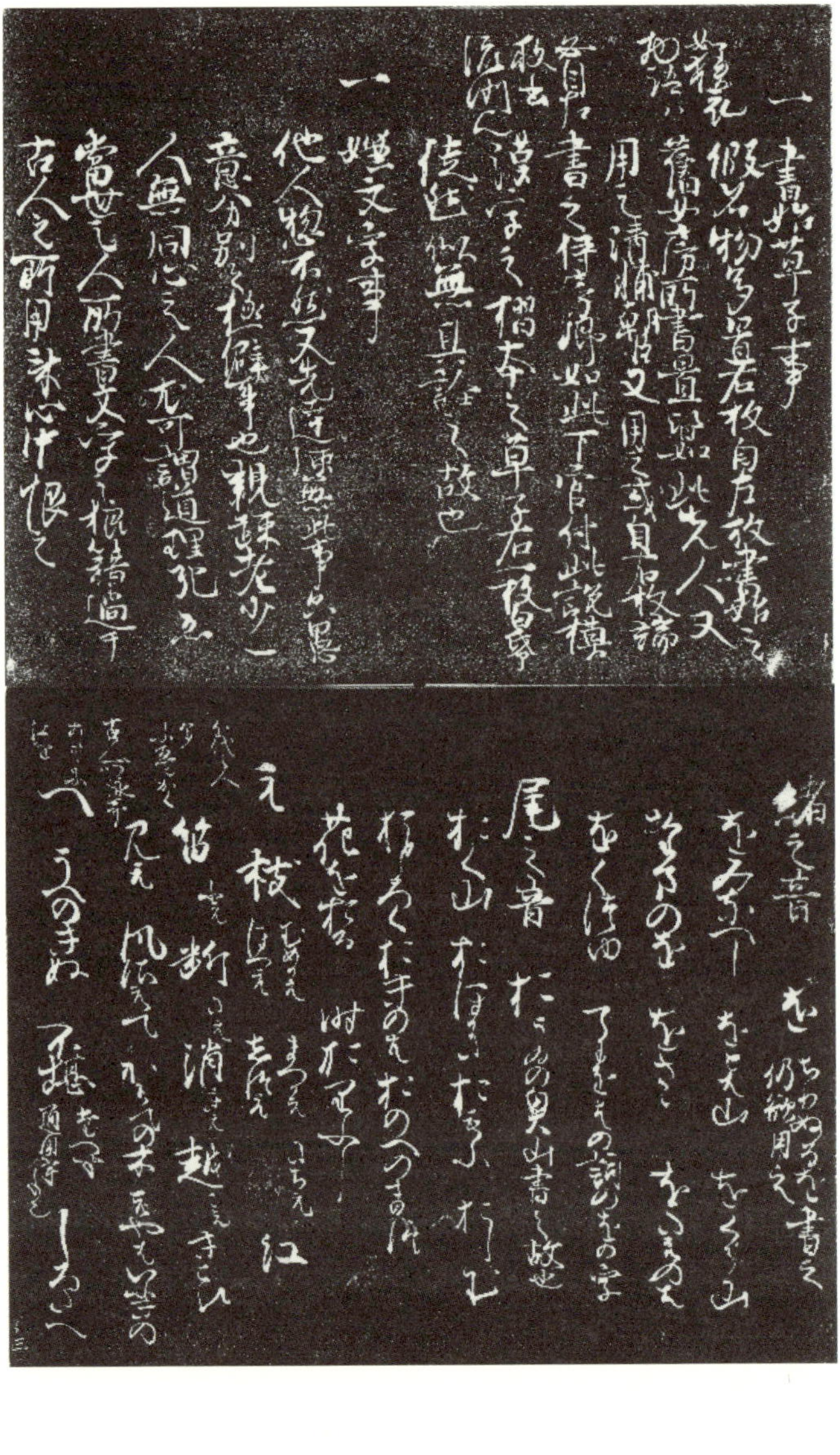

下官集	歴史的仮名遣い	平安・鎌倉アクセント	室町・江戸アクセント
をみなへし	をみなへし	HHHHL	HHHHL
をとは山	おとはやま	HHH-	HHHHH ＊
をくら山	をくらやま	HHH-	HHHHH ＊
たまのを	を	H	H
をさゝ	をささ	HHH	HHH ＊
をたえのはし	をたえのはし	H-	H-
をくつゆ	おく	HL	HH
おくやま	おくやま	LLHL ＊	HLLL
おほかた	おほかた	LL-	HHHH
おもふ	おもふ	LLF	HLL
おしむ	をしむ	LLF	HLL
おとろく	おとろく	LLHL	HHLL
おきのは	をきのは	LL	HL
おのへのまつ	をのへのまつ	LHH	LHH ＊
おる(折)	をる	LF	LH
おりふし	をりふし	LHLL	LHLL

表1

の術語でいうアクセント、声調によるものだとは、定家は具体的には書いていない。しかし、『下官集』でも「緒之音」「尾之音」とあり、南朝三代の長慶天皇、江戸時代の僧契沖による定家仮名遣い批判の矛先は「お」と「を」とをアクセントによって書きかけることに対するもので、定家の仮名遣いがアクセントによる書き分けであると理解されていたことがわかる。また、これらの批判は、アクセントによる仮名遣いと、古い文献で出現する仮名遣いを踏襲するという二つのルールがあることへのものでもあった。つまり、二つのルールは大野晋氏が発見したのではなく、大野氏によって詳しくその実態が証明されたと捉えるべきものである。

以下、ここでは二つのルールのうちアクセントが基準であった「お・を」の仮名遣いを中心にその継承についてみていく。『下官集』「緒之音」「尾之音」に掲げられた語の仮名遣いとアクセントの関係をみると、表1のとおりで、「平安・鎌倉時代のアクセント」の高い部分が「を」で、低いところが「お」で書かれていることがわかる。

二　行阿の『仮名文字遣』

『仮名文字遣』の序文は、行阿の祖父親行が定家に家集「拾遺愚草」の清書を依頼された折に、仮名遣いをまとめて定家に進言したということが書かれ、「もじづかひをさだむること親行が抄出これ濫觴也」と、祖父親行こそ仮名遣いの創始者だとする。

しかし、これは行阿の捏造といわれてきた。歌学において喧伝されていた仮名遣いの起原を祖父親行に結びつけ、定家に先んじてこれを提唱したとして曾祖父以来の河内方の源氏学に対する権威を高らしめて、二条派に対抗しようとしたといわれている。近年見つかった金沢文庫の『下官集』も捏造資料の一つと考えられる。

大野晋氏はこの『仮名文字遣』に挙げられている語について、アクセント仮名遣いを調べ、ルールに合わないもの、特にワ行の「を」で書かれるものが合致しない例が多いことを明らかにした。そしてその理由をアクセントの歴史的な変化によるもので、そのアクセント変化に早い遅いがあったと解釈する。[3] これは語頭から低い拍が二拍以上続いていたものにおいて、語頭が高くなるというもので、アクセント体系変化と呼ばれ、これに遅速があったとしたのである。

具体的にはＬＬからＨＬ、ＬＬＬからＨＨＬなど低く平らなものからの変化が早く、ＬＬＨからＨＬＬに変わる変化が遅かったという。

しかし、『仮名文字遣』の語例は、次の三点からアクセントの遅速を反映したものとすべきではない。[4]

（1）アクセント史研究の進展から
（2）『仮名文字遣』の記載単語の偏りから
（3）行阿の生育地の問題から

（1）大野論文発表の後に、アクセント史の研究が進み、金田一春彦氏、桜井茂治氏の研究などにより、行阿の生年、永仁元（一二九四）年には、アクセントの体系的な変化が終わっていたことが明らかになった。つまり『仮名文字遣』は行阿が自分のアクセントで、仮名遣いを定めたとは考えられないということになる。

（2）『仮名文字遣』は行阿の自筆本が失われ、成立後百年以上経た伝本しかないが、その諸本を詳しく調べると以下のようなことがわかる。

1書写年代の古い本は「を」の項目が多い。
2流布本系は「お」が「を」を上回る。
3流布本系は「お」を補充している。
4補充語はアクセント変化以前の「お」を反映している。

つまり、流布本系が一見、アクセント変化前の姿を反映しているようにみえるのである。

また、変化が早かったとされるＬＬＬからＨＨＬになる語であるのに、「を」と表記されていない次の語を大野氏は無視しているという問題もある。

おとこ（男）383・おほち（大路）32・おもひ（思）285

数字は『古典類別語彙表』での出現数であり、『仮名文字遣』では古典作品での高頻度の語がアクセント体系変化後に「を」ではなく「お」で書かれているのである。

また、大野氏が、変化が遅いとされたＬＬＨからＨＬＬに変わる単語は主に動詞である。三拍動詞第一類はもともと高く始まり、第二類が体系変化後にＬＬＨからＨＬＬに変化するが、アクセント変化をしても第一類と第二類を区別することができる。これは現代の東京式アクセントであっても区別が可能である。流布本で補充されたのはこの動詞の第二類で、ＬＬＨからＨＬＬに変化する語が「お」で示されているのである。

おしむ（惜）・おほふ（覆）・およぐ（泳）・おさむ（治）・おもふ（思）

これら第二類の動詞が流布本系では補充されている。

さらにいえば、『仮名文字遣』では「を」と「お」とどちらで書くのかの揺れが大きいことも問題である。例えば「男」は大野氏が早くアクセント変化し、ＬＬＬからＨＨＬとなったとされる語であるにも関わらず、行阿の『仮名文字遣』では一貫して「おとこ」で書かれ、揺れがみられない。これに対して「をのこ」はアクセントが平安末から江戸時代までＨＨＬで変化がないにもかかわらず、「お」と「を」の両方に掲げられ、揺れの解説もみられる。これはアクセント体系変化後に「おとこ」が「をのこ」のアクセントと同じＨＨＬになったため、仮名遣いが揺れない「おとこ」と同じ意味を持つ「をのこ」の仮名遣いが影響を受け、「をのこ」と「おのこ」とで揺れたのだと考えられる。

（3）の行阿の生育地は京都だったのかということはこれまで着目されて来なかった。行阿の曾祖父光行は建久九（一一九八）年に鎌倉へ移住、祖父親行は京都で生育の後、十一歳頃から鎌倉に在して活躍、父義行と知行（行阿）は、鎌倉生育の可能性が大きい。『仮名文字遣』の序文ではアクセント仮名遣いに触れていないこともこれを裏づけるのではないか。

『仮名文字遣』では、古典文学での高頻度使用語であるのか、日常的な口語であるのかといったことや、書写活動のなかで「お」と「を」のどちらで書く語として記憶されていたかが語形決定に関係を持っており、行阿自身のアクセントによって書き分けていたとは考えにくい。京都生育でない行阿はアクセントによる仮名遣いについては記述を避け、序文で四声による仮名遣いに言及しなかったのだと考えられよう。

以上のように『仮名文字遣』を行阿自身のアクセントによる仮名遣によって記述したものとして扱うことはむずかしく、アクセント仮名遣いを継承しているとはいえない。

三 『仙源抄』――長慶天皇の仮名遣い

アクセント仮名遣いはアクセントが変化した後にはそのルールに従うと、定家時代の仮名遣いと相違する語が出てくる。先に述べたとおり、アクセント仮名遣いの原理に従えば、「おとこ」はLLLからHHLに変化するので「おとこ」から「をとこ」へ書き方が変り、定家の書いたものとは合わなくなる。一の表1に挙げた『下官集』の「お・を」で始まる語の一覧の「室町・江戸アクセント」に網掛けのある語がアクセント体系変化によって「お」から「を」へアクセント仮名遣いが変るものである。

南朝三代長慶天皇は、定家筆の『源氏物語』を見て仮名遣いの違いに気が付き、『仙源抄』の跋文でそのことに触れ、天皇自身のアクセントで書こうとすると定家の仮名遣いと異なってしまうことを指摘している。これによって『仙源抄』は定家仮名遣いを批判した書とされてきた。

『仙源抄』は『源氏物語』の注釈書で、それまで『源氏物語』は巻ごとに注釈が加えられていたため何度も同じことばが注記されていたが、それを整理するために「いろは順」に注釈する語をまとめた画期的な著述である。また、いろは順の項目のうち、「ゐ」は「いろは」の「い」に、「お」は「ちりぬるを」の「を」に、「ゑ」は「こえて」の「え」に組み込んでいる。

また、『仙源抄』は長慶天皇の自筆本が耕雲と長慶天皇の皇子によって書写され、耕雲本系と行悟本系に分類されるが、「お」「を」の仮名遣いについては両系統にほぼ相違はない。『仙源抄』は長慶天皇の自筆本が失われ、自筆本から直接書写されたとみられる京都大学図書館所蔵の耕雲筆本が最古写本で、この本の仮名遣いは長慶天皇の仮名遣いをそのまま写したと考えることができる。

長慶天皇は、跋文にアクセントによる仮名遣いの問題点を挙げたが、「しかれともにはかにこのついへをあらたむへきにあらす」としていて、本文に掲げられた語の仮名遣いをみると、アクセント体系変化後のアクセントによる仮名遣いを実践していることがわかる。

例えば、「荻」は、LLからHLにアクセントが変化するが、定家は「おき」、長慶天皇は「をき」書いている。

『下官集』

『仙源抄』

	ア（変化前）	ア（変化後）	歴史的	『仙源抄』	『仮名文字遣』
『仙源抄』	23(54)	54(55)	21(60)		20(37)
	42.6%	98.2%	35.0%		54.1%
大島本	48(56)	23(58)	40(58)	25(58)	26(37)
	85.7%	39.7%	69.0%	43.1%	70.3%
陽明文庫本	32(56)	26(56)	36(59)	17(59)	23(37)
	57.1%	46.4%	61.0%	45.8%	62.2%
保坂本	38(53)	20(56)	36(56)	23(56)	25(35)
	71.7%	35.7%	64.3%	41.1%	71.4%
尾張河内本	46(60)	16(60)	45(60)	18(60)	28(37)
	76.7%	26.7%	75.0%	30.0%	75.7%

表２

表２には、『仙源抄』に掲載された「お」「を」を含む語について、『源氏物語』の諸本の仮名遣いと比較できるよう、アクセントの変化前と変化後のアクセントによる仮名遣い、歴史的仮名遣い、『仮名文字遣』との一致について、上段に合致数（全体の語数）、下段に%を示した。表からは、『仙源抄』はアクセント体系変化後のアクセントによる仮名遣いとの一致率が98.2%であり、アクセントに対応する仮名遣いの方針を貫いたゆるぎのない表記となっていることがわかる。

『仙源抄』は長く跋文のみが定家仮名遣い批判として注目されてきたが、アクセント体系変化後に、定家仮名遣いの原理であるアクセント仮名遣いを実行した稀有な著述といえる。『仙源抄』こそが、アクセント体系変化後に書かれたアクセント仮名遣いを継承した書物なのである。

四　耕雲の仮名遣い

耕雲は花山院長親、南朝に伺候し内大臣になったのち、応永二（一三九五）年、東山の如住院（花山院家の菩提寺）に移り、諱を明魏、「耕雲山人」とも称し、足利義持に重用された。和歌作品に『耕雲百首』、著作には『耕雲紀行』などがある。また、義持の命により、『源氏物語』本文に朱墨の「臆説」を献じている。

長慶天皇が弘和元（一三八一）年に著した『仙源抄』の書写は、応永二（一三九五）年以降とみられる。耕雲の生年は不明だが、長慶天皇より五、六歳は若く、アクセント体系変化後の生まれである。『仙源抄』の書写により、「定家の仮名遣い」と、自身のアクセントによる仮名遣いとの相違を理解していた可能性は高い。

しかし、耕雲筆『原中最秘抄』『耕雲百首』『耕雲紀行』における「お」「を」を語頭に持つ語の仮名遣いは、アクセント体系変化前のアクセントによるものであり、『仮名文字遣』に近いものである。

つまり『仙源抄』の仮名遣いは、長慶天皇のものであり、耕雲は『仙源抄』書写に当たっては、長慶天皇の仮名遣いを遵守している。『仙源抄』以外の耕雲自筆本の仮名遣いはアクセント体系変化前のアクセントによる仮名遣いによるものであり、アクセント体系変化後の生育である耕雲が、自らのアクセントで書き分けを行ったものではない。

また、『原中最秘抄』は源親行によって著された『水原抄』をもとに、親行の子義行や孫の行阿という河内方によって代々、加筆・増補され、貞治三（一三六四）年に、行阿によってまとめられた注釈である。耕雲筆本は、「親本」に忠実に書写を行い、光行から知行（行阿）までの仮名遣いを継承したことになるのであろう。耕雲の書写態度は親本の仮名遣いを忠実に踏襲するものと考えると、行阿の仮名遣いは現存の『仮名文字遣』よりも定家の仮名遣いを踏襲していたと言えそうである。

耕雲の自著である『耕雲百首』『耕雲紀行』でも、耕雲自身のアクセントによって個々の語の「お」「を」を書き分けるアクセント仮名遣いを採ってはいない。耕雲は自らの著述にあたって、周辺で行われていた、いわゆる「定家仮名遣い」を用いたのだと考えられる。ここでいう「定家仮名遣い」とは、「定家の仮名遣い」が元になっているもので、アクセントが変化してもそれに伴って変化することない文献によって学んだ仮名遣いである。

耕雲は、『源氏物語』や『原中最秘抄』などの書写で習得した仮名遣いを自らの著述でも用い、それは当時広汎に流布していく定家仮名遣いに近いものであった。

五　書流と仮名遣い——謡本の仮名遣い

最後に書流と仮名遣いの関係について触れたい。学術交流のテーマは「文字と仮名遣い」であったが、定家様という定家の文字を真似する行為は、その仮名遣いも踏襲することになり、定家様で書かれた和歌史料は定家時代のアクセントによった仮名遣いが採られるといえる。

定家様は、桃山時代から江戸時代にかけて広がっていくが、例えば、土佐浄瑠璃『定家』には、「中にも藤原黄門定家は。和漢の才にくらからず。手跡は今に世の人の。定家様とてまなひける。」とあり、江戸時代は定家様がますます盛んになったことがうかがえる。

さて、近松門左衛門作『心中天の網島』「名残の橋尽くし」に書かれた「謡の本は近衛流、野郎帽子は若紫」とある近衛流についてみたい。

近衛流とは近衛信尹、三藐院の書流のことである。一でも定家の『下官集』を臨模した『下官集』を挙げたが、書流を記した『萬宝全書』に信尹は、初め定家流をよくしたと書かれている。信尹には定家の自筆の本を書写した時期があり、定家の熊野懐紙などを写してもいる。晩年の書風はそれを穏やかにしたもので、定家様とは異なっている。信尹の仮名遣いは桃山期、江戸期のアクセントによった仮名遣いではなく、定家の時代の仮名遣いに近いものである。次に詠草で用いられた仮名遣い例を陽明文庫蔵『仮名文字遣』の例とともに掲げたが、定家時代のアクセントによる仮名遣いであるといえる。

信尹が『源氏物語』「夕霧」の一部を、手本として揮毫したものにも、「おりかな（折）」「おもひ給（思）」と

詠草仮名遣い		陽明仮名文字遣	出典	リール番号
おきの	荻	おき	信尹公御詠集	565-29
おきふしを	起伏	おきふし	信尹公御詠集	565-25
おさまれる	収	おさむ	信尹公御詠集	565-40
おし	惜	おしき	百首　信尹	565-57
おしむ	惜	おしむ	信尹公御詠集	565-55
おつる	落	おつる	百首　信尹	565-57
おとしむる	貶	おとしむ	難題百首	565-56
おとろ	棘	をとろ	信尹公御詠集	565-55
おとろかす覧	驚	おとろく	信尹公御詠集	565-32
おひけり	負	おふ	難題百首	565-56
おほあらきのもり	大荒城	おほあらきの社	難題百首	565-56
おほき	多	おほきなり	信尹公御詠集	565-35
おほ宮人	大宮人		信尹公御詠集	565-25
おもき	重	おもき	百首　信尹	565-57
おもけに	重		信尹公御詠集	565-33
おもひをそ	思	おもひ	難題百首	565-56
おもふ	思	おもふ	信尹公御詠集	565-47
おもほえぬ	思		難題百首	565-56
おや	親	おや	百首　信尹	565-57
おる枝も	折	おる	信尹公御詠集	565-23
をく露	置	をく	信尹公御詠集	565-30
をくる	送	をくる	信尹公御詠集	565-54
をこたらす	怠	をこたる	信尹公御詠集	565-33
をし	鴛鴦	をし	百首　信尹	565-57
をしかなくなり	牡鹿	をしか	信尹公御詠集	565-33
をしへて	教	をしへ	百首　信尹	565-57
をせとも	押	をす	信尹公御詠集	565-47
おとかな	音	をと	信尹公御詠集	565-25
をのか	己	をのか	信尹公御詠集	565-54
をのつから	自	をのつから	信尹公御詠集	565-33
をのれさへ	己	をのれ	信尹公御詠集	565-54
をひ風	追風	をひかせ	信尹公御詠集	565-25
をろかなる	愚	をろかなり	信尹公御詠集	565-33

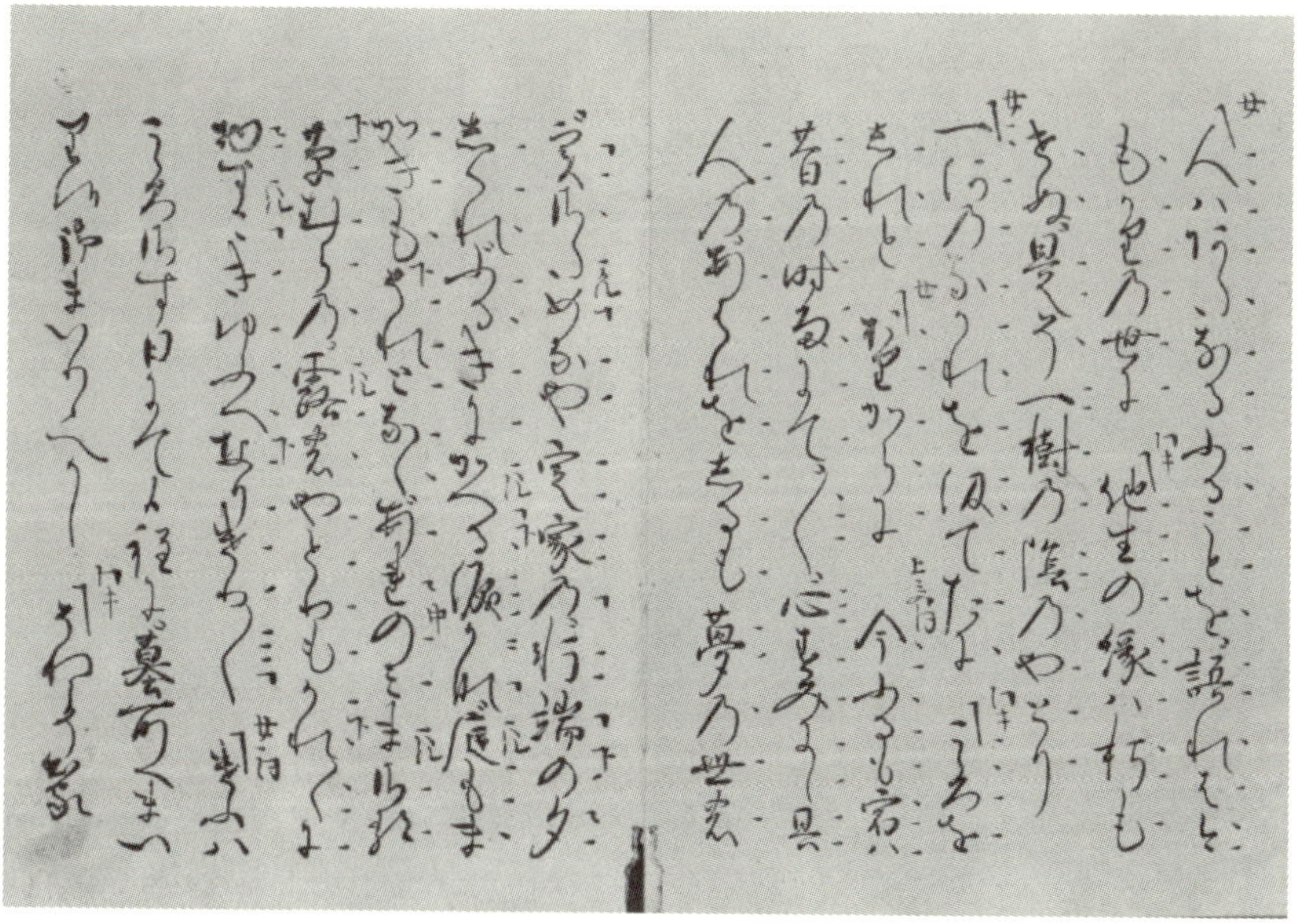

で書かれている。「おり」はLHでアクセント変化を経ても「お」が低く「おり」、「おもふ」はアクセント変化を経るとLLHからHLLに変るが、変化前の「おもひ」で書かれている。詠草同様に定家の仮名遣いを用いている。

さて、観世流の謡本の主流となる「元和卯月本」は近衛流の書流で書かれている。信尹の手に比して、見た目は定家様のように見える。ここにも「おりから」とア行で書かれており、定家の仮名遣いが現れる。

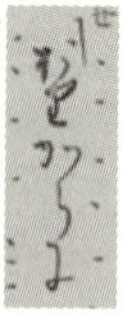

金春流謡本、鳥養道晰の車屋本も定家の仮名遣いで書かれており、桃山時代から江戸初期にかけての謡本の多くは、定家の仮名遣いで書かれた。定家の仮名遣いは、謡文化に取り込まれたのである。

おわりに

定家仮名遣いは、定家仮名遣いの原理を尊重するものと、定家が『下官集』で示した実例などをそのまま規範として墨守するものとの二種の継承が行われた。

前者の、定家仮名遣いの原理であるアクセントの高低による仮名遣いを継承したものはごく稀である。つまり、長慶天皇の『仙源抄』はアクセント体系変化後のアクセント仮名遣いを用いた稀有な事例であったといえる。おそらくこのアクセントの体系変化が、原理の伝承を阻んだのだろう。

一方、後者は定家の時代のアクセント仮名遣いが固定して、規範化し、書写活動を通じて広がりをみせたと考えられる。つまり定家の残した書物の仮名遣いが権威化し、正統なものとして広がり、江戸時代の謡本にまで影響を与え受け継がれたのである。

注

（1）坂本清恵（二〇〇九）「『仮名文字遣』諸本とアクセント仮名遣い」『論集』V　アクセント史資料研究会
坂本清恵（二〇一〇）「ゆれる〈をのこ〉とゆれない〈おとこ〉――『仮名文字遣』の諸本とアクセントの体系変化――」『古典語研究の焦点』武蔵野書院

（2）坂本清恵（二〇一〇）「「仙源抄」とアクセント仮名遣い――長慶天皇はわかっていた」『国文目白』四九

（3）大野晋（一九五〇）「仮名遣いの起原について」『国語と国文学』二七―一二―12、
大野晋（一九六八）「藤原定家の仮名遣いについて」『国語学』七二

（4）坂本清恵（二〇一二）「定家仮名遣い再考――アクセント体系変化後の仮名遣いのよりどころ」『国語国文』八一―七

擬定家本の定家仮名づかい——訂正された仮名づかい——

遠藤邦基

要旨

藤原定家没（一二四一年）の、半世紀余後に定家監督書写本を擬して書写された一連の擬定家本（冷泉家時雨亭文庫蔵四十一家集）は、冷泉家で蔵書の文献調査が開始された当初、〝擬〟の範囲は一見してそれとわかる冒頭の一・二帖の定家様の書風に限定されたものと考えられていた。しかし親本である資経本の表記を詳細に比較した結果、その影響は書風だけでなく、独自の仮名づかい（以下、定家仮名づかい）にも及んでいたことが明白となった。(1)

平安中期頃に生じた音韻変化によって、ゐーい・ゑーえ・をーおといったワ行音とア行音の間に混同が起こり、古典書写の世界でいずれの仮名を選択するかという問題が生じたが、所属する語彙が圧倒的に多数である「をーお」の書き分けがもっとも顕著な対象とされた。その両者の書き分けにアクセントという原理（高いアクセントの音節には「を」の仮名を、低いアクセントの音節には「お」の仮名を使うこと）を最初に考案したのは、片仮名で書く習慣のあった僧侶の世界であった。事実、平安後期に成立した国語辞書の色葉字類抄では、両者の書き分けがアクセントに基づいているなされていることが実証された。(2) のちに定家によって平仮名の世界でも同じ規範で書き分けることが試みられ、(3) これが定家仮名づかいと命名されるようになったのである。

ところで擬定家本には、古典仮名づかい（歴史的仮名づかい）に反して、「をとこ（男）」を「おとこ」、「おと（音）」を「をと」に書き改めるなど「を」の仮名を「お」、逆に「お」の仮名を「を」に訂正した痕跡が随所に見られるが、その際の規範として定家仮名づかいの原理が働いていることの検証を以下に試みる。併せてここでの訂正の方法が、ヘラなどで紙を凹ませて文字を書く角筆とか、爪印や水で墨跡を消すなどの方法を使うことなく、写本を汚してまで態々傍書して訂正しなければならなかった理由とは何であったかを考える。

なお、定家の関与した定家本と総称される写本は次の三種からなる。

① 三代集（古今・後撰・拾遺）に代表されるように、全編を定家自身が書写したもの。
② 冒頭の数帖だけを定家が書写し、それ以降を祐筆に書写させたもの（定家監督書写本）。
③ 全編を祐筆が書写し、定家が校訂（訂正・校正）を加えたもの。

擬定家本の梗概

ここで対象にする擬定家本は、右の②の定家監督書写本を〝擬した〟写本で、冒頭の一・二帖が「ふつふつとふと細くゆがみたる書きざま（類聚名物考）」といわれる定家の個性的な書風に似せて書かれた写本のことをいう。書写の時期は唯一書写奥書を持つ郁芳門院集の記述から、定家没の半世紀ほど後の鎌倉後期のものと推定できる。親本の多くは二条家家司である藤原資経の書写した写本で、擬定家本はその資経本の成立の数年後に行詰めや字形までもそのまま写した、臨摸本に近い〝忠実な写本〟といえるものである。(4)

擬定家本には、柳葉和歌集のように定家没の一年後に生まれた宗尊親王の家集、さらには誕生がそれよりも二十数年後の伏見天皇の家集である伏見院御百首などが存することから、この擬定家本が定家の筆とは無関係の写本であることは自明のことである。

ここでいう「擬」は、摸造品やレプリカという意味ではなく、例えば擬古物語・擬古文などの「擬」と同義で「まねる」という意味である。定家没後半世紀余、子息である為家・孫の為相も定家様を書くことはなかったが、定家の神格化と共に、定家様は擬定家本として復活したのである。

擬定家本一覧――いずれも冷泉家時雨亭文庫蔵本[5]――

（1）親本（資経本）を持つ家集

猿丸集・興風集・千里集・宗干集・元真集・仲文集・重之集・如願法師集・伊勢大輔集・藤三位集・安法法師集・清少納言集・顕綱集

（2）親本は残っていないが兄弟本（片仮名書きの承空本）のある家集

大中臣頼基集・藤原元真集・御形宣旨集・義孝集

（3）擬定家本のみの家集

友則集・檜垣集・兼盛集・道済集・大斎院御集・郁芳門院集（乾元二〈一三〇三〉年五月五日書写了――書写奥書）・土御門院御集・深心院基平集・澄覚法親王集・後一条実経集・亀山院御集・伏見院御集・冬日詠雅経集・柳葉和歌集

ここではミセケチによる訂正が突出して多数を占める「をーお」現象に対照を絞って、その訂正の要因にいわゆる定家仮名づかいが大きく拘わっていることを証明する。訂正の方法としては、ミセケチ符号の有無による傍書、重ね書きなどによるものがあるが、本稿ではその区別をせずに示す。なお、（1）の家集については別に記したことがあるので[1]、ここでは主として（2）（3）に分類した家集から用例をあげる。

書写者の訂正の跡のある語彙――「お」と「を」関係――

［甲］

「お」の仮名をミセケチし、「を」に訂正したもの。

（イ）おと（音―「おと」を「をと」に訂正）にきくよもぎがしまのあと、めて／かめのをやまにわれいゐせり（亀山院御集）。如願法師集・土御門院御集にも同例。

（ロ）たれゆへにうつろはむとかはつしもの／したはにおける（置―「おける」を「をける」に訂正）しらきくのはな（土御門院御集）。伊勢大輔集にも同例。

（ハ）はるごとにおそく（遅―「おそく」を「をそく」に訂正）にほふとなげく梅を／この秋にしもかぎりはてぬる（大斎院御集）。土御門院集にも同例。

（ニ）おざゝ（小笹―「おざゝ」を「をざゝ」に訂正）ふくあらしにかはるあしひきの／みやまもさやに秋はきにけり（土御門院御集）

（ホ）秋のよもややふけにけりやまどりの／おろ（尾ろ―「おろ」を「をろ」に訂正）のはつを（「を」の右に

「本（ほ）」）にかゝる月かげ（土御門院御集）

［乙］

「を」の仮名をミセケチし、「お」に訂正したもの。

（ヘ）さゝがにのやどりくるしき白糸の／こゝろみだるゝをぎ（荻—（「をぎ」を「おぎ」に訂正）のうは風（亀山院御集）

（ト）みなそこにかげのみ見ゆるもみぢばゝ／あきのかたみになみやをる（折—「をる」を「おる」に訂正）らん（大中臣頼基集）

（チ）はつゆきのふりはてゝこそあじろぎに／ひを（氷魚—「ひを」を「ひお」に訂正）のよるをばまちあかしつれ（伊勢大輔集）

（リ）人のもとにはじめていくをとこ（男—「をとこ」を「おとこ」に訂正）に／かはりて（伊勢大輔集）

（ヌ）かくて十二日、ねのひにをい（老—「をい」を「おい」に訂正）たる松の／ゆきかゝりけるに〜（大斎院御集）

（ル）あめおもきのきのたちばな露をち（落—「をち」を「おち」に訂正）て／むかしをしのぶそらのうき雲（土

御門院御集）

仮名づかい訂正の検証

仮名づかいの訂正のある（イ）～（ル）の十一語のうち、甲に分類した、「お」の仮名を「を」に訂正した「をざさ（小笹）」・「をろ（尾ろ）」、及び乙に分類した、「を」の仮名を「お」に訂正した「おい（老）」・「おち（落）」の四語は、一見古典仮名づかいへの訂正とも見える。

しかし、残りの七語はいずれも古典仮名づかいに反する訂正であることから、一連の訂正が古典仮名づかいを規範としたものでないことは明白である。

例えば（イ）の「音」は、古典仮名づかいは「おと」であって、態々「をと」に訂正する理由はない。同様のことは「おき（置）」を「をき」に訂正したものなどにもいえることである。

そこで、（イ）～（ル）の十一語について、実際に定家が「お」「を」のいずれの仮名を選択しているかについて、定家の仮名遣書である下官集（下官抄）、及び自筆本である古今集（伊達本・嘉禄本）後撰集・拾遺集の三代集及び拾遺愚草（以下、愚草）などの表記と対照して示す。

（イ）の「音」は、下官集・三代集・愚草すべて「をと」。

（ロ）の「置」は、下官集・愚草に「をく」。

（ハ）の「遅」は、三代集・愚草に「をそく」。

（ニ）の「小笹」は、下官集に「をざゝ」。

（ホ）の「尾（ろ）」は、拾遺、愚草で「お」と表記されていて、「を」ではない（後述）。

（ヘ）の「荻」は、下官集・後撰・愚草に「おぎ」。
（ト）の「折」は、下官集・拾遺に「おり」。
（チ）の「氷魚」は、愚草に「ひお」。
（リ）の「男」は、古今・愚草に「おとこ」。
（ヌ）の「老」は、三代集・愚草ともに「おい」。
（ル）の「落」は、三代集・愚草ともに「おつ」。

以上のことから（ホ）の「をろ（尾）」を除く残りの十例は、すべて下官集や定家自筆本の表記に一致していることがわかる。

つぎに平安末期から鎌倉初期にかけての声点付き辞書（各種名義抄）で、該当の仮名のアクセントを検証する。なお、「上」は四声の「上声」のことで「高いアクセント」を示し、定家仮名づかいでは「を」の仮名を、「平」は「平声」のことで「低いアクセント」を示し、定家仮名づかいでは「お」の仮名が使われている。

（イ）の「音」は、名義抄で「上平」であって定家仮名づかいでは「をと」となる。
（ロ）の「置」は、名義抄で「上平」であって定家仮名づかいでは「をく」となる。
（ハ）の「遅」は、名義抄で「上上平」であって定家仮名づかいでは「をそく」となる。
（ニ）の「小笹」は、辞書に掲載されていない。
（ホ）の「尾ろ」は、名義抄で「平」であって定家仮名づかいでは「お」であって「を」への訂正は矛盾する表記となる（後述）。
（ヘ）の「荻」は、名義抄で「平平」であって定家仮名づかいでは「おぎ」となる。
（ト）の「折」は、名義抄で「平上」であって定家仮名づかいでは「おる」となる。

（チ）の「氷魚」は、名義抄では「平平」であって定家仮名づかいでは「ひお」となる。
（リ）の「男」は、名義抄では「平平平」であって定家仮名づかいでは「おとこ」となる。
（ヌ）の「老」は、名義抄では「平上」であって定家仮名づかいでは「おい」となる。
（ル）の「落」は、名義抄では「平上」であって定家仮名づかいでは「おち」となる

ここに検証したように、アクセントに関しても（ホ）の「尾ろ」を除き、いずれもが定家仮名づかいの原理に適ったものであることが確認できる。

例外［を（尾）］の解釈

定家の自筆本や仮名遣書、及び定家仮名づかいの原理（アクセント）とも矛盾する表記をとった（ホ）の「おろ」の「をろ」への訂正の意図は奈辺に存しているのであろうか。[6] 一つの解釈として時代の経過によるアクセント変化が表記に反映したという解釈もできる。言葉は時代により変化するものであるが、このことはアクセントの分野でも例外ではない。しかし、「尾」という名詞がこの時期にアクセント変化を生じたとの確証がないことから、この考えを採ることはできない。そこで視点を変えて、古典仮名づかいでは同じ〈ヲ〉で表記される同音異義語のうち、アクセントが異なる（「上」と「平」）場合には、定家仮名づかいでは「を」と「お」に書き分けられるということに注目して、この仮名づかい訂正に同音異義語の解釈が拘わったものではないかという考えを述べる。

「をろ（尾）」の「ろ」は東歌・防人歌に見られる接尾辞で、「をろ」は「（鳥の）尾」のことであって、前述のように定家仮名づかいでは「お」の仮名が期待される。ここでいう「をろ」は、万葉集（巻十四）の東歌の「山鳥のをろのはつを（端つ尾）に鏡かけ〜」を典拠とするものであるが、この土御門御集の該当の語句のすぐあとに、仮

名の訂正がもう一箇所存在していることが、この仮名づかい違例の解釈に大きなヒントを与えてくれる。その訂正とは「～はつを（端尾）～」の「を」を「はつほ（初穂／「を」の傍書は「本」を字母とする「ほ」の仮名）」とするものである。擬定家本の書写者は、歌語として耳慣れない東国方言出自の「はつを（端つ尾／秀つ尾）」よりも、歌意の理解として雅語である「はつほ（初穂）」の方が容易であり、しかも矛盾することもないことから、仮名連鎖「をろのはつほ」を「「麻（を）」の初穂」と解釈し、「おろ」を「をろ」に書き改めたものと推測すると、この訂正は説得性を持つことになる。

因みに「麻（を）」のアクセントは名義抄では「上（仮名としては「を」）」であって定家仮名づかいの原理に矛盾するものではない。

斯様に、一見定家仮名づかいに反すると思われる訂正も書写者の文脈解釈が拘わったものと解すれば、この訂正の方針は矛盾することなく理解することができるのである。このように解すると訂正された仮名づかいのすべてが、いずれも定家仮名づかいの原理に適ったものであることが明らかになったのである。

まとめ

擬定家本の中で、親本を持たないということで表記の検証の枠組みから外れていた一群の家集を主たる対象として、ミセケチ訂正された仮名づかい関係の語彙の「訂正の根拠」[1]となるものの検討をおこなった。その結果親本である資経本との表記（仮名づかい）の訂正に見られた方向性と同様に、いずれもが定家仮名づかいの原理に適ったものであることが明らかになったのである。したがって、定家監督書写本を擬して作成された擬定家本の〝擬〟の範囲は決して定家様という書風だけに限定されたものではなく、「仮名づかい」という内面にまで及んでいることが改めて確認できたのである。

注

（1）遠藤邦基「擬定家本の定家仮名づかい——親本（資経本）から改訂された表記——」（『国語国文』八二巻四号、二〇一三）同「擬定家本の定家様——親本（資経本）の表記との比較——」（中古文学会関西部会レジメ、二〇一二）

（2）小松英雄『日本声調史論考』（風間書房、一九七一ほか）

（3）大野晋『仮名遣と上代語』（岩波書店、一九八二ほか）

（4）藤本孝一『本を千年つたえる——冷泉家蔵書の文化史』（朝日新聞社、二〇一〇ほか）

（5）冷泉家時雨亭叢書『擬定家本私家集・解題』『擬定家本私家集続・解題』『擬定家本私家集続々・解題』（朝日新聞社）

（6）『仮名文字遣（文明十一年本・時雨亭文庫本など）』の「を」の項に「山鳥のをろのはつお」の記載がある。

参照文献　『定家様と擬定家——擬定家本私家集の出現をめぐって——』（京都産業大学日本文化研究所公開シンポジウム報告書、二〇一〇）

定家様と中世の古筆

別府節子

ただいま紹介に預かった出光美術館の別府です。先にご講演をされた先生方と異なり、私が主に専門としておりますのは「中世の古筆」という分野なので、今日のテーマである定家に限定した話ではなく、中世の古筆と定家の書様である定家様はどれだけ違うか、定家様はどうしてそのようなかたちになったのかということに、少しでも触れられたらよいなと思いながら、お話をさせていただきます。

美術館で扱う古筆は、書かれている仮名のかたちの美しさを鑑賞する、仮名古筆というものです。しかし一般的には、文字は内容を把握、伝達する道具であるから、かたちとして鑑賞することには慣れていないという方々のほうが多いでしょう。そこで、仮名古筆をかたちとして鑑賞するとしたら、例えばどこに注目して見るかということを資料1にまとめてみました。また、平安～室町の各時代に代表的な仮名古筆の例を挙げたのが図1です。

ちなみに、今日初めて各時代の仮名古筆を比較して見る方でも、図1の各時代の古筆に、異なった印象を抱かれると思います。私はこの違いがどこからくるのかということを、仮名古筆を対象とした展覧会や論考にまとめながら考えてきたのですが、時代によって仮名古筆の書様が異なることの背景には——書様の変化には様々な要因を複合的に考えるべきですが、大きな要因の一つとして——、和歌との関係があると考えてみました。すなわち、各時代にメインとなる和歌の詠まれる場や役割があって、和歌を記す文字である仮名の書様は、各時代の最も盛んに和歌活動をする人々によって、その場に即したものとなる。一方、各時代に最も盛んであった和歌活動の場で使用された仮名の書様は、能書たちが書写するその時代の歌集の写本——それ等は時代を代表する古筆となるのですが

資料1

●古筆をかたちとして見る時の注目点

○一字一字の字形
整っているけれど堅苦しさのない形である、整っているが活字のように明確な角張った形である。端正である、少しくずれた形である。縦長な形、扁平な形。スマートな形、豊満な形など。

○文字を構成する筆線
線が太い・細い、太さが均一・変化がある、起筆（筆を入れるところ）・収筆（筆を収めるところ）に鋭い線質が目立つなど。

○字と字の繋がりである連綿
伸びやかで流麗である、繋がっているが停滞気味である、繋げる意識が希薄で、一字一字が独立して見えるなど。

○その他　筆致（筆が紙に触れる触れ方）、運筆（筆の運び方）など。

――等にも反映する。すなわち、各時代に代表的な仮名古筆の書様は、その時代の和歌活動と深く関わっており、時代による仮名古筆の書様の変化の背景には、詠歌の場の変化、和歌の社会における役割の変化が関係していると考えてみました。とまあ、定家が生きた時代は平安末〜鎌倉前期なので、今日のお話に関係するのは平安と鎌倉の

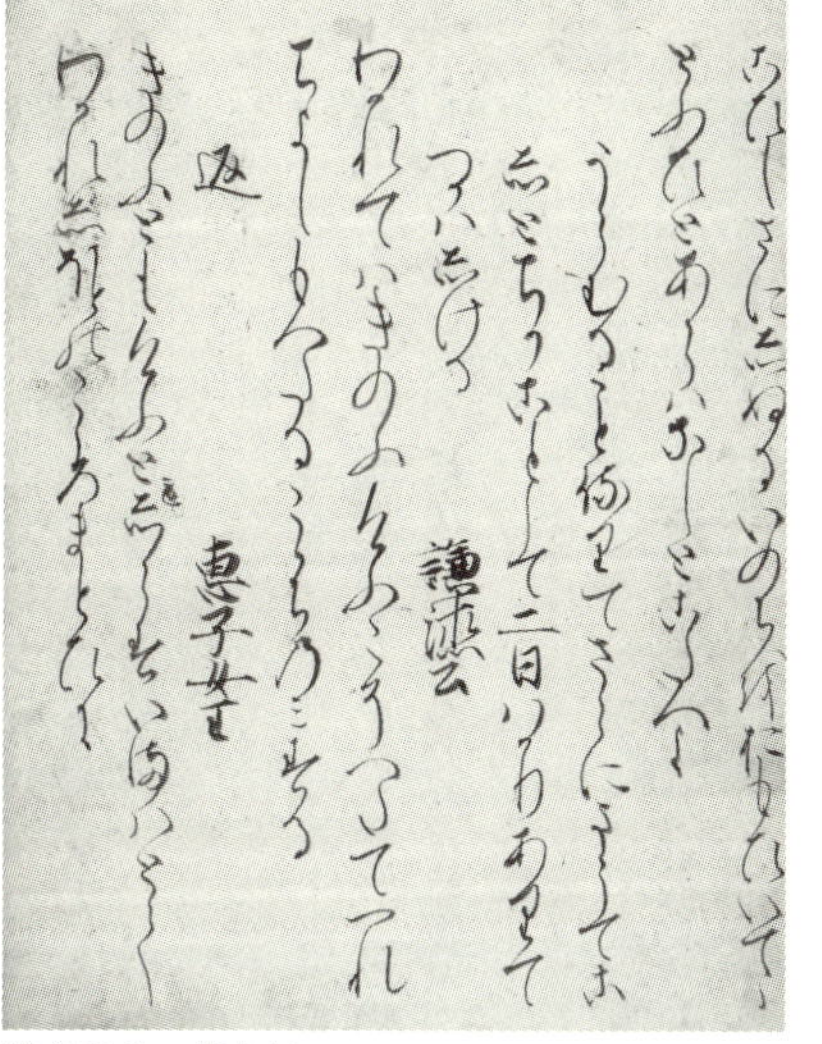

鎌倉時代　備中切

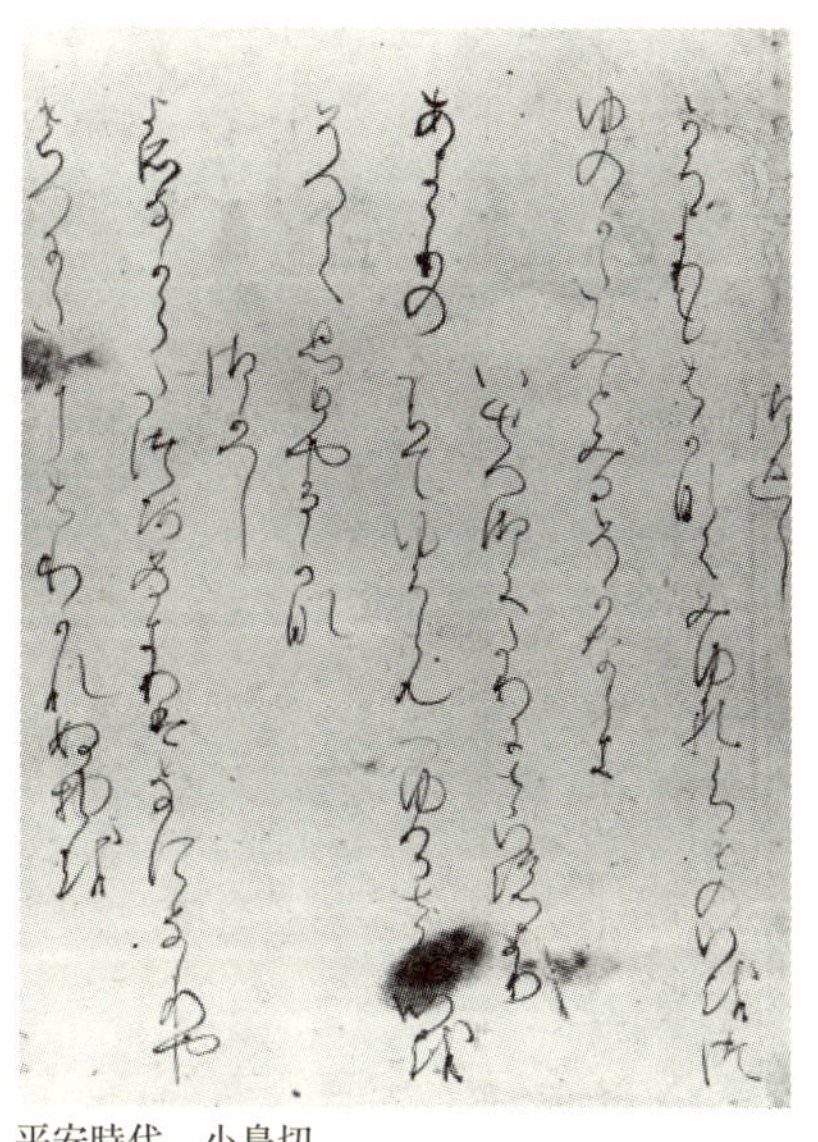

平安時代　小島切

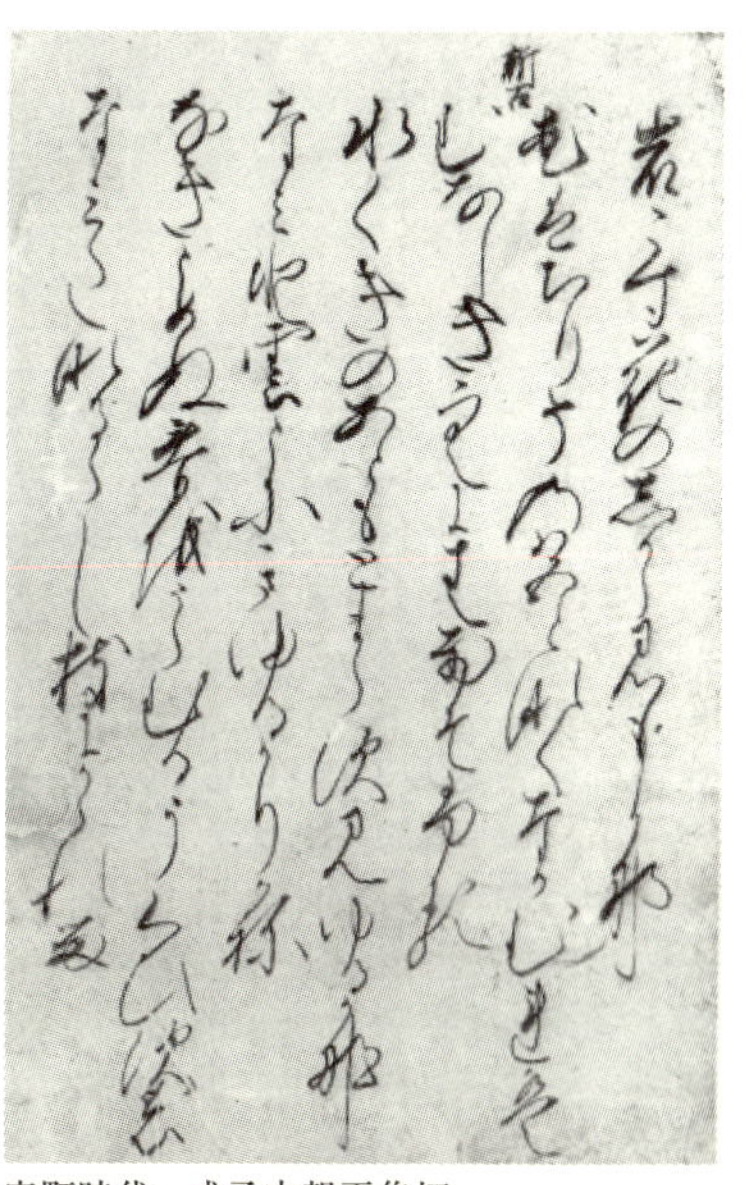

室町時代　式子内親王集切

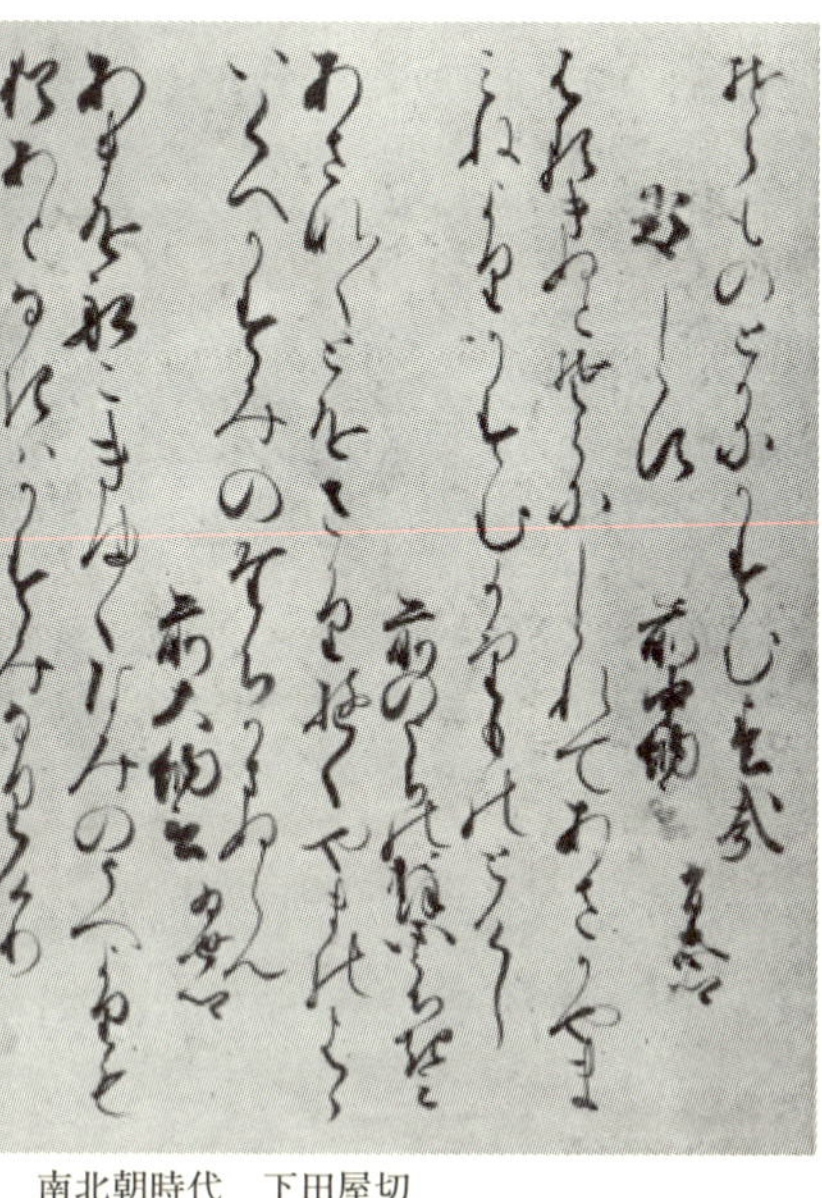

南北朝時代　下田屋切

図１　各時代の代表的な仮名古筆

仮名古筆ということになります。では、話をもどして、さきほどの資料1「古筆をかたちとして見る時の注目点」を参照いただきながら、平安と鎌倉の仮名古筆のかたち、書様を具体的に確認してみたいと思います。

まずは字形。例えば「わかれ」という文字列を比較すると(図2)、平安の仮名である「小島切」の字形は、各々の字が整っているが、角張ったところのない柔和なかたちであるのに対して、鎌倉の仮名「備中切」のそれは、活字のように四角の中に収まる、謹直な感じの整い方です。

次に筆線の様子を見ます(図3)。こうして並べてみると、「小島切」の筆線はひじょうに細いのが分かりますね。多くの平安の古筆の線質には、このように繊細ですが、締まった強さも見受けられます。これは多くの場合、直筆(筆を立てて書く筆法)によって書かれるために、筆の穂先のみが触れて、しかも先端が線の中心を通るために得

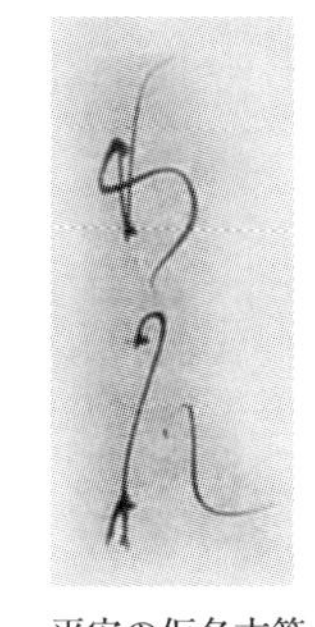

鎌倉の仮名古筆
備中切(部分)

平安の仮名古筆
小島切(部分)

図2　字形の比較

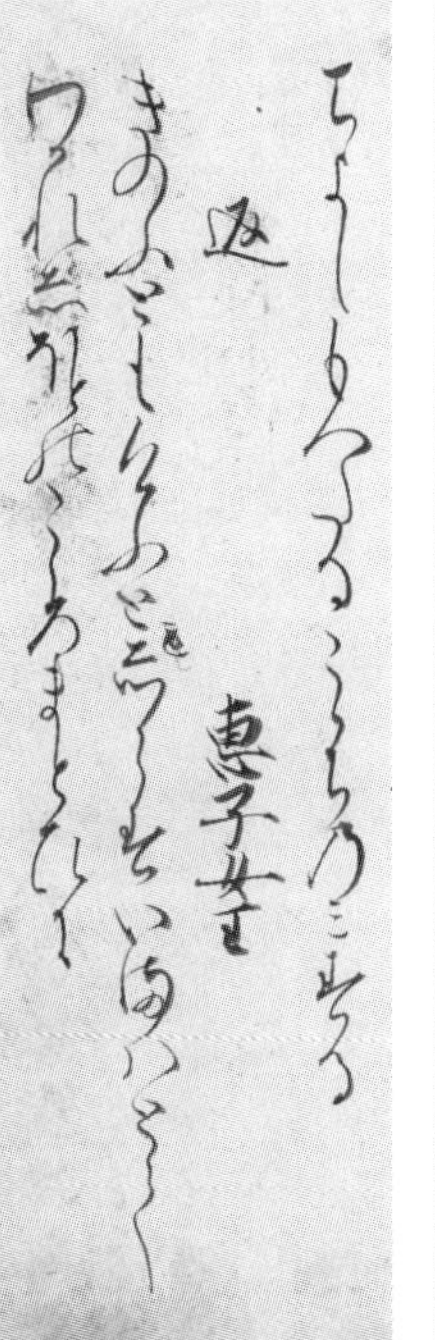

鎌倉の仮名古筆
備中切(部分)

平安の仮名古筆
小島切(部分)

図3　筆線の比較

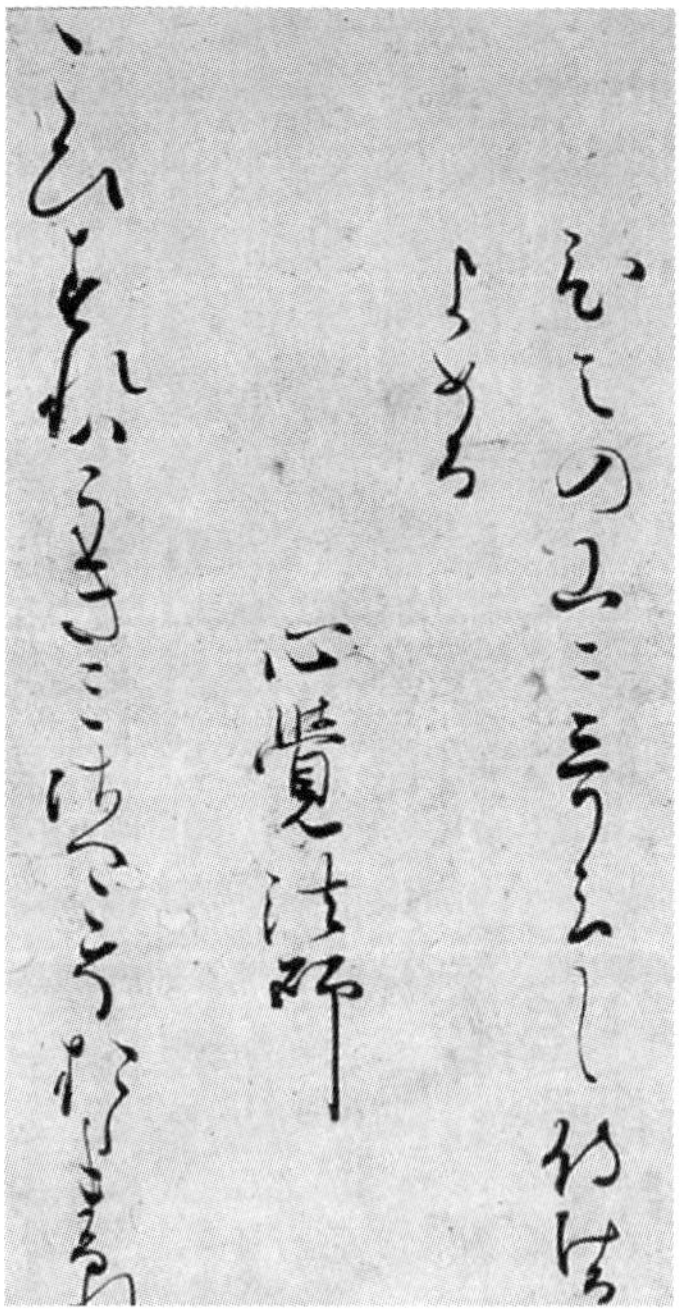

右衛門類切（部分）
一字一字が独立した感じ

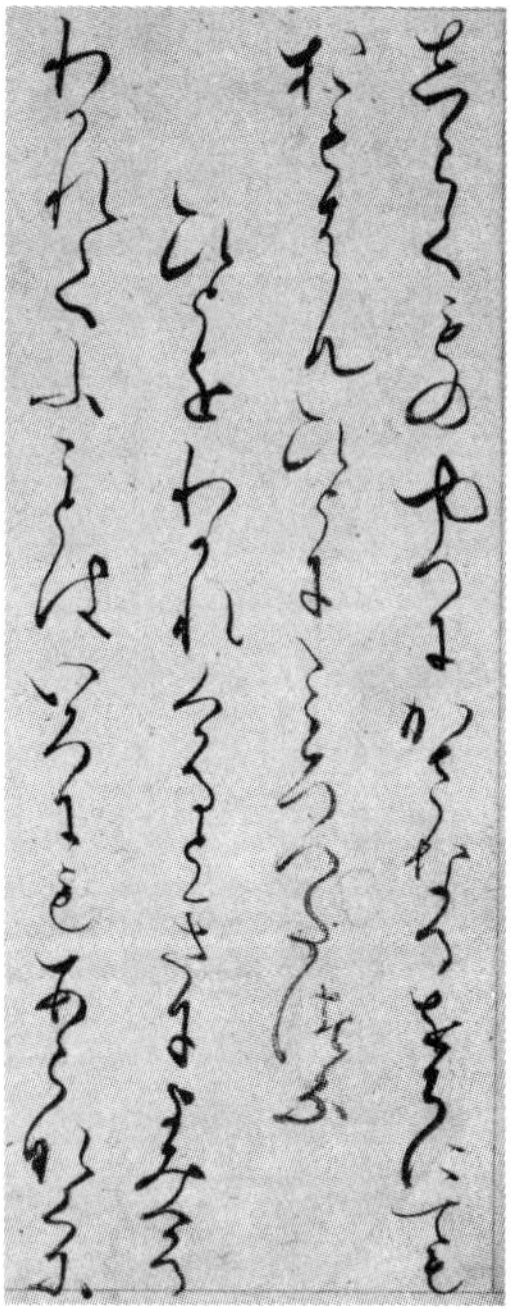

今城切（部分）
滞る感じの連綿

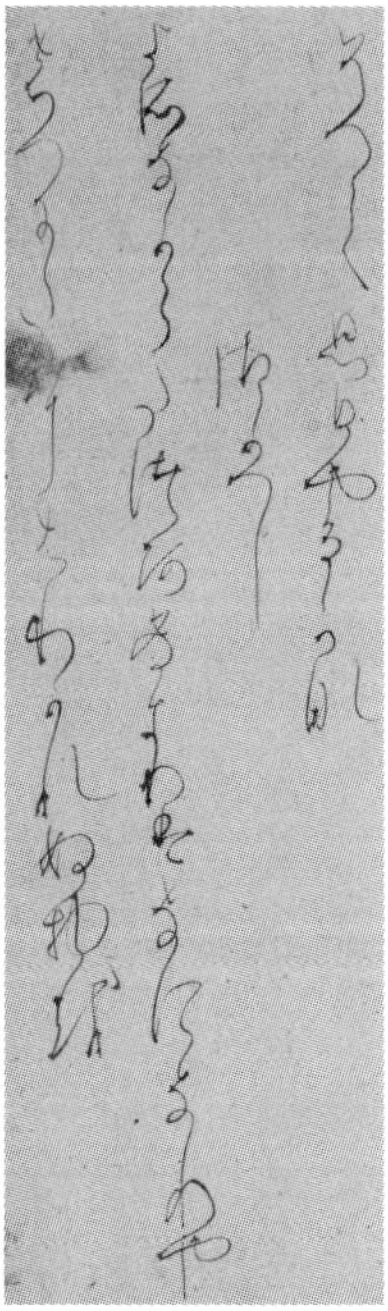

小島切（部分）
流麗な連綿

図４　様々な連綿

られる線質です。一方、鎌倉期の古筆である「備中切」の方は、鎌倉以降の仮名に比べれば、十分に細さが感じられる線質ですが、「小島切」と比べるとやはり太い。これは鎌倉の古筆には側筆の使用（筆を傾けて書く筆法）が多くなるためで、筆の腹が触れるために黒々と肉厚の線が目立つようになります。また、筆線の様子としては、筆の入るところ（起筆）・出る所（収筆）に、筆鋒が目立つというのも特徴の一つです。

さて、最後にかたちの注目点として、連綿（文字と文字との繋がり）の様子というのがあります。よく「流麗な連綿」などと言いますが、図4を見て下さい。平安の古筆の「小島切」、これ、あまり細かいところを見なければ、上から下まで文字が全部繋がっているように見えますね。こういうのを流麗な連綿といいます。一方、では、停滞感のある連綿、あるいは連綿があまり無いというのはどうかというと、これは平安末の古筆である「今城切」（この古筆の書様、後で出てきますが「教長様」と言います）、「小島切」に比べると、流麗さは全く感じられないのですが、実は案外よく連綿しているのですね。ただ、「小島切」等に比べて筆線が太い。しかもすぐには分かりにくいですが、とても筆圧の強い書です。筆圧が強く筆線が肉厚だと、連綿はあっても、軽快感はなく滞って見えます。また、連綿があまり無いというのは、同じ頃に出てきた書様で「寂蓮様」というのがあって（これも後で出てきます）、その例が「右衛門類切」です。連綿による繋がりがあまり無いため、一文字一文字が独立した感じがして、とても読みやすい。以上が連綿の様子です。あと、平安と鎌倉では連綿のしかたも違っているように思います。「おもへとも」という文字列を平安期と鎌倉期の古筆で比べてみます。図5を見て下さい。両者を比べると、平安期の連綿は文字列が一体となった連続感があり、鎌倉期の方は、繋がっているところもあるけれど、一字一字の中心を合わせることに重きがあります。平安期の連綿は、例えば文字列「おもへとも」の、頭より末が右に寄っている。これは伸びやかな連綿の流れを生む、垂直方向に直線的な連綿線による繋がり方をしようとするために、下の文字を右にずらして連綿するためで、そのために末尾が右にずれてゆきます。(1) 鎌倉期ではどうかというと、流麗な流れを生む連綿のために、下の字を右にずらすようなことはせず、前の文字と次の文字の中心が合っています。全体の中心線を通すために、斜めの連綿線

平安

垂直方向の連綿線で繋ぐために、下の文字を右にずらして繋ぐ。連綿に流麗な連続感があるが、文字列全体が右に傾く。

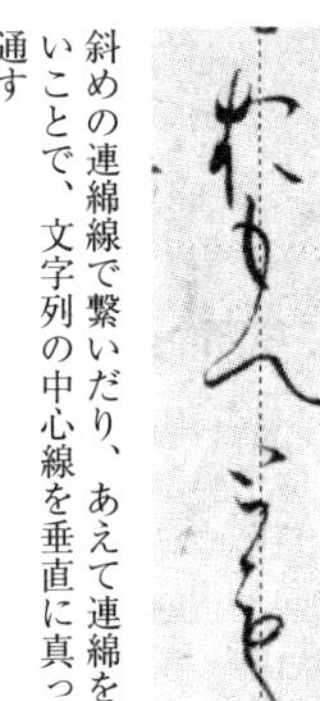

鎌倉

斜めの連綿線で繋いだり、あえて連綿をしないことで、文字列の中心線を垂直に真っ直ぐ通す

図5　平安・鎌倉の連綿のしかたの比較

で繋げたり（「おもへとも」の「も」と「へ」、「と」と「も」）、連綿はあえてしないこともある（「お」と「も」、「へ」と「と」）。鎌倉期の古筆の「きちんとした印象」は、この文字列やそれらが集まって成す一行の中心線を、垂直に通す書写をする、ということに負うところが大きいと思われます。[2]

さあ、それでは以上のようなことを頭に置いていただいて、今度は定家様の書を見てゆきたいと思います。

これが定家様の書です（図6『定頼集』）。今まで見てきた特に平安の古筆に比べると、まあ、何というか上手いなあという感じはないかもしれませんが、一字一字が独立しているので、すごく分かりやすく、また、目につく書だと思います。「定家様」に関しては五島美術館で、一九八七年に開催されたその名も「定家様」という、決定版ともいうべき展覧会がありました。これがその図録で（図7－1）、この中で特に有益で便利なのが「定家書風変遷表」という頁なのですが、[3]実はこの図録、今は入手がかなり困難です。また、先ほど別の先生のお話に「擬定家」というのが出てきましたが、これも二〇〇六年には、京都産業大学で、「定家様と擬定家」というシンポジウムが開かれています。[4]こちらの報告書の方はまだ手に入ると思います（図7－2）。この「定家様」の図録と「定家様と擬定家」の報告書をよめば、だいたい「定家様」のことが分かると思います。ただ、先ほど申しましたように、図録の方は入手が難しいし、報告書も一般の書店で求められるものではないので、ここに挙げられる「定家様」の代表的な作品とか、「定家様」の定義だとかを中心に、これら先行研究の中で述べられていることをまとめてみます。

「定家様と擬定家」のシンポジウムの報告書の中で、パネラーのお一人である名児耶明氏は、「定家様」の特徴として、

1. 文字の線の肥瘦がはっきりしている
2. 連綿が少ない
3. 文字が扁平である

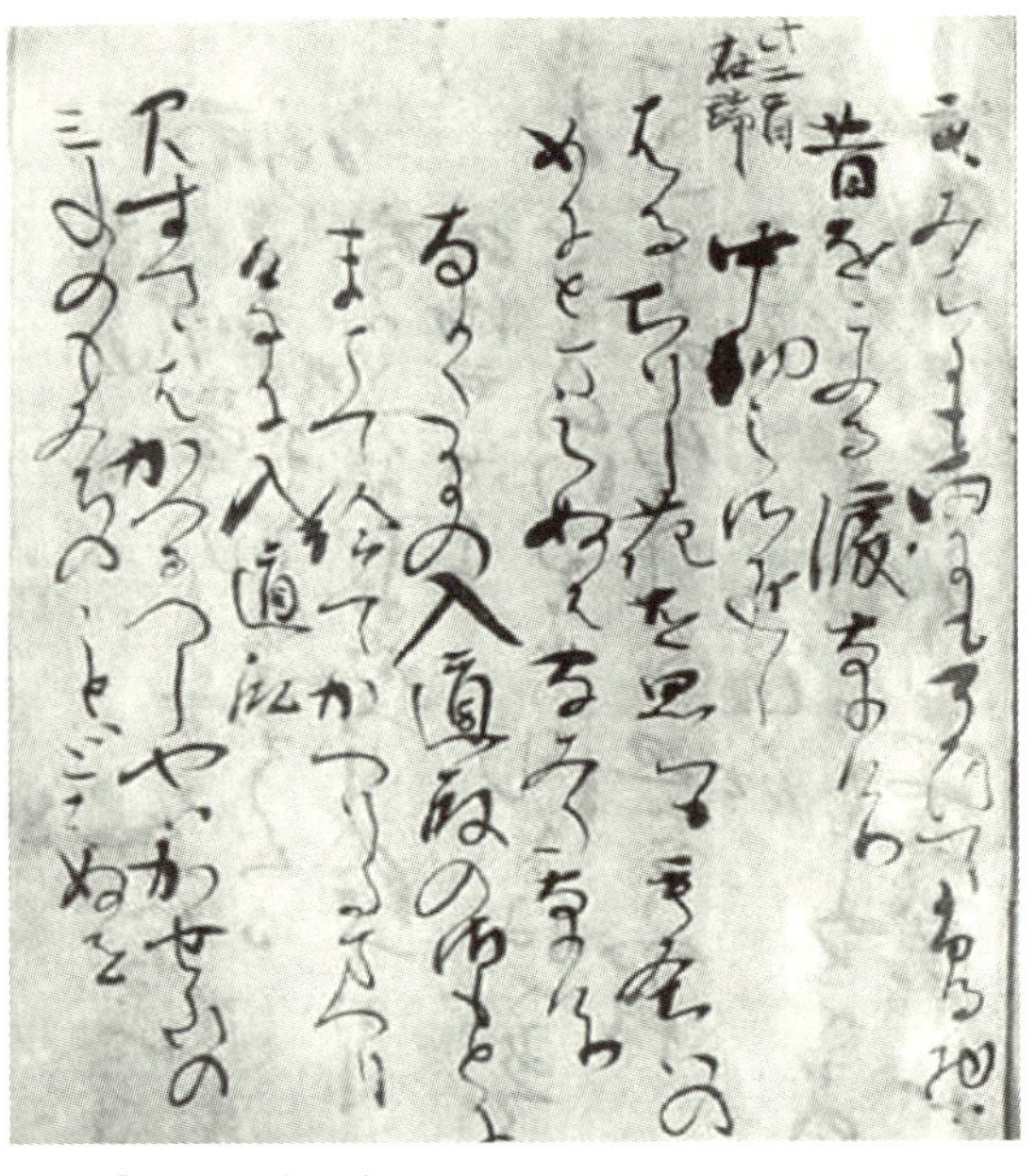

図６ 『定頼集』（部分）

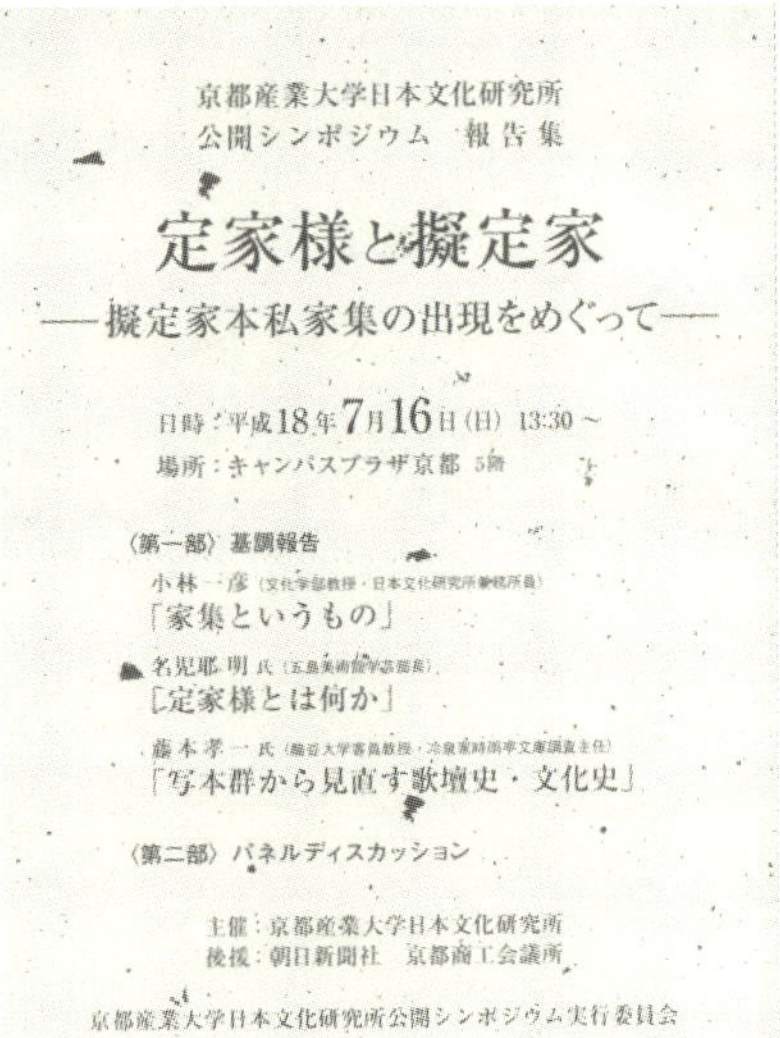

京都産業大学日本文化研究所
公開シンポジウム　報告集

定家様と擬定家
——擬定家本私家集の出現をめぐって——

日時：平成18年7月16日（日） 13:30～
場所：キャンパスプラザ京都 5階

〈第一部〉基調報告
小林一彦（文化学部教授・日本文化研究所兼務所員）
「家集というもの」
名児耶明 氏（五島美術館学芸部長）
「定家様とは何か」
藤本孝一 氏（龍谷大学客員教授・冷泉家時雨亭文庫調査主任）
「写本群から見直す歌壇史・文化史」

〈第二部〉パネルディスカッション

主催：京都産業大学日本文化研究所
後援：朝日新聞社　京都商工会議所

京都産業大学日本文化研究所公開シンポジウム実行委員会

図 7-2

図 7-1

ということを挙げています。では、「定家様」の図録の中から、具体的な代表作の中に、これらの特徴の有無や定家様の確立を見てゆきましょう[5]。

①29～39歳頃　歌合切一二〇〇年前後（図8）

これは、定家の姉である俊成卿女とその夫、源通具が歌合をして、それを定家が記録したものです。肥痩は多少あるけれど、細い線が美しい筆線で、連綿は非常に流麗。若い時にはこのような書を書いていたことが分かります。確かに字形は扁平で、また、ラフな感じです。次の「反古懐紙」にも言えることですが、これは一字一字のかたちにこだわるいとまのないほど、非常に速書きのためで、後述しますが影響を受けた書があるのかと感じさせます。

②29～39歳頃　反古懐紙（図9）

紙面右側にある、歌会の題や歌人自身の官位や署名を漢字で記した部分（端作（はしづくり））は定家様ですが、それ以降の和歌本文の部分は、後でお話しする、この当時一般的なかな書様に近い。そして更に後の小さな字の部分は①の「歌合切」のような連綿の利いた、字形のとてもラフな速書きの書です。

③39歳　一紙両筆懐紙（永青文庫蔵、図版なし）、40歳　熊野御幸記（図10）

「一紙両筆懐紙」は定家筆の詠草の上に合点がされて、そこに注があります。注の字は父、俊成筆です。また、「熊野御幸記」、これは後鳥羽天皇の熊野詣に同行した折の道中日記で、漢字による記録と、途上の歌会で詠んだ和歌が所々に記されています。両作品とも仮名書の部分は、先行の①②と同様の趣きもありますが、何というか、速書きなのだけれど、先行の二作品よりは、一字一字が連綿の流れの中に埋没していない。一字の字形も、直線と鉤によって構成された簡略な感じで、速書きですが、しっかり文字が認識できます。プレ定家様という感じでしょうか。漢字書の方は既に、扁平で線に肥痩の目立つ定家様です。この「熊野御幸記」の書風には、先行する書の影響

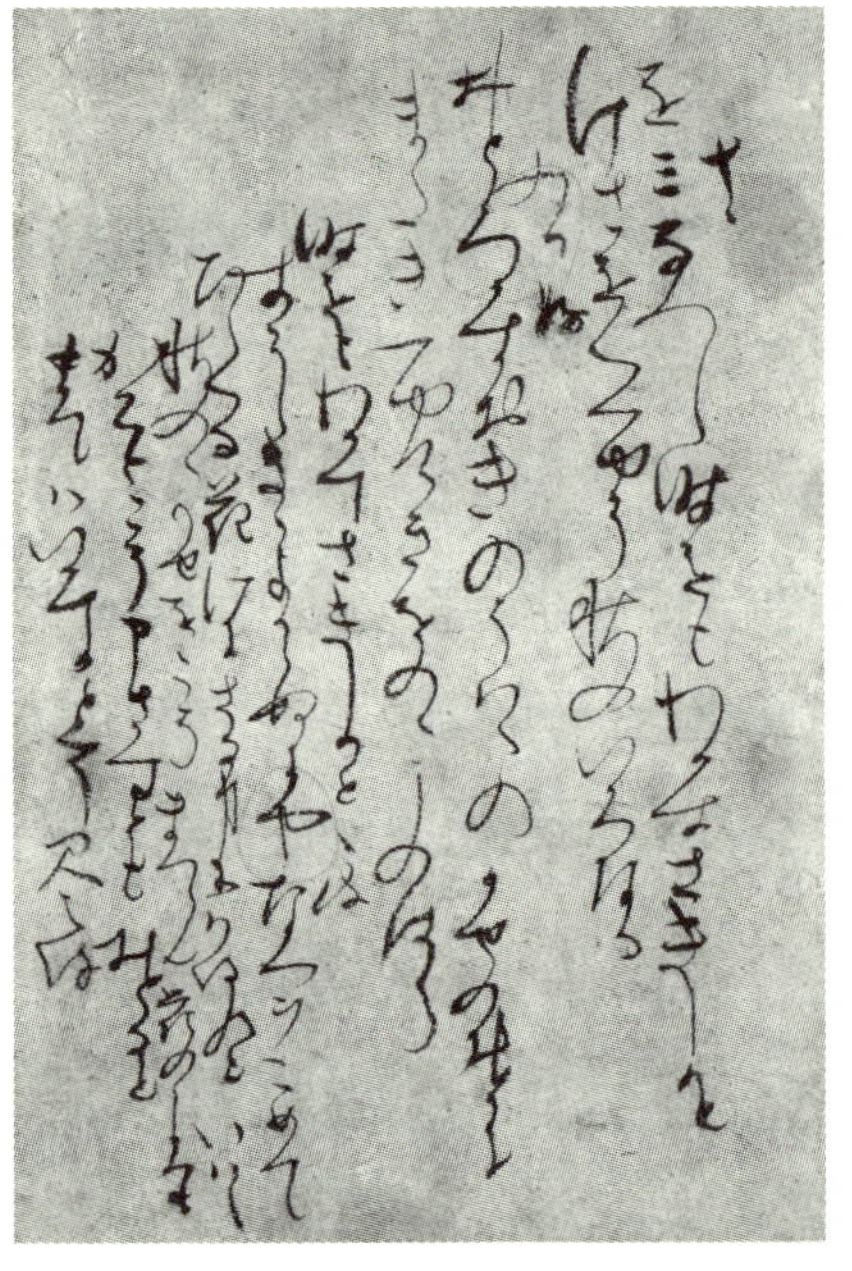

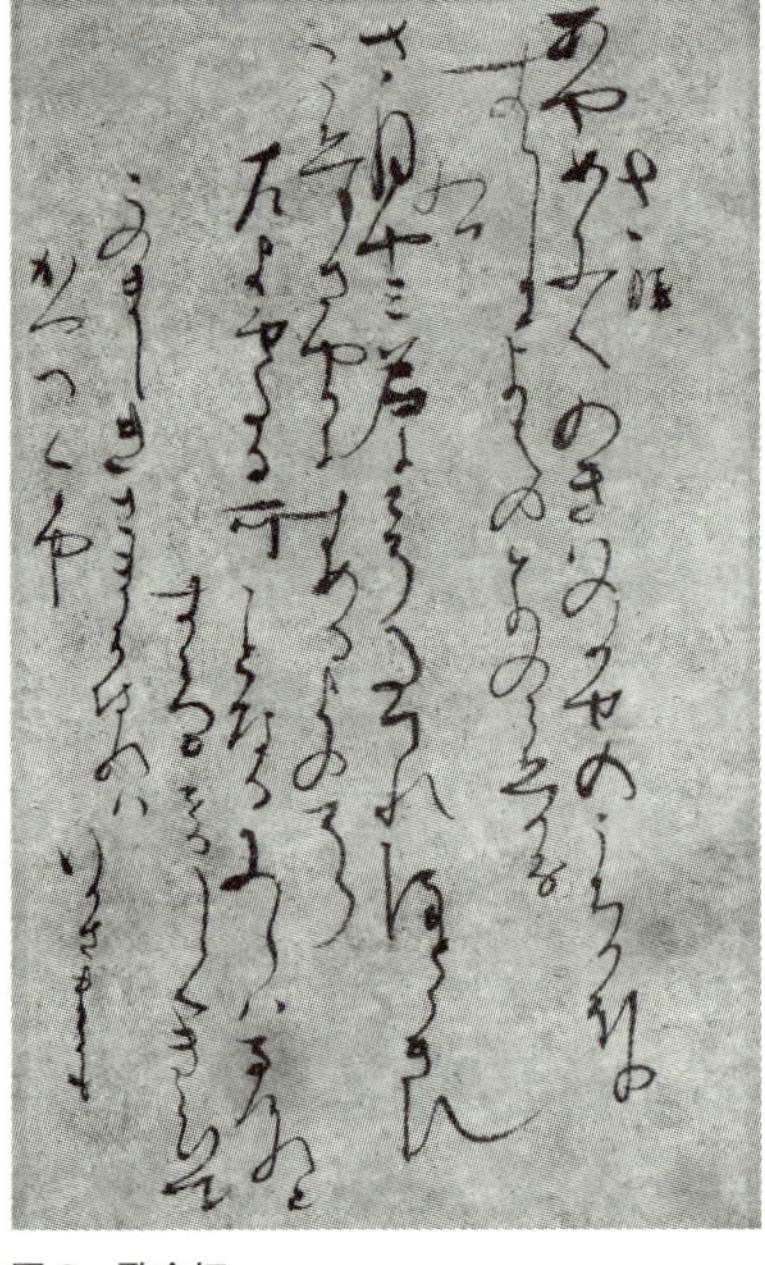

図8　歌合切

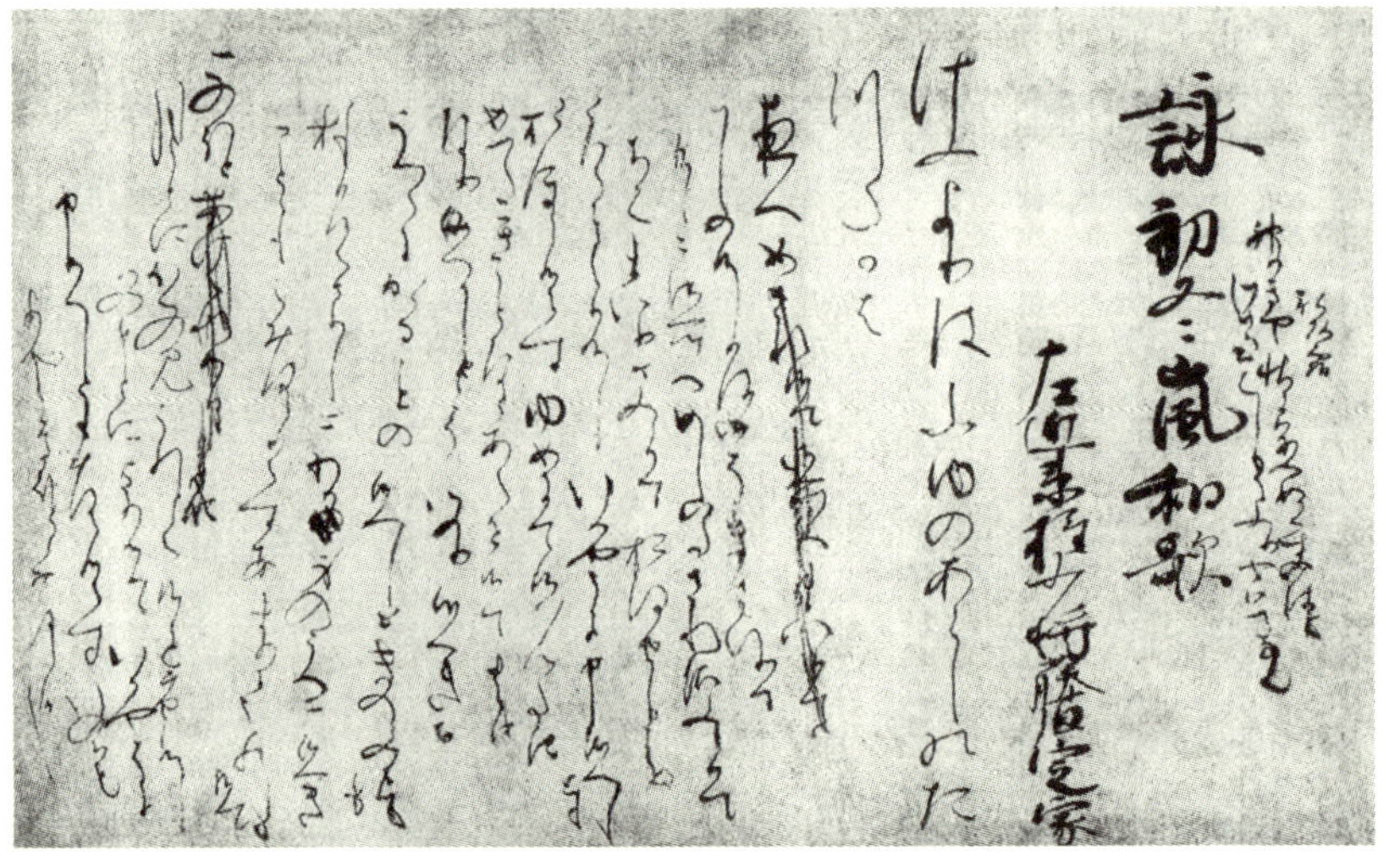

図9　反古懐紙

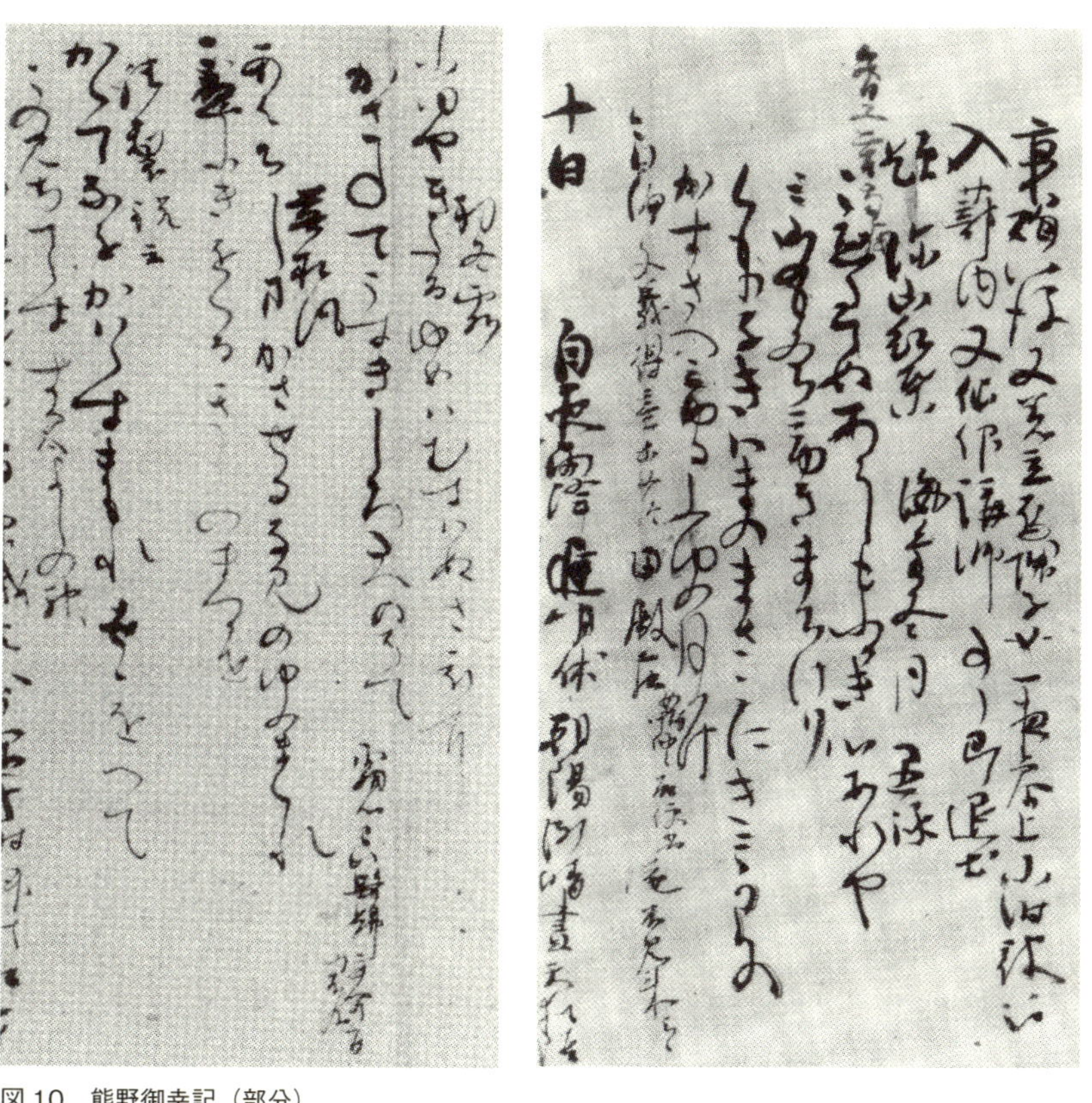

図10　熊野御幸記（部分）

が研究者によって指摘されています。それは平安時代の藤原行成から五代目の定信という人の筆跡で、(6) これ、その定信筆の「金沢本万葉集切」という古筆切ですが（図11）、速書きの扁平な字形の漢字の筆致も、連綿しながらも、その流れの中に一字一字が埋没しない仮名の字形も、たしかに定家の筆跡と通うところがあります。また、図12は行成の「白詩詩巻」という作品の奥書の部分ですが、今お話した、行成五代末の定信が、この作品をどうやって入手したかという経緯を記したものです。このあたりの漢字書等、例えばこの「風」とか「見」、「賜」「輔」、それと部首の「辶」のかたちとか（図12上に◌で図示）、確かにとても定家の筆跡に似ています。定信は驚異的な速書きで知られ、たくさんの経巻や仮名書きの古典の調度手本類を書写している能書家で、一方、定家は、自身の歌の家に伝える使命から、多くの古典を書写しているので、定信筆の写本を見る機会があったかもしれないし、あるいは、速く書くという書写において、何か共通の書法のようなものがあって似ているのかもしれない。それはどちらとも言えないのですが、定家様と似た筆跡を、定家に先行する時代に捜すと、前述した研究者の指摘のように、定信の名前が挙がるということだと思います。

④40歳　熊野懐紙（個人蔵、図版なし）
仮名においても定家様が成ったことが確認される作品。線に肥痩が目立ち、字形は扁平で、全体的に字の構成に丸みのある感じ。連綿がほとんどない（このように一字一字を切り離して書くことを、放書（はなちがき）といいます）。ちなみに、同じ年でも、先ほどの「熊野御幸記」の方の仮名はまだ完全な定家様っぽくありません。

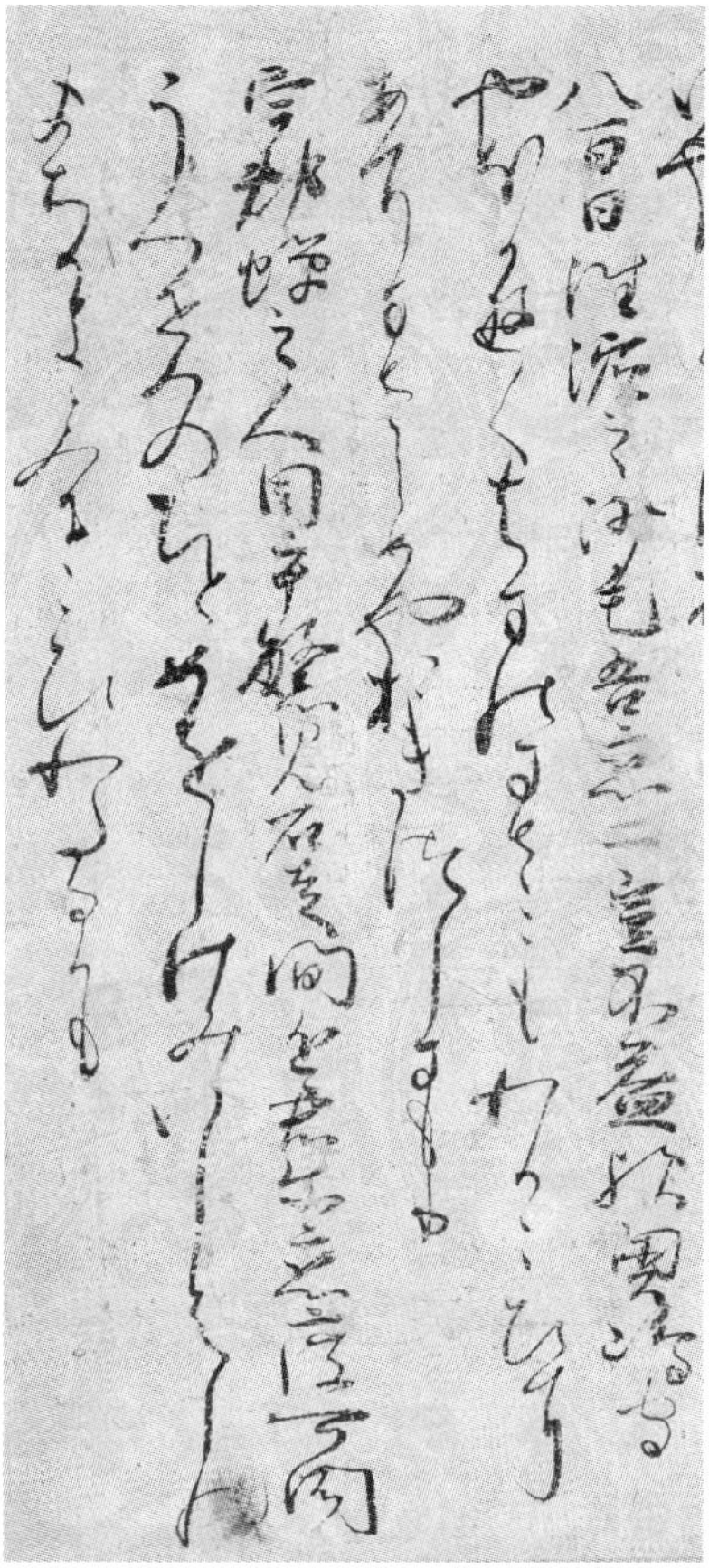

図11　金沢本万葉集切（部分）

⑤46歳　詠草切（図13）
「最勝四天王院名所御障子歌」の折に「泊瀬山」を詠んだ和歌（ただし不採用）の詠草（草稿）。連綿もあり、字形もあまり定家様っぽくない。正式な懐紙を記す折に定家様の仮名が確立された以降でこのように詠草だったり、先ほどの記録内

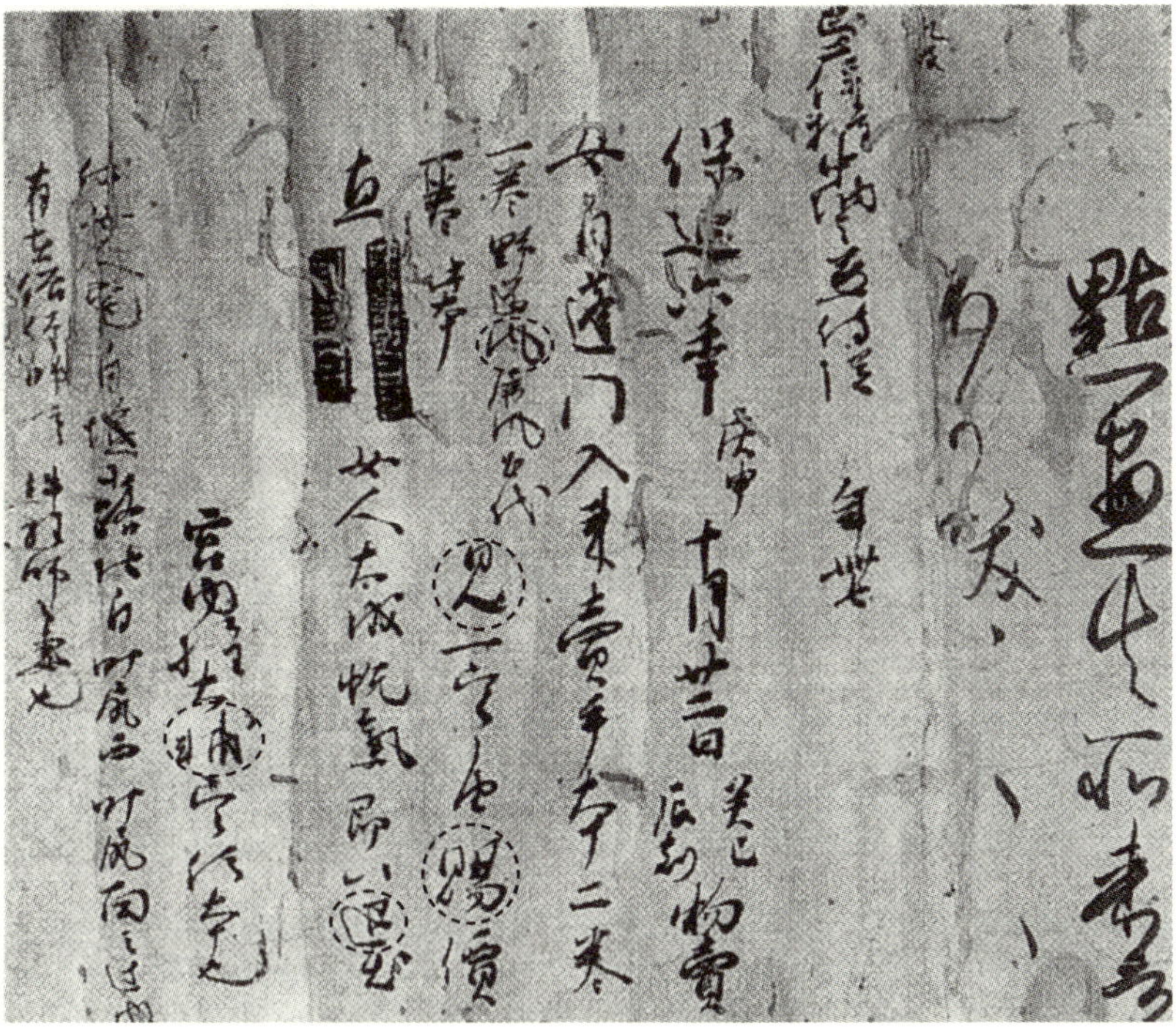

図12　藤原行成筆白氏詩巻巻末　定信筆奥書　Image: TNM Image Archives

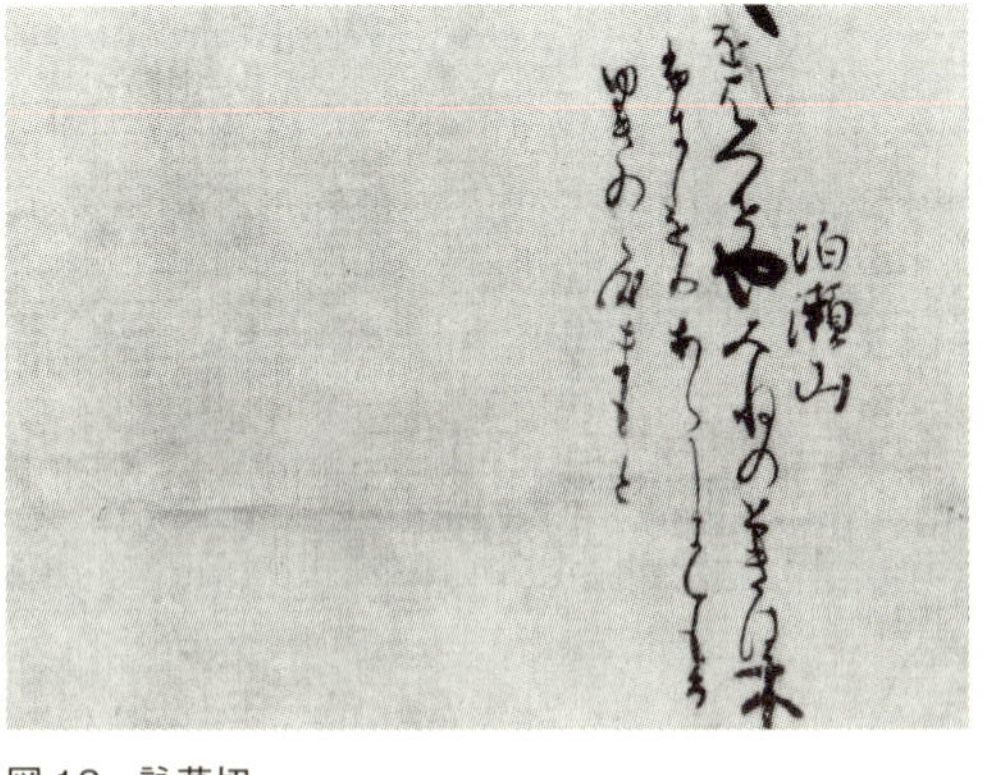

図13　詠草切

の和歌を記す書は、必ずしも定家様ではないことが見受けられます。

この間の仮名書の作品がなくて、次は65歳までとんでしまうのですが、

⑥65歳『古今和歌集』嘉禄二年本（冷泉家時雨亭文庫蔵、図版なし）、66歳「詠十五首和歌」（図14）

前者は古典の書写作品。字形は非常に扁平で、筆線の肥瘦が顕著にあり、連綿はほとんど無いのでとても読みやすい。完全に定家様になっています。一方後者は、御室道助法親王主催の歌会で、自詠を自筆で記したものですが、完全に定家様になっています。名児耶明氏はこの定家様が「完成版」と評されています。確かに一種の雅趣が感じられる書です。

⑦72歳『拾遺愚草』（冷泉家時雨亭文庫蔵、図版なし）、73歳『後撰和歌集』天福二年本（図15）、74歳『土佐日記』（前田育徳会蔵、図版なし）

いずれも最晩年の古典の書写本。後世に言う「定家様」というのは、このちょっと手が不自由になってきて、所々震えがある、線の肥瘦が非常にはっきりして、全く連綿していない、この最晩年の書様を指しているようです。特にこの『後撰和歌集』などは、独特の感じがあります。(7) これについては後で述べます。

さあ、ずっと定家の筆跡の変遷や定家様の成立を追ってきて、変遷の末に確立した定家様で書かれた、自詠自筆の「詠十五首和歌」や、最も定家様らしいといわれる古典の写本『後撰和歌集』天福二年本を見ました。では、これらの自詠自筆や古典の写本が、定家の生きた時代である平安末〜鎌倉初期の自詠自筆や古典の写本とどれほど違うのかを、ご覧いただきたいと思います。平安末〜鎌倉初期という時期には、後世「何々様」と呼ばれるような様々な書様が出てきます。

そういえば、「定家様」の定義はしていませんが、資料の「筆跡、書様、書流」に照らしていうと、「定家の筆跡の特徴を有する書の様式。個人に帰する筆跡とは異なり、その筆跡の特徴を有する様式（スタイル）の呼称だから、本人の筆跡にもいうし、別の人の筆跡に対して定家様ということもある」ということになります。

この話の初め、文字をかたちとして見る際の連綿の様子の例にあげましたが、「定家様」と同じ頃の書様に「教長様」といわれる書様があり、例品に先ほど挙げた「今城切」（図4－2参照）があります。字形は整斉で、連綿は

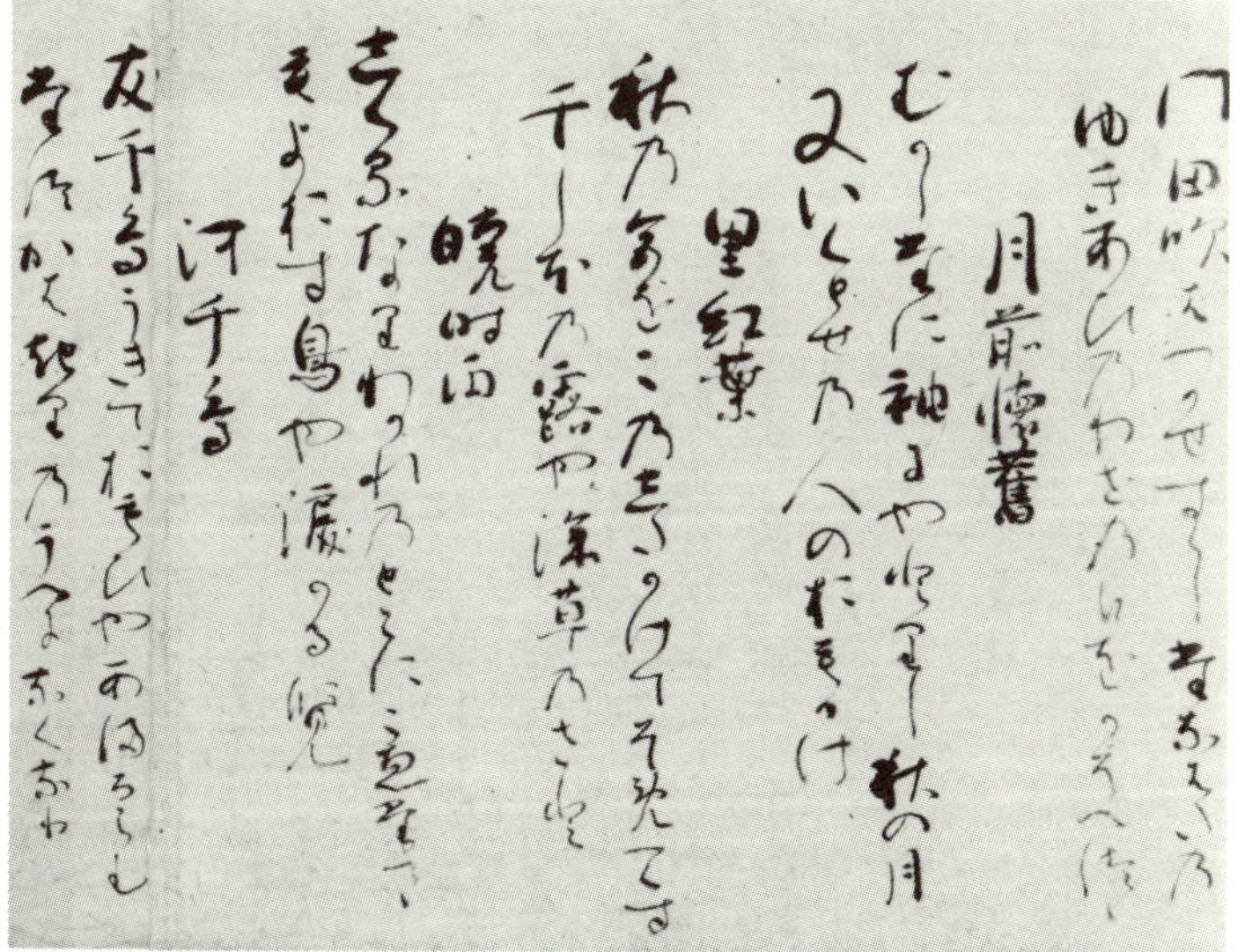

図 14　詠十五首和歌（部分）

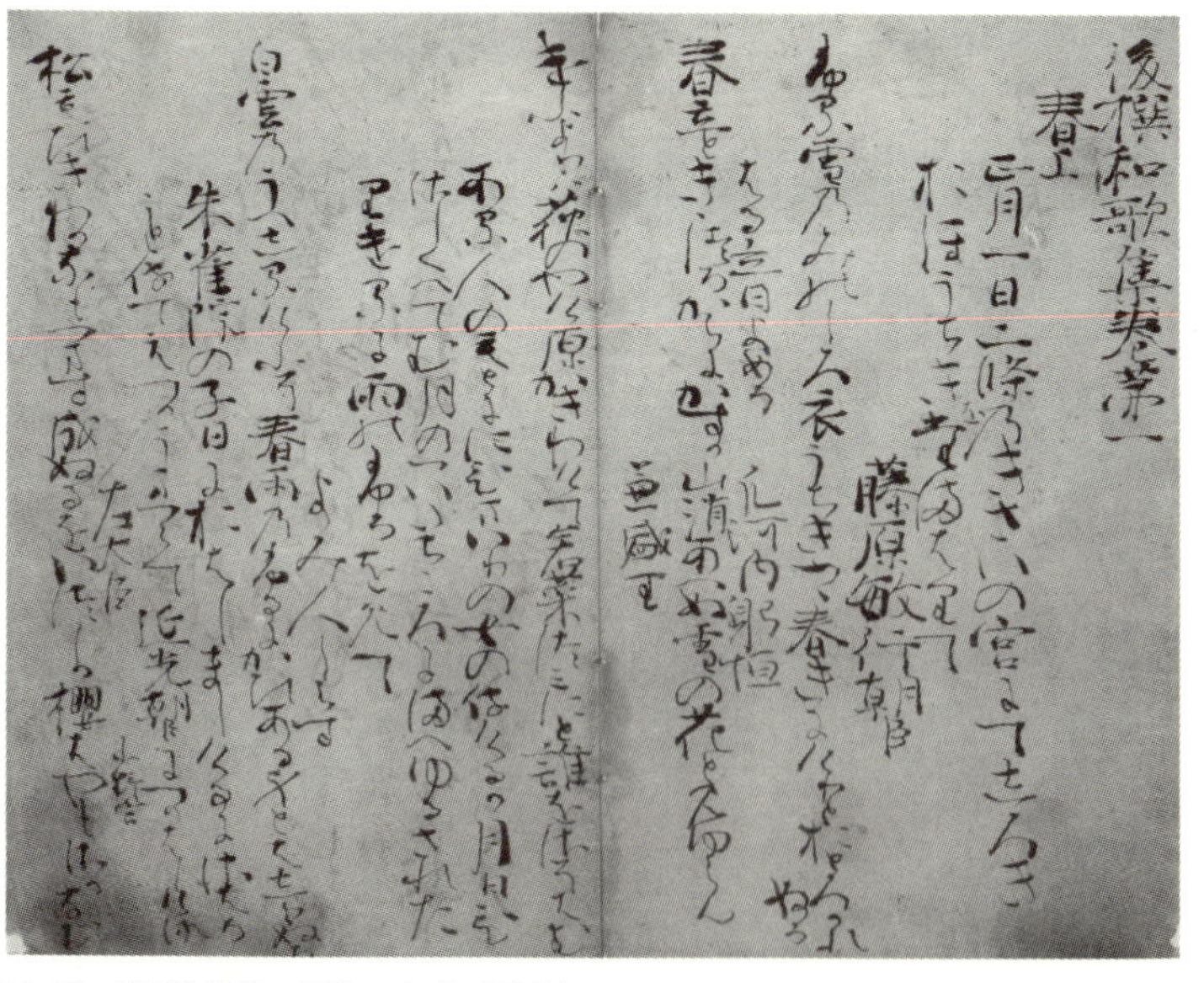

図 15　後撰和歌集　天福二年本（部分）

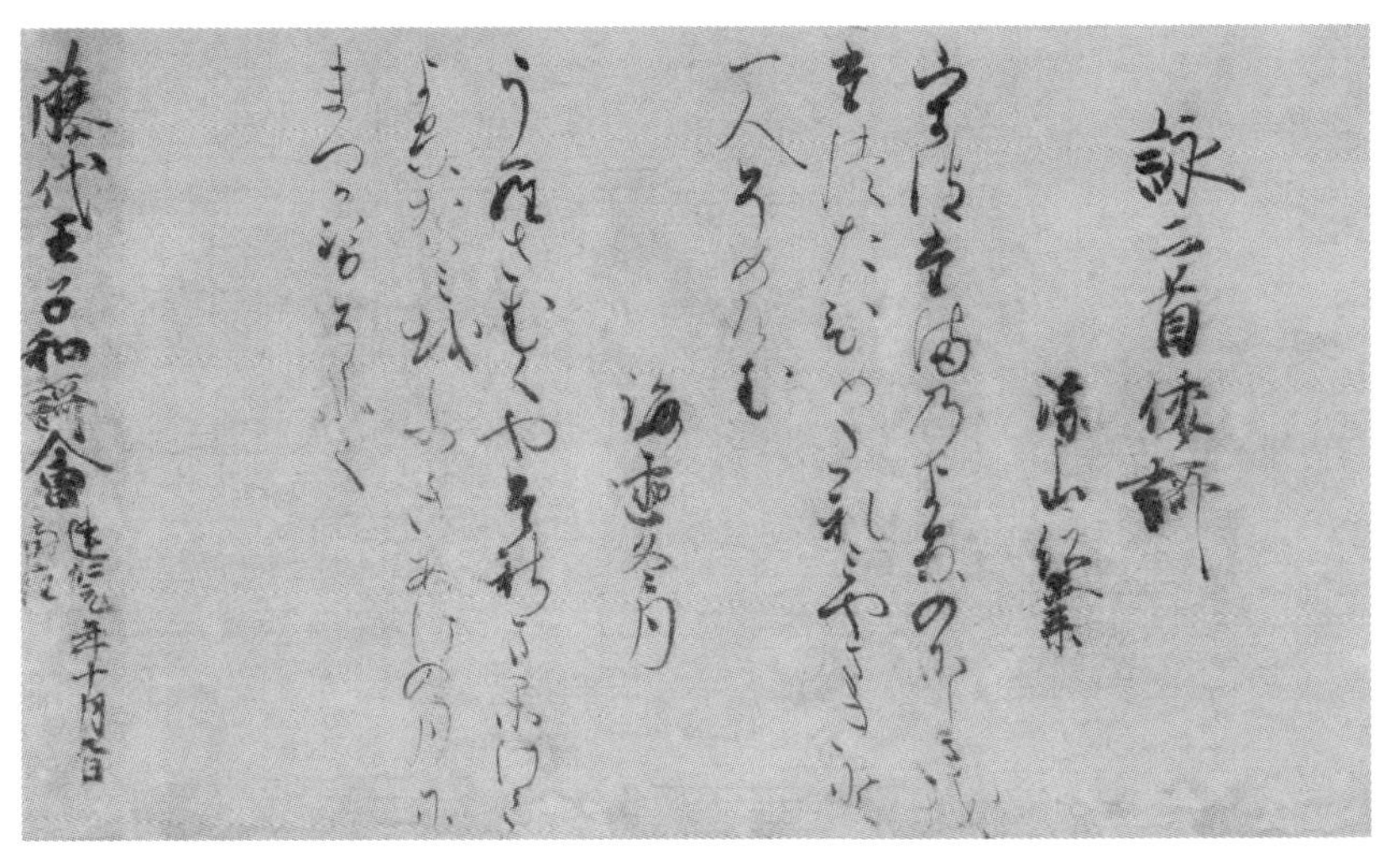
図16　後鳥羽院筆　熊野懐紙

ありますが、文字間の中心を通すことの方に主眼があります。側筆の使用による太い筆線が所々に目立ち、起筆、収筆に、鋭い筆鋒が目立ちます。このスタイルは飛鳥井雅経という人も書くので、「雅経様」とも呼ばれます。また、これも挙げましたが、別の書様に「寂蓮様」というのもあります。寂蓮様といわれる自詠自筆の例品で最も有名なのは、後鳥羽院筆「熊野懐紙」（図16）ですが、どういう書様かというと、文字一字一字が離れていてあまり連綿せず、字形は比較的扁平です。それと、側筆の使用による太い筆線が所々に目立ち、起筆、収筆に筆鋒の鋭さが目立つといった特徴があります。図を見ることなく、この特徴だけ聞くと、定家様のそれと似ていますが、でも図を見た印象は大部違いますね。それから、もう少し後に出てくる書様に「後京極様」というのがあります。例えば、この「詠五十首和歌」（図17）は、鎌倉初期の静真（俗名藤原光経）という歌人の家集、形としては五十首の定数歌ですが、字形はスマートで、よく連綿しています。側筆の使用による肉厚の線が全体に目立ち、起筆収筆には穂先の尖端が目立つ。実はこの寂蓮様、後京極様、字形と連綿に違いはありますが、一字を明確に書こうと意識されると寂蓮様になり、どんどん続けて書こうと思う

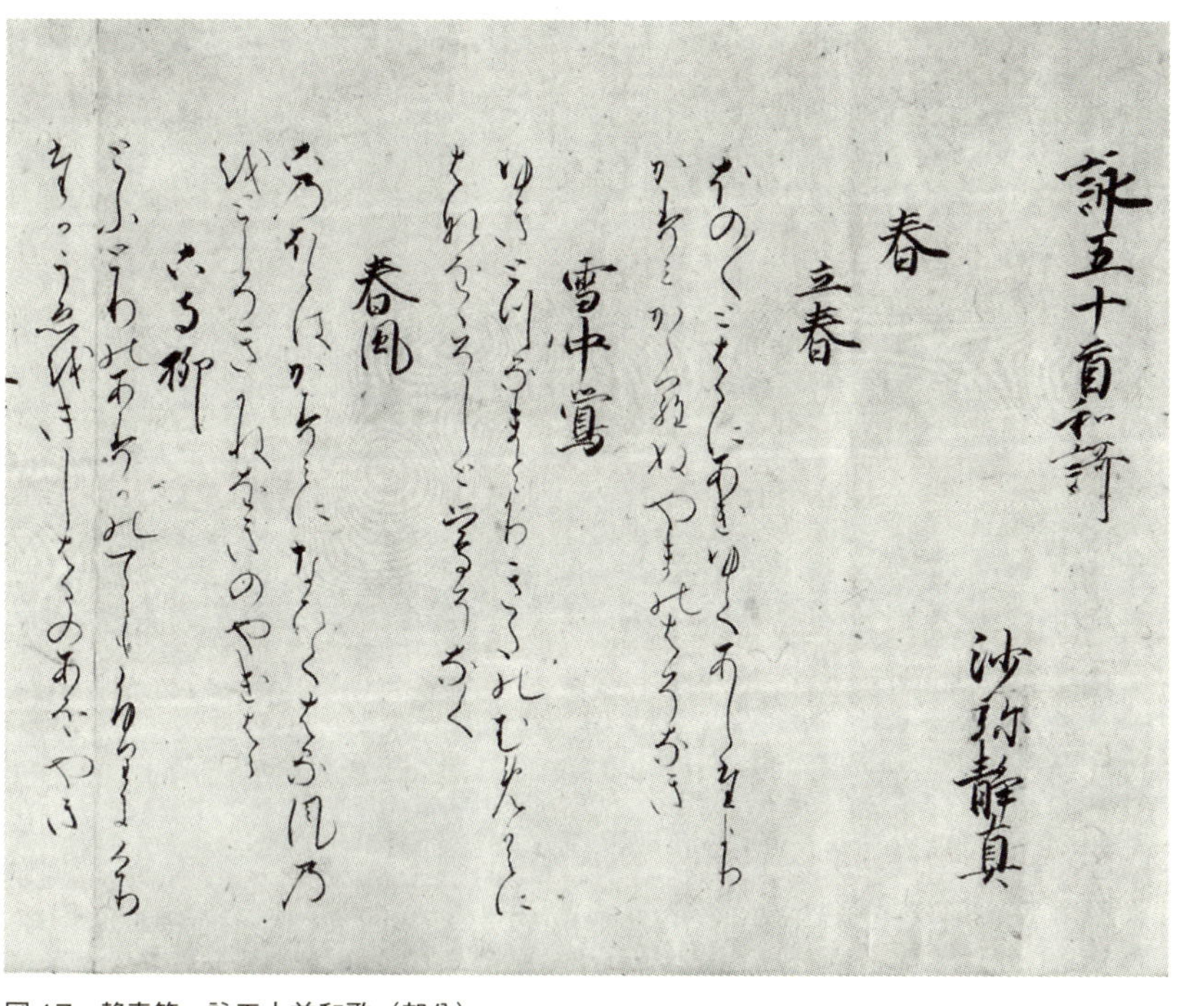

図 17　静真筆　詠五十首和歌（部分）

と後京極様になるといったことなのではないかと、私は考えています。というのも、仮名書の「寂蓮様」とか「後京極様」というのは、後世付けられた名称で、これらの書様は（途中で消えてしまう教長様も含めて）どれも出所が同じなのです。平安末期に出た藤原忠通（法性寺殿）という人がいて、この人の漢字書というのは、一字の丈が高く、側筆による黒々と肉厚の線と細身の線の変化が激しく、起筆収筆に、露わな筆鋒や強張が目立つ書様です（図18）。それまでの穏やかな平安期の漢字書に比べると、力強く厳しい印象の漢字書として、平安末から鎌倉を通じて一世を風靡します。平安末、院政期には、普段はこの漢字書で文書や記録を書いて仕事をしていた下級の貴族や、地下と呼ばれる実務官人層が、その時代を支えた歌人層の中心でした。たとえば、平安末〜鎌倉初期の貴重な和歌懐紙の作例として遺る「一品経和歌懐紙」の作者はすべてそういう人たちです。それから、鎌倉時代に入ってからは、鎌倉時代の歌壇を支えた宮廷の貴族たちも、やはり普段は法性寺様かこの流れを汲む書様の漢字書で、文書や日記等を書いていた人々であったと思います。ですから、そういう人たちが和歌を書くとしたら、この法性寺様の〝仮名版〟というようなものになり、それが字形がかっちりとして、側筆による黒々と肉厚の線や、起筆収筆に筆の露わな筆鋒や強張が目立つといった特徴を共通してもつ、教長様であり、寂蓮様であり、後京極様である、と考えられないでしょうか。そもそも法性寺様は漢字書の書様であり、法性寺様の仮名といわれる作品はないので、教長様、寂蓮様、後京極様などの仮名書の出所が、漢字書の法性寺様だというのは、分かりにくいかもしれません。けれども、文書や記録を漢字で書く、その同じ人々によって和歌が書かれる時、漢字から仮名に変換されたと考えれば、ある程度納得できると思われます。さて、今までに見たのは自詠自筆の作品ですが、この書様が一世を風靡していますから、その書様を能書が汲み取って、その時代の代表的な仮名書様として、より洗練して調度手本などの古典の書写に用いる。鎌倉時代中期までの調度手本、上質のテキスト本等は、ほとんどがこの後京極様か寂蓮様、あるいはその流れの書様で記されていますが、それは以上のような関係なのだと私は考えています。

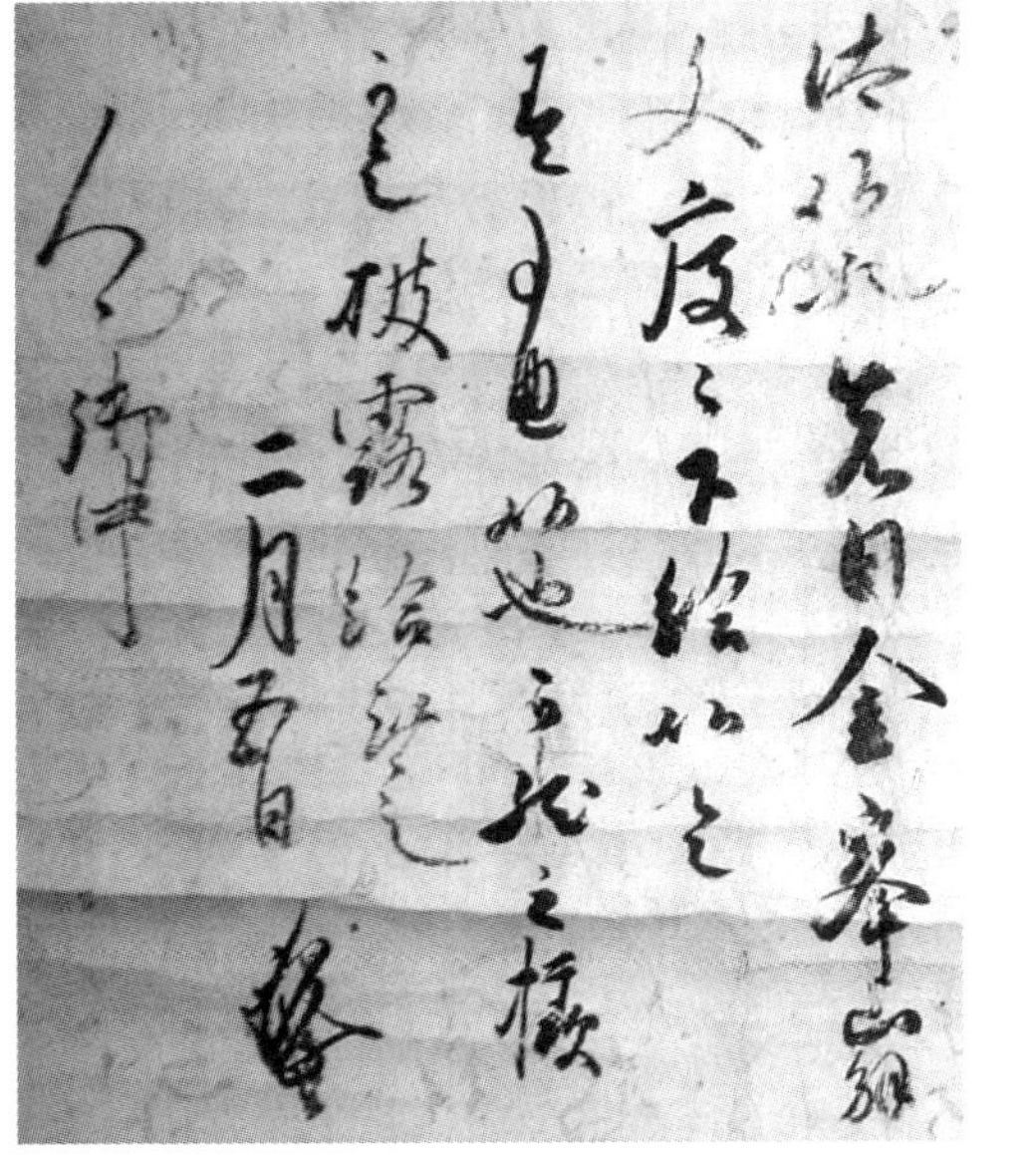
図18　法性寺様の漢字書　藤原忠通筆　書状（部分）

それで、やっと本題に入りますが、今お話した幾つかの書様と定家様とは、全然違うと思われます。これ、先ほど見た、静真の「詠十五首和歌」（図14参照）、どちらも自詠自筆の和歌ですが、両者はすごく違うように見えます。どこが違うかと言えば、普通の見方でいえば、静真の「詠五十首和歌」の方は上手いと思うけれど、定家の詠十五首和歌の方は、本当はこういう風に書くのは難しいのだけれど、一見するとこれなら私でも、と思ってしまう人もいるのではないでしょうか。前者と後者の違いは何かというと、私たちは自分が今、やっているかどうかに関わらず、どこかでお習字みたいなことをやった経験があると思います。そうすると、習字の基本的なこととして、横画はトンと置いて、少し右肩上がりに真っ直ぐ送筆して、しっかり収筆で留める。トンスートンといわれるものですね。縦画は同じように起筆して、こちらは垂直に送筆してしっかりと留める。あとは左右の払いだとか、撥ねだとか、曲折部分の筆遣いだとか、色々あると思いますけれど、静真の「詠五十首和歌」の方は、そういうことをちゃんとクリアしている書であると思います。一方、定家の方はどうかというと、いわゆるトンスートンの書法で書かれていないのですね。これ例えば、起筆でスーと入ってしまっているし、ここ、収筆にしっかりと力を入れて留めたように見えない。漢字も仮名もそういう書き方です。ちょっと図版を戻って、晩年の典型的な定家様の写本『後撰和歌集』天福二年本（図15参照）ですが、定家様の特徴として挙げられている、文字の字の丈が扁平である、筆線に太い細いがある、連綿が少ない、その通りなのですが、私はこれを見た時に、何かに似ている、ああ、隷書体に近いかなと思ったのです。[8] 隷書体は、楷書のような起筆・送筆・収筆（三過折、三折）を強調した書体が生まれる以前の書体です。[9] 私は中国書道史をしっかりと勉強したわけではないので、ごく一般的な理解ですが、隷書体というのは、正式な書体である篆書体に対する、筆記のための略式・仮の書体として生まれ、直線と鉤（折れる線）から構成され、点画の簡略化、省略を行い、一字一字の丈は短く横長偏平で、横画を水平に作る。点画の一部を、丸みを帯びたドーム状に膨らませたり、一字の中で筆の強弱をはっきりさせ（線に肥痩があるということだと思います）たりする。このような属性の隷書体は一字一字が分かりやすくて、速く書ける書体として、筆記に適したために漢代に非常に広まったということです。

さて、そこで先ほどの定家の字を見ると、起筆のトンや、しっかりとした送筆、収筆の留め・払いの処理等をしないので、私たちの中にあるお習字的感覚からすると、きちんと整った字には見えません。でも、トンスートンが基本で連綿のある書よりも、丸っこい一字一字は独立しているから認識しやすく、起筆・送筆・収筆に意を用いない分、連綿しなくても結構速く書けるのではないか、そんなことを考えながら、先行の研究者の方々の定家に関する論考を探索してみると、これに類することは既に言われていまして、著名な書跡研究者の石川九揚氏が『日本書史』という著書の中で、「「定家様」という書様は、その当時の書様が、三折法（トンスートン）を基本としているのに対して、「スー・グー」や「トン・スー」の二折法である。二折法は筆記に適した合理的で自然な書法であり、藤原定家は日本で初めて二折法を自覚し、筆記書法ともいうべき書法で和歌を書いた」というように述べられています[10]。

時間も押してきましたので、まとめといたしますが、定家様というのは、定家の生きた平安末～鎌倉前期の普通の仮名書様、法性寺様影響下のたとえば、教長様とか、寂連様とか、後京極様といった書様とは、全く趣きの異なる書様で、それは漢字の隷書体等と同様の、二折法によって書かれたと思われる書様である。その特徴は、一字一字が扁平なつくりで、筆線には肥瘦が激しくあり、転折部には丸みがあり、連綿が少ない放ち書きに近いため、一字一字が明確に認識しやすい。一般的には連綿を用いて書く方が、放ち書きよりも速く書けそうだが、二折法でさくさく書く分、速書きに適したと考えられる。そしてこの書様は、先行の研究の成果を辿りながら、定家の各年代の遺品を見て頂いたように、定家の生涯の最初から形成されていたわけではない。四十歳頃（一二〇一年頃）には確立しているが、二十歳初期（一一八一頃）には萌芽は見えていても確立されていない。そして、三十歳（一一九一）～四〇歳までの遺品を見ると、一部が定家様だったり、プレ定家様だったり、先行する速書きの能書に類似する書様であったりする。それで、この二十歳から四十歳の二〇年間くらいの間に、定家様確立の要因と関連することがあるかを考えると、定家は歌人として自詠を懐紙や詠草や自撰家集等に記す、廷臣として記録や日記を記す、このあたりの活動は、他の廷臣歌人にもあることですが、定家の家、歌の家ならではのこととして、お父さんの俊成の監修の下、身近な人々が駆使されて――定家もその書写者一員でしたが――、来る勅撰集選者を担う折の和歌資料とするために、様々な私家集の書写をした、御子左家の書写活動というのがこの間にあります[11]。書写活動はそれを通して様々な古典に触れる機会でもあり、また、速く正確に書くことは書写の必須条件です。家のために多くの歌集を書写するという活動自体が、定家に和歌を分かりやすく速く書く書体との邂逅や自覚を促し、定家様の生成を導く機縁の一つとなったという推測は可能ではないでしょうか。また晩年には、その特徴をより深化させた定家様が、今度は自らが中心となった書写活動に活かされたと思われます。

注

(1) 平安時代の調度手本等における和歌や散文の書写においては、連綿によって繋がる文字列の末尾が右方向にずれると、次の文字列の列頭を中心に戻しながら書写して、幾つかの文字列グループによって成される一行全体は、行頭と行末はそれほどずれないように注意を払っている。しかしそれでも行全体の行末が、行頭より右に寄る場合もかなり見られる。なお、連綿によって繋がっている文字列は、まとまった単語や句で成立する場合もあるが、そうでない場合も多い。

(2) 一行の中心線を垂直に通すことは、鎌倉時代の写本らしい特徴であるが、平安時代にもないわけではない。仮名の古典と言われる「高野切」の中でも、「第二種」は、行の中心を真っ直ぐに通すように文字間の中心を合わせ、文字の傾きも合わせて書写する（このため、前の文字の右下から次の文字の左上を繋ぐ、斜めの連綿線が目立つのが、第二種の特徴である）。平安時代には、伸びやかな流れを生む垂直方向に直線的な連綿線を優先するため、行が右にずれる傾向（注1参照）の書写がある一方で、この傾向のものもあり、以降、「藍紙本万葉集切」「筋切」「烏丸切」といった能書の仮名にも受け継がれている。

（3）名児耶明「藤原定家の書風について――悪筆の一得」48－49頁（『特別展　定家様』図録所収　五島美術館　一九八七年）

（4）「京都産業大学日本文化研究所公開シンポジウム報告集　定家様と擬定家――擬定家本私家集の出現をめぐって――」（同実行委員会、二〇〇六年）。シンポジウムは同大学教授小林一彦氏、五島美術館学芸部長名児耶明氏、冷泉家時雨亭文庫調査主任藤本孝一氏による、各専門分野の基調報告（第1部）と三者によるパネルディスカッション（第2部）の構成。

（5）本稿では定家様の確立を「①29～39歳頃」の作品から挙げたが、「定家様」の図録（注3）には、これ以前の書写年代の明らかな作品も挙がる（『入道大納言資賢集』。解説によれば奥書が21歳時の定家筆で、本文は別筆とする）。この作品の本文を見ると、和歌部分は法性寺様影響下の当時一般的な仮名書様で書かれるが、詞書部分には定家様の萌芽が感じられる。詞書と和歌を一筆と考えた場合、本文書写者も定家で、定家が当時一般的な仮名書様と定家様の萌芽を混在させて書写した、早期の作品例という可能性も考えたが、判断を保留し、①からの提示とした。

（6）定家の「熊野御幸記」と定信の筆跡の類似については、例えば、春名好重「藤原定家」（『墨美』129号所収　墨美社、一九六三年）、木下正雄（『書道芸術』第16巻　中央公論社、一九七二年）。一方、同じ藤原定信の書風との共通点を、古谷稔氏は両者の写経の中に指摘する。また、前掲「歌合切」や「詠草」にも定信と同種の趣があるとして、定信からの影響を推測する（同氏「鎌倉初期に見る書の景観――定家とその周辺」（注3図録所収））

（7）この最晩年の、特徴が誇張され様式化が極まったような定家様に関しては、定家の筆跡として一考を要する意見も紹介されている（注4報告集 第一部 名児耶明「定家様とは何か」）。

（8）全くの偶然であったが、本シンポジウムのパネラーのお一人で、現代における定家様の能書、十三世遠州茶道宗家家元・小堀宗実氏がご講演の中で、定家様の習得には、まず隷書体を習うということを話された。実践する立場からのご発言だけに有益に拝聴した。

（9）隷書体は三折ではなく二折法、更に古い篆書体は一折法によっている（『書の『技法用語100』可成屋）

（10）同書　356頁　第46章「筆記の書　藤原定家『近代秀歌』」。同論には隷書体という言葉は見当たらないが、前述のように隷書体は二折法による書体である。なお、石川氏の定家様への批評は単に、「二折法を日本で初めて自覚した筆記の書」という言及だけに留まらず、「書は筆の紙に対する筆蝕の造形芸術」という一貫した立場から、定家様を「王朝末期に現れた、筆触意志の有無が限界まで振幅する姿の筆跡」として評価する。

（11）田中登「藤原俊成の私家集書写活動」（『関西大学国文学』81　関西大学、二〇〇〇年）

謝辞　本稿の作成に際し、図版掲載のご許可を頂いたご所蔵者、また報告書に付き掲載料免除のお計らいを頂いたご所蔵者に、心から感謝申し上げます。

掲載図版一覧

図No	図版名称	所蔵
図1〜4	小島切、備中切、下田屋切、今城切、右衛門類切（以上手鑑『見努世友』の内）式子内親王集切	出光美術館
図6	藤原定家筆『定頼集』	出光美術館
図8	藤原定家筆 歌合切（二葉）	各々個人蔵
図9	藤原定家筆 反古懐紙	五島美術館
図10	藤原定家筆 熊野御幸記	三井記念美術館
図11	藤原定信筆 金沢本万葉集切（手鑑『谷水帖』の内）	阪急文化財団逸翁美術館
図12	藤原行成筆「白氏詩巻」巻末 藤原定信筆奥書	東京国立博物館

図	作品	所蔵
図13	藤原定家筆 詠草切	陽明文庫
図16	後鳥羽院筆 熊野懐紙	
図14	詠十五首和歌	前田育徳会
図15	『後撰和歌集』天福二年本	冷泉家時雨亭文庫
図17	静真筆 詠五十首和歌	個人蔵
図18	藤原忠通筆 書状	個人蔵

小堀遠州と定家様の書

小堀宗実

はじめに

みなさまご機嫌よろしゅうございます。ご紹介いただきました小堀宗実でございます。今日は、「定家がもたらしたもの」というお話の中で、小堀遠州と定家様の書につきまして、お話しをさせていただきたいと思います。

本題に入る前に、今日の「定家のもたらしたもの」のチラシの最初のところに「また今日実際に定家様の文字を揮毫する遠州流茶道の家元を招聘して」とご紹介いただいているんですけども、これは私にとりましては、大変過分な評価でございまして、半分嬉しいですけど、半分照れくさく思っているという、ちょっと謙虚なところも最初に申し上げておいたほうがいいかな、と思っているんですけども。

私は、遠州流の家元の家に生まれて、実際に茶道その道に入って行くというのは、もちろん子どもの時から色々な行事がございまして、そういう形では小さい時から見てもいましたし、触れてもいたんですけど、実際は、さきほど少しお話しがありましたけれども、大学を卒業いたしまして、一年間禅寺に入っておりました時に、本当に一から茶道に真剣に取り組むというようなことになりました。

その前に、折に触れまして私の父、十二世小堀宗慶と申しますけれども、父から遠州流の家元になるということはどういうことなのか、ということを時々言われていたんです。あまり私の父は強制的にお茶の稽古をさせたり、やかましいことは申しませんでしたけれども、ただ折に触れて時々言われることで、私にとっては二つ、印象にあるものがあります。

当然、小堀遠州＝流祖につながる遠州流の茶の湯のこと、お点前のことであるとか、あるいは様々な作法だとか、あるいは茶道具の鑑定、そういったものについて当然家元というのはよくよく承知していなくてはいけないと、これはもう誰でも考えることだと思いますけれども、遠州流の場合はそれにプラスして二つ大事なことがある。一つは和歌です。いわゆるこの藤原定家の専門としているところの和歌ですけれども、和歌というものがわからないといけない、あるいは詠めないといけない、ということを言われておりました。それから、もう一つは当然それと関係のあることですけれども、遠州流の小堀家の字というのは定家様といって、この藤原定家卿につながる定家様を流祖、遠州公が非常にその当時江戸初期の能書であり、それ以降二世三世四世とずっと連綿とその字を受け継いでいると。実際、私の父はですね、それまでの遠州以来の中でも、私が思うには、最も定家様を極めた人であるというふうに言えるのではないかと思います。その人が、私に、定家様というものを書けないといけない、と。これは他の茶道の各流派、お家元いらっしゃいますけれども、そういうことはまったくございません。遠州流だけが同じ、先祖からずっと同じ字を連綿と継承して行くと、ある意味では、茶道のお点前、そういったものと同じような意味合い、同じような重要さとして、和歌と文字がある、というふうに言われておりました。したがいまして、茶道のお点前や、あるいは茶道の歴史だとか、もっと広く言いますと日本の文化のこととか、そういったことは、本を読んだり稽古をすることによって、いずれはこなすことができるのではないか、というふうに私なりに思っていたんです。けれども、和歌を詠ずるということになりますと、これはやはり本人の感性といいますか、そういうものがかなり重要ではないかと、それから、書に関しても、これは相当な修練というか、そういうものが必要なのではないか、と思いまして、私の中では他のことに比べまして、最も荷の重いものだ、というのが、この本日の定家様と和歌であったということなんです。

ですけれども、今、私もまがりなりに定家の文字を、というか流祖以来の小堀家に伝わっている、定家様というものをある程度書けるようになって参りまして、先ほど来、いろいろ先生方のお話しがございましたけれども、藤原定家があの文字に至ったのは、自分が書いていてそう思うんですけれども、やはり定家以前の古典というものを書写をしていく、そして次の人たちにそれを残していく、という命を受けた定家が、できるだけ正確にわかりやすく、そして膨大な量があるわけですから、ある程度の速度をもって写していかなくてはいけない、という中にこの定家様が生まれた、というふうに思っております。これからお話ししていく、小堀遠州が何故定家様になったか、ということは、定家が定家様になっていったこととはまたさらに意味合いがいろいろな形で加わってきますので、その点について少しお話しを進めたいと思います。

小堀家の歴代

小堀遠州は、天正七年から正保四年にかけて、いわゆる戦国末期から江戸時代初期にかけて、徳川家康・秀忠・家光の三代の将軍の時代に活躍した大名です。一万三千石という小さい大名でありますけれども、大名として徳川将軍家の非常に重要な仕事を行っておりました。で、もともとは滋賀県の、現在は長浜市小堀町といっておりますけれども、小堀村の出身でございまして、戦国時代から徳川の幕藩体制の整う時代の中で、茶道の世界におきましては、村田珠光・武野紹鷗・千利休・古田織部とともに茶の湯五大宗匠の一人として王道をしっかり受け継いで、将軍家の茶道指南役にもなったというわけでございます。

次に、少し私の家の歴代の事をお話ししますと、小堀遠州の前に小堀家というのは七代おります。その昔は、近江国坂田郡小堀村の土豪、要するにその地域のある一定の勢力を持っていた豪族の家でした。小堀遠州の後に二世が大膳宗慶、小堀宗慶といいます。実は、私の父が小堀宗慶というんですけども、継いでいるのはこの二世の名前でございます。三世小堀宗實、四世宗瑞、五世宗香、というふうにこうずっと続いていきまして、私が宗実ということで、私の名前、宗実というのは、三世の名前を継いでおります。父は二世を継いでおりますので、私の息子が、私の後を継ぐということになれば、四世の宗瑞という名前を継いでいく、というふうに遠州流ではなっております。といっても、実はこれを考えたのは父なんです。父が若い時に、祖父の宗明に、小堀遠州公という人は非常に立派な人だったというのは誰でも知っているけれども、しかし遠州流が現在このような形で継続しているのは、二世がいたから現代まで繋がっていると。二世という人は、後ほどお話ししますけれども、この人はもう子供のころから大変字が上手だったんです。その二世の名前というのはあまり世の中に出てこない、と。ですから、父が、自分がこの名前を継いでいることによって、二世も脚光を浴びていくだろう、と。そうすると、この家がまあ、ずっとこう続いて行くときに、流祖の名前は誰も使わないで、二世の名前から私の祖父の宗明までが丁度十世代ですから、一回りぐるぐるこう回って行くことができるんじゃないか、ということで、今はそのように私の家ではすることになっております。ということで、私の家のお話を紹介したところで、本題に入って行きたいと思います。

小堀遠州画

茶の湯と小倉色紙

茶の湯における藤原定家の存在について、の話にまいります。何故藤原定家が取り上げられたかといいますと、やはりこの小倉色紙というものになります。で、小倉色紙に関しましては、今日もお話しがあったかもしれませんけども、いろいろな研究もされておりますし、定家の真筆であるとか、真筆でないとかという説もございます。先般五島美術館で定家様の図録が出ておりましたけれども、現存しているいろいろな美術館に収まっているもの、あるいは個人でお持ちになっているものがかなり残っています。その中にもこれは明らかに他のものとはやや、定家様では書かれていますが他の書体とは少し違うようなもの、あるいは料紙ですね、書かれている紙が少し時代的に定家の時代まで上るのかな、というようなものもございますので、全部が全部定家かどうかというところまでは、今のところところはわからないんですけれども、茶の世界ではとにかくこの小倉色紙というのは、大変重要なものとして考えております。

これは、有名なですね、人麻呂の百人一首にある歌ですけれども「あしびきの山鳥の尾のしだり尾のながながし夜をひとりかも寝む」という歌ですね。こういうふうに、その、一つ一つ独立してこう書いたものが非常に定家の特徴的なものではないかと思いますけれども。これはですね、なかなか他の色紙、定家の書いているようなこういう歌の色紙に比べますと、この小倉色紙は、実際に私もこういうふうに書いてみようと思いますと、これは一番難しいですね。これは本当に難しいです。

一つ一つ、こういうふうに書くのは、本当に私は一番難しいと思ってます。ですから、小倉色紙の形式で、私自身は書こうとは思っていないんです。

そしてこの小倉色紙が藤原定家の書ということで茶道の世界で最も重要になったのは、武野紹鷗という、これは村田珠光の後に茶の湯の歴史上の二番目の宗匠になるわけですけれども、この武野紹鷗という人は、堺の人で、千利休の師匠として有名な、連歌師で、和歌に非常に詳しかった人物です。この方が有名な阿倍仲麻呂の、「天の原ふりさけ見れば春日なる三笠の山に出でし月かも」と書いた小倉色紙を、床の間に初めて用いたんです。茶の湯史上最初に登場したのはこの歌の書いてあった小倉色紙でございます。で、これが一五五五年十月の二日に使われているんです。武野紹鷗が亡くなったのが十二月の十二日ですから、本当に最後の最後に小倉の色紙を使いました。これが、日本の茶道の中で掛物として歌の書いてあるものが使われた一番最初の出来事なんです。ですから、それまでは何かというと、いわゆる墨跡、中国の宋とか元の高僧の書いた書、あるいは水墨画です。有名な牧谿や玉澗の、水墨画が日本では茶道の世界で掛けられていたのに対して和物の、初めてこういう歌の掛物が登場したわけです。現代では、古筆の掛物も沢山茶会で掛けられますが、紹鷗の時代、床の間を拝見した時に、今まで見たものでないものが掛かっているわけです。ですから、お客様は大変な驚きであったと思います。そして、これが非常に評判になったわけです。武野紹鷗がこの掛物を用いたのは理由がありまして、この阿倍仲麻呂が中国に渡り、学問を修めに行って、日本に帰ろうとしたけれども船が難船して帰郷が叶わなかったわけですけれども、阿倍仲麻呂が中国の西安から眺めた月と自分の故郷の月とが、遠く離れていても月一つ見ればその心は故郷に通じるんだというような心境、その心境と、それまで当時お茶の世界で重要視されていた墨跡、禅に繋がる心、そういったものが同じようなものなんだということで、武野紹鷗がこれを用いたというふうに言われております。それ以来、茶の湯では、一番最初の人がそういうスタートを切りますと、急に和歌のものを掛けてみようということが始まります。当然最初は、同じ小倉色紙を探してきて使うようになるわけです。その後は、そうそう小倉色紙を入手で

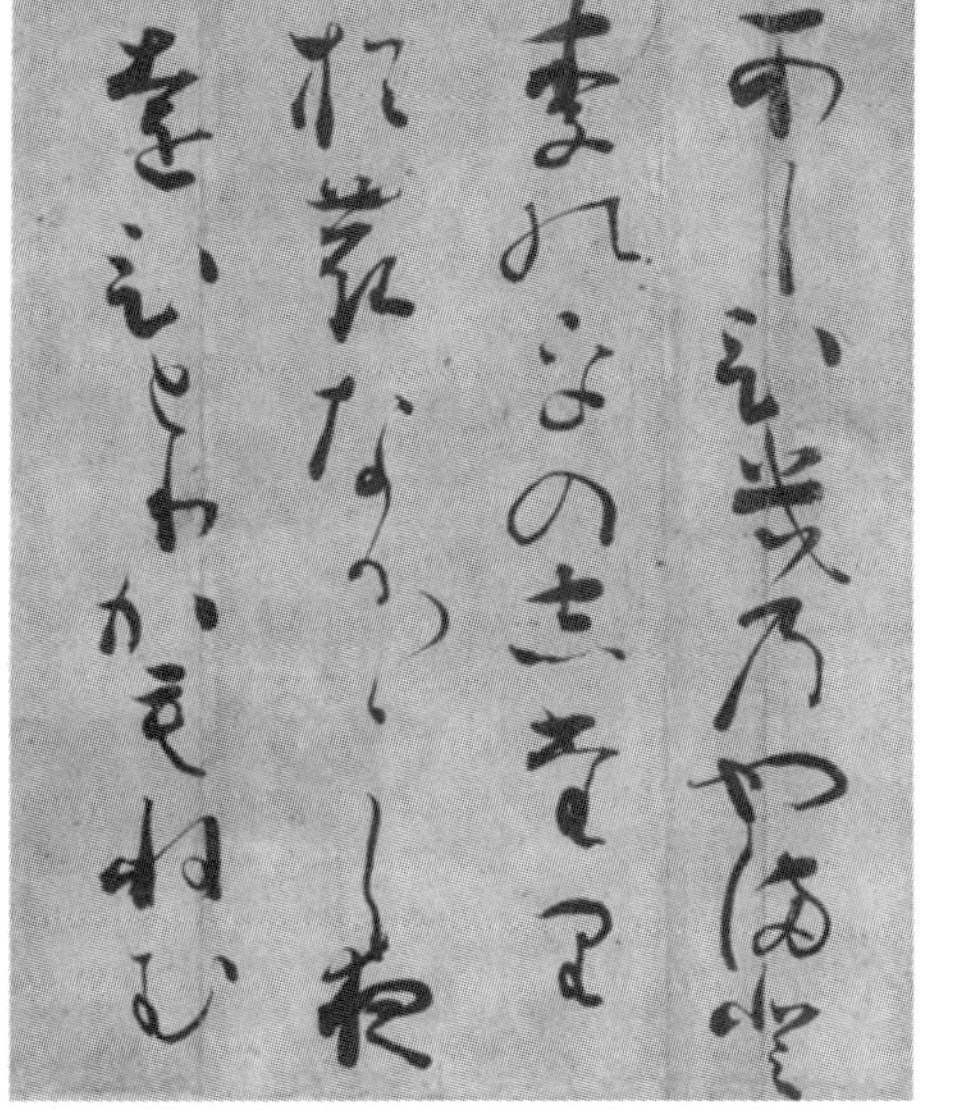

小倉色紙

きないので、今度は小倉の色紙を書いた人は誰であるかと、それは藤原定家だとなりますと、定家の書いた色紙、それを使おうというようなことで、藤原定家が大変流行します。そうはいっても当時、この紹鷗以降、掛物はどういうふうな割合を占めたかと言いますと、和歌はまだまだ少なかったんです。やはり一番多いのは、宋・元の墨跡でした。この様な墨跡第一主義の中で、和歌のものは、定家のものだけが使われてたということで、とにかく藤原定家でなくてはいけない、というのが小倉色紙のもたらした効果でございます。

遠州と定家

今度は小堀遠州と藤原定家についてお話しをしていきますけれども、藤原定家を遠州が尊重した理由がいくつかあると思います。一番は、やはり和歌です。和歌を茶の湯で使用しようというのが遠州の一番の定家を用いた理由です。小堀遠州の茶とは、王朝文化。王朝文化は、それまでの茶道の世界にはない文化なんです。茶道は、室町将軍家、足利義政の時代になり、それまではお茶を飲む喫茶という習慣はあったわけですけれども、茶の湯が確立してくるのは室町将軍家の時代です。そして、その時代に一方に村田珠光という人が出て、草庵の茶を創始していきます。遠州は、珠光後、紹鷗が出て利休が出て織部が出た後に、茶道の全般のリーダーとして、自分に至るまでの茶の湯の歴史というものを全部総合化し、体系化しようとしたのです。室町文化は武家の文化であり、書院の建築が出来ました。

一方では、村田珠光がいて草庵の茶というのが生まれるわけです。それから武野紹鷗・千利休に至るにあたって侘茶が完成していきます。そこで遠州は、全部トータルに表現するようなお茶を考案します。遠州の茶会に行きますと、最初は非常に小さい三畳や四畳半とかの小さなお茶室でお茶が行われて、その後に鎖の間という広間を経て書院に移る、というようなことになるわけですね。そこで小間では墨跡を使って、その次の部屋、鎖の間では水墨画を使って、その最後の書院には三幅対とか、あるいは歌のものを使う、という茶会の展開をします。

こういうお茶会のスタイルと共に、もう一つ和歌を使う理由は、お茶入／いわゆるお茶会に使う名物茶入／の分類を遠州がするときの手段に歌を用いたということです。茶入の体系化、窯分けと呼んでいます。窯分けした後に、これは名物であるとか、これは名物に準ずるものである、と判断します。これが、「中興名物」です。中興名物というのは、いわゆる利休時代までの、室町時代からずっと伝わっているものを全部「大名物」と言っていたのに対して、遠州時代になって新しく「これは名物である」というふうに認定されたものを「中興名物」、中興の名物ということでそのように言われています。このときに和歌を用いて、命名、歌名による道具の個性化ということを遠州はするのです。

その茶入を分類していくときに、藤原定家が行ったように、本歌取りの手法を茶入の分類方法に用いることを考えたのです。遠州時代に名前を付けたものに、その同類である茶入に、本歌に似た歌の名前を付けていくということで、窯分けというのをするんです。床の間に、遠州が定家の掛物を用いていたことを一つだけご紹介します。

遠州は小倉色紙は持っていないですが、定家の色紙を使っています。小堀遠州の茶会記として四百回の記録があります。本当はもっと沢山拝見し、入手もしています。とは申しましても、小堀遠州の茶会記として四百回の記録があります。遠州は、冷泉家と縁があり、定家の書を沢山しているると思いますが、四百回のうちにどういう掛物を掛けてたかと言いますと、やっぱり一番多いのは墨跡、禅僧の書いたものが圧倒的でございます。その当時有名な禅僧で虚堂(きどう)の墨跡が四十三回、それから将軍に拝領した清拙正澄(せいせつせいちょう)の墨跡を二十二回、使ってます。それから、有名な大徳寺の一休さん、一休さんの書いたものは二十二回程度使ってます。一番多いのは、自分が禅の修行をした春屋宗園(しゅんおくそうえん)という大徳寺の百十一世です。沢庵和尚や江月和尚という遠州と同世代の和尚方の師匠に当たる方です。この方の掛物を五十三回使ってます。ですから、圧倒

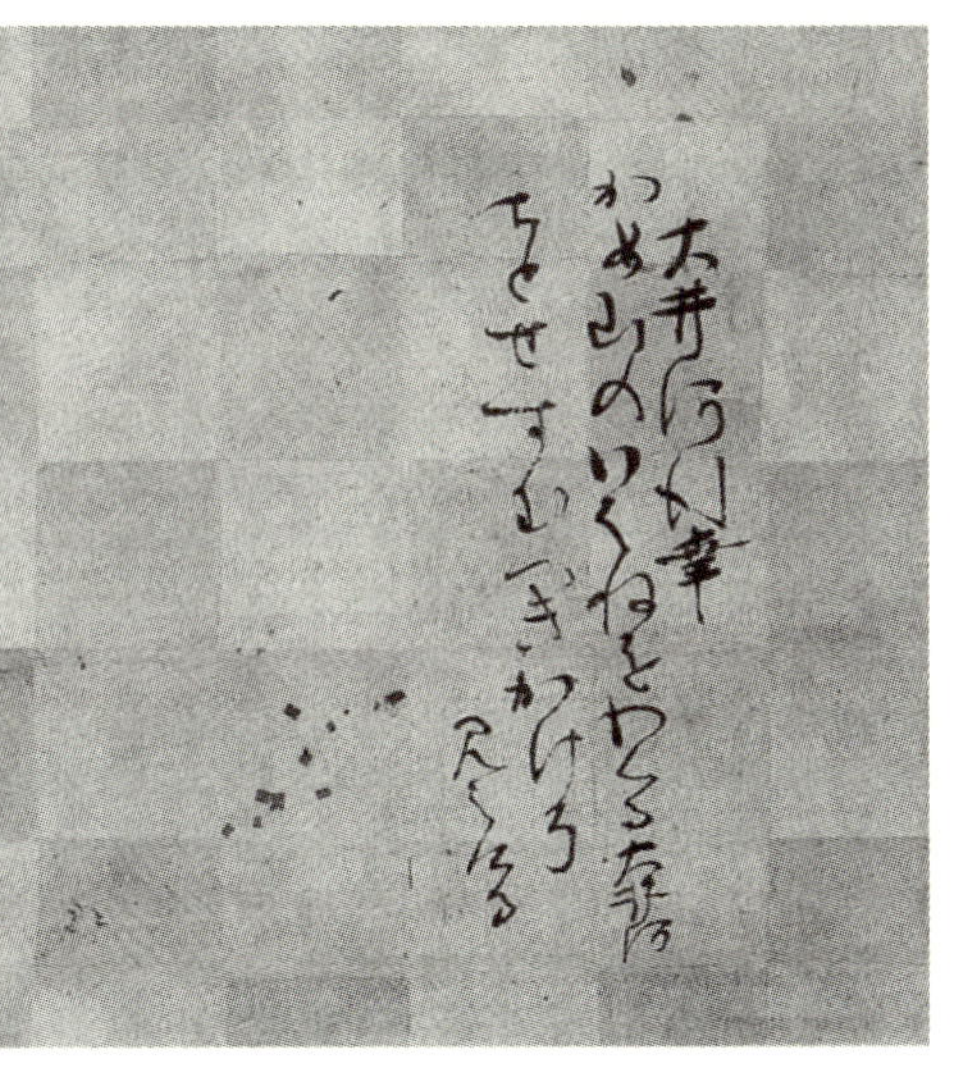

大井川の色紙

的に禅僧の書を使っています

次は水墨画を使っています。有名な牧谿を二十回以上使ってます。ただ特徴的なことは、今までの人たちが使ってた水墨画は、牧谿とか、玉澗（ぎょくかん）のものが多いんですが、遠州になりよく使われ出しました絵のものは、実は雪舟なんです。小堀遠州は雪舟を八十回以上掛けていまして、それは今まで人にはなかった新しい傾向です。遠州は雪舟を非常によく用いてました。四百回のお茶会の中で歌のものはどのぐらい使っていたかと言いますと、三十五～六回程度使っているというのがわかっております。そして、その三十六回すべてが、定家のものです。ですから、定家以外はまったく使っていないのです。一休宗純が和歌を詠んだ色紙を一～二度使っておりますが、例外をのぞけば基本的に歌といえば定家のものしか使っておりません。

ここに紹介しております掛物、「大井川の色紙」、これは寛永三年の八月の二十六日に使用したということがわかっております。「大井川行幸」と書いて、「亀山の岩根を分くる大井川ちとせ澄むべき影ぞ見えける」という歌です。遠州が伏見奉行を仰せつかりまして、その伏見奉行屋敷が寛永の三年に完成し、その完成披露茶会に使っている掛物でございます。

見ていただくと、料紙が市松になっています。この、非常に洒落た市松模様の料紙の上に書かれたものでございます。小堀遠州という人は、庭や茶室、それからお城などを設計しますけれども、いろいろなところでこの市松模様を多用しています。それに共通するものです。これが、定家の大井川行幸の色紙ということで、最初に使ったものでございます。

飛鳥川手

飛鳥川

和歌と茶入

茶入の体系化ということについて少しお話しをしますと、この茶入、二つとも同じ時に同じ釜でできたものなんですけど、見て頂くとわかりますけど、こちら側ですね、皆様から見て左側にある方が、右側にあるよりはいいですよ。いいというのは、たとえばこう、真ん中に薬が流れていたり。それから全体の姿もいいです。ちょっとこれは写してる角度が違うんですけど、姿もいいですし、薬掛りとか、全体の光り具合、焼け具合も、こちらがいいわけです。同じ時に、こういう茶入があといくつか、何点かできるわけです。そうするときに、この一番左側にあるのが、この仲間の中の一番いいものだということで、これを、瀬戸の金華山の「飛鳥川」という名前を付けたお茶入として、決めるわけです。このお茶入、「飛鳥川」には次の歌がついております。「昨日といひ今日と暮らして飛鳥川流れて早き月日なりけれ」という銘です。『古今集』の春道列樹（はるみちのつらき）の歌を引いて銘にしました。何故このような銘が付いたかというと、遠州はこの飛鳥川の茶入、「飛鳥川」という銘をつける前に見たことがありまして、

即色

二見

そのときは、あまり自分の心に叶うものではなかった。その後晩年になりましてこのお茶入を再び目にした時に、「これはいい茶入れだ」と思ったわけです。そしてそのお茶入に対して、「昨日といひ今日と暮らして飛鳥川流れて早き月日なりけり」と。飛鳥川というのは、遠州が幼少時代をすごしたのは奈良の大和郡山ですが、その奈良にある飛鳥川は、非常に流れが急で、毎日毎日その淵と瀬の様相が変わって行く、というような歌が昔からよく詠まれている川です。その歌を引き出して、この茶入に名前をつけるわけです。そうするとこの茶入と同じ仲間のものは「飛鳥川手（で）」という分類になるわけですね。右の方には、「飛鳥川淵瀬も分かず底清き水の心を知る人もかな」という歌を選んで、そのお茶入の銘にするわけです。そうしますと、この茶入を見た人が、本歌の茶入を見なくても「飛鳥川」ということを聞いて、「ああこれは飛鳥川の仲間のお茶入れである」というふうにわかるわけです。そういうことをしたんです。

次も、次もやはり左側にあるほうがきれいですよ。右側の方は、薬があまりよく掛かっていない、というか、真ん中の黒い薬がないです。

この本歌とした茶入には、「二見（ふたみ）」という銘をつけました。「玉くしげ二見の浦のかいしげみ蒔絵に見える松のむらたち」という名前をつけます。正面に薬が垂れて、下がちょっとこう、何かこう、この歌の様に松林のような、こういうふうに見たんでしょう。一方これと同じように作ったんですけど、釉薬があまり出ないのがあるわけです。これは同じ種類ですけど、そこで遠州が「即色（そくしき）」と、「色即是空　空即是色」の「即色」という名前をつけて、自分で「空しきか色なき色は誰が見んよし見ん人も見ぬ世ならずば」という歌を詠んで、残念なことにこちらにはその本歌のような華やかな色はないので普通の人はあまり取り上げることもないだろうけども、私はこの良さもわかったから取り上げているんですよと言う意味の歌ではないかな、と推量しています。そういう歌を詠んで遠州は銘をつけているわけなんです。そうしますと、もちろんこれが同時に同じところに、今はこうやって写真で見れますけど、全く別々な所にあるわけですから、「即色」を見てその歌を聞いたときに、「ああこれはもしかしたら一見というものの同じ仲間ではないかな」とわかる、そういう分類をしていたんです。他にもいくつかございます。

翁手　翁

これもやはり左側のものが圧倒的に黄色い薬がいいですね。黄色い薬が翁の姿を連想する、というので、「翁」という名前をつけます。それの仲間はですね、やはり「翁」の仲間ですから「翁」の仲間は「翁手（で）」と分類します。「増鏡」という歌をつけます。「増鏡底なる陰に向かひ居て見るときにこそ知らぬ翁に会ふ心地すれ」という歌なんですが、この「増鏡」を見ると翁に会うような気持ちがする、という、本歌の翁にちょっと似ているから翁に会うような気持ちがするなあ、というような歌なんですね。

それから、これは両方とも歌銘ではなくて、やはり左側が薬がきれいで、形がその「凢（およそ）」に形が似てるので、「凢（およそ）」という名前を付けたと言われています。遠州公も毎回歌を考えるのも大変なので、時々手を抜いて、形だけで「あ、これはもうなんか凢という字に似てるから凢という名前にしよう」というようなこともあったんじゃないかと思うんです。凢の方が圧倒的にきれいですね。隣がもうその凢の一番の特徴の黄色い薬が全然掛かっていない茶入です。これは

選屑　　凢

「選屑（えりくず）」という名前がついてます。で、要するに、よったあとの屑なんだという名前なんですね。これも随分適当な名前を付けたと、さっきまでのいろいろな『古今集』などの要素から歌を選んでる遠州さんにしては随分簡単な名前の付け方なんですけど。これは実は面白いエピソードがございまして、遠州のお茶会にお客様が、大名が、お呼ばれになりますと、その時にお道具を拝見するのですが、大名、呼ばれたお客様の方にはもう一つ目論見がございまして、今日は小堀遠州のところにはいっぱいいろいろなものがあるわけです。そこで、今日はそれを使っていないけども、実は見せて貰いたい茶入があるという所望が最後にあることがあります。そうなると、遠州公も、自分より偉い大名から所望されると見せないわけにいかないんです。「これはいいものだ」と言われると持っていかれてしまうわけです。ある時「お主のところにこういうものがあるだろう」という話になった時に、遠州の家来で、お蔵番をしてるのがいくつか持ってきたんです。持って来たら、この選屑――その時は選屑という名前はついてなかったんですが、――この茶入をうっかり出してきた。遠州はいい茶入をいっぱい持ってましたから、たまにこのように薬がかかっていないちょっとはずれたものも実は愛おしくて、これだけ内緒で取っておいたんです。そしたら家来が間違えて出したもんですから、急いで隠したんです、後ろに。「そこの隠したのはいったい何なんだ」、「いやあ、これは選り屑ですから」といってこういう名前がついたというふうに言われています。これは今、根津美術館にございます。

さて、時間があまりなくなりましたので飛ばして行きますけれども、冷泉家との関係を申しますと、遠州は、冷泉家の九代目になります為満（ためみつ）、それから十代目の為頼（ためより）に歌を学び、そして定家の書を、見せていただいたと思います。要するにそれを実際そこに置いて写させて、臨書をさせていただいたと思います。そうして定家様というものを学んだと思います。定家様を書いたのは先ほどの理由ですが、最終的には歌の心を知りたい。その定家の歌の心を知るためには、定家の書いていた文字を書くことが大事なのではないかと考えたと考えられます。定家様、定家の跡を継いでいる冷泉家の人たちとのご縁を作ったわけです。そして、冷泉家に伺うと、定家の書いたものが実際にそこにあるわけですから、それを拝見させていただいたということになります。特に為満は、遠州よりもかなり年が上でございますので、最初為満に手ほどきを受けて、その後、為頼の場合は実は遠州よりは年が下になりますけど先に亡くなってるのですが、為頼ともよく往復の手紙が残っておりまして、遠州は為頼に宛てた手紙には必ず歌を入れています。そうするとその歌に直しが入ったものをいただくと、そういう関係でありました。

小堀家と定家様

さて、私の家の歴代と定家様について少しお話しを進めて行きたいと思います。これは、私の父が書たものです。「定家卿筆道の記」と呼ばれ、定家卿が自分の書風というものはこういうものである、こういうふうに筆の置き方や、たとえば入り方はこうだとか、それから曲がるときはどうだとか、払うときはどうだとか、ということを遠州が書いたものが家に伝わっておりまして、それを父が写したものです。詳しく、筆の起筆、始まりと、送筆、それから終筆ということについても書いてございます。そして、先ほど隷書のお話しがちょっと出ておりましたけれど、私の考えでは隷書は、スピードがあっては書けない書です。あれはなかなか根気のいる字と思います。先ほど隷書

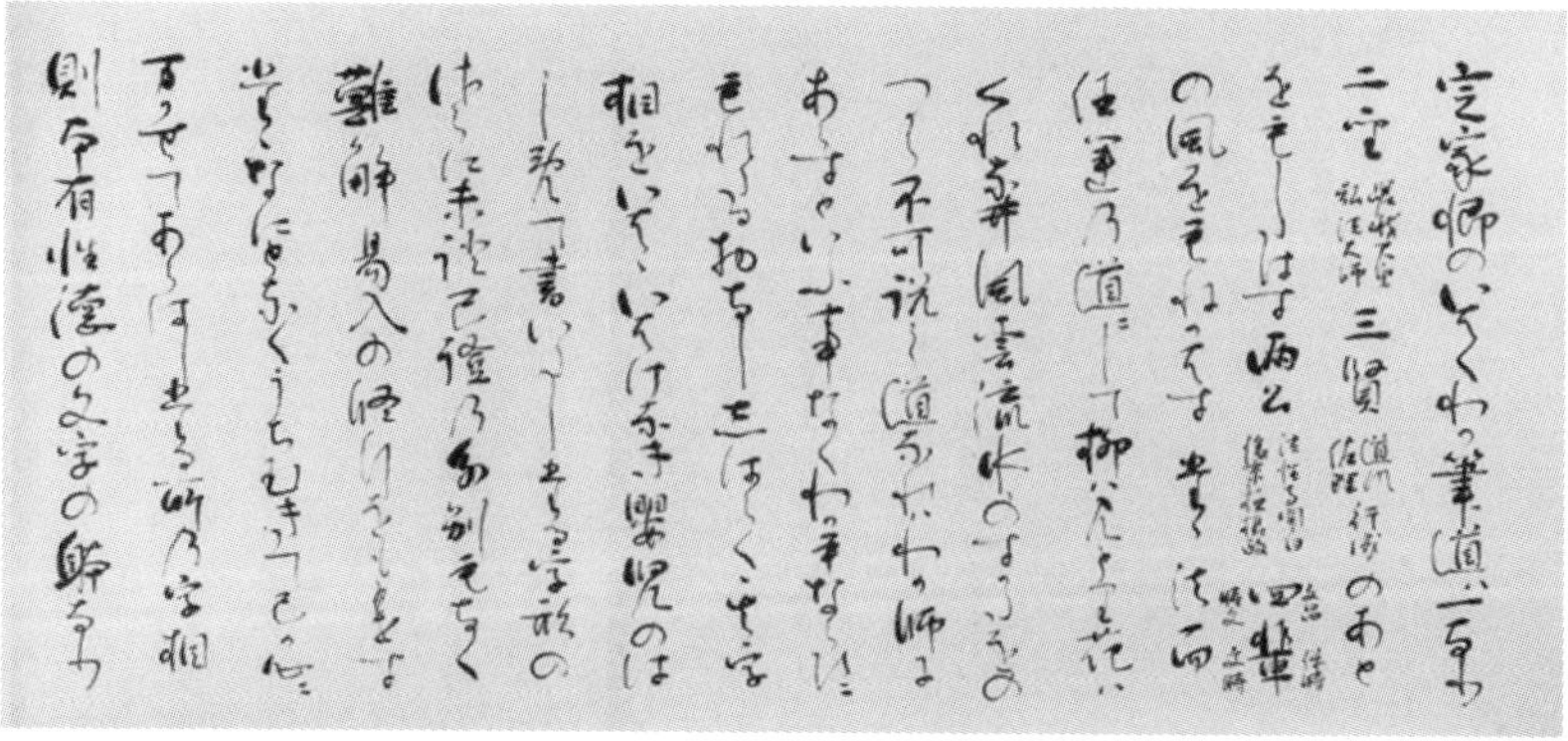

「定家卿筆道の記」

のお話しを別府先生がされていたのですが、実は遠州は、隷書と定家様の、この二種類が主になっています。ですから先ほど先生が仰っていることがまさしくあっているわけで、私は似ていると思うんです。見た目は違いますけど。で、何が似ているかと言うと、はっきりした字という特長がです。訴える力、アピールする力があります。そういう字が定家様と隷書の共通しているところだと思います。

これは遠州が藤原定家の、小倉色紙を写したものです。「玉の尾よ」と書いてありますけど。定家の小倉色紙を写しております。これにも面白いエピソードがありまして、前田利常――今日新幹線開通して金沢は喜んでおりますけども――その前田利常公は、茶道において遠州の優秀な門人だったのです。前田利常がついにその小倉色紙を入手したので、これは小堀遠州をびっくりさせようと思って意気揚々とお茶会を開いて遠州を呼ぶわけです。遠州にとって、前田利常公は大切な方でもありますから、お使いになってるお道具のこともいろいろなお話しをするんですが、その時はついに掛物について全く触れないで帰ったんです。利常がいぶかしげに思って、「あれはやはりあまりいかがなものかな、だから遠州は何にも言わなかったんだ。どうしてかな」と思って、家来に尋ねさせに行ったんです。そうしたら遠州が「いやあれは、実は自分が書いたものなので、その掛物を褒めることはできない」というエピソードがあったぐらい遠州が

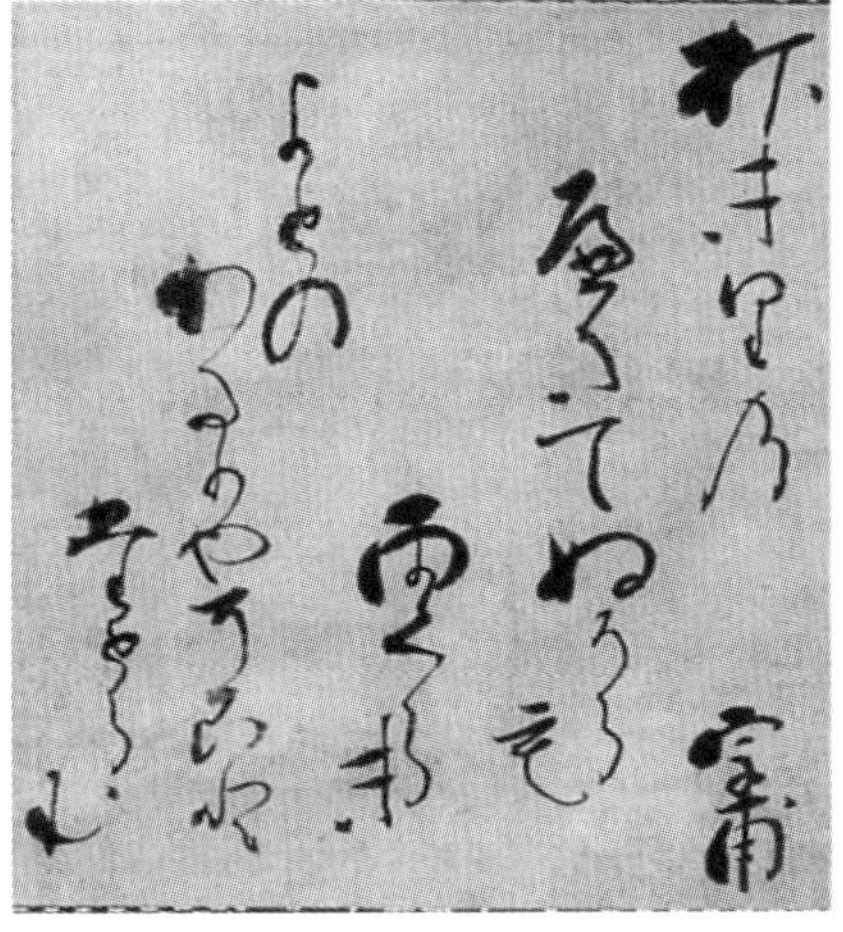

「秋露の歌色紙」

遠州筆「小倉色紙」

「東海道旅日記」

定家様にたけてた、という話があるのです。そういうのを物語るのがこの書ですね。

次も「秋霧の歌色紙」といいますけれども、定家様で遠州が書いたもの。

これも「東海道旅日記」、「道の記」と言っておりますけれども、これは遠州が要するに京都から江戸に向かう旅日記、それから江戸から京都に戻っていく旅日記、これは『明月記』の形式を取っているものでございます。もうこれ見たら、誰が書いたかよくわからないというぐらい、定家様で書かれているものでございます。

二世宗慶。これもちょっと定家様です。これも料紙が市松になっていて非常にしゃれています。この宗慶という人は先ほど申しましたけど、非常に子供のころから字が上手くて「遠州の

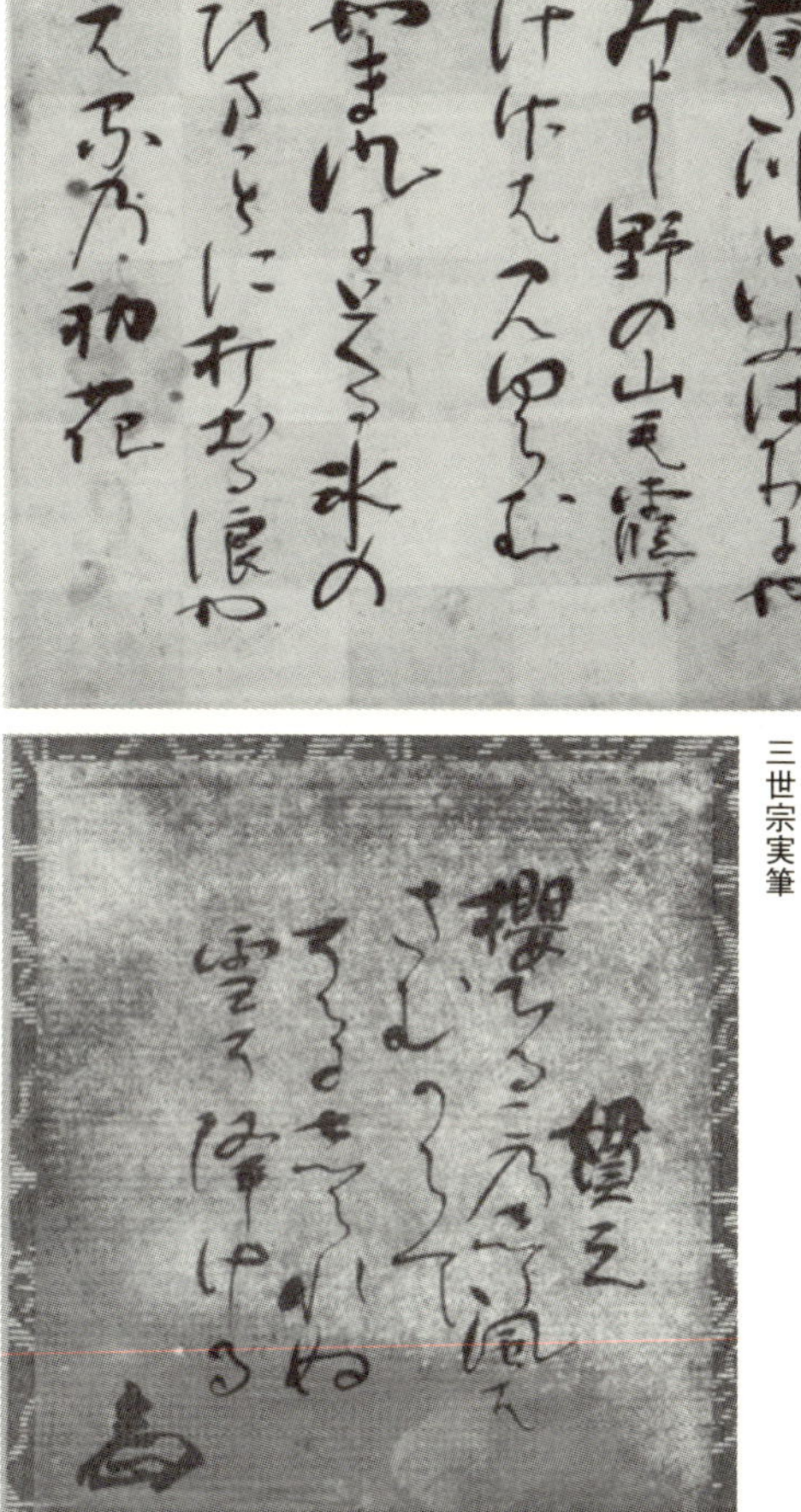

二世宗慶筆

三世宗実筆

子どもはとっても字が上手だ」と有名だったんです。八歳の時に、時の後水尾院と東福門院のところに、その遠州の子どもが字が上手い、という話が伝わっておりまして、「一度御所に呼んで、自分たちの目の前で書かせてみたい」と話になりまして、板倉周防守という遠州の上司、京都所司代が八歳の大膳宗慶を連れてって、天皇・皇后、そしてお公家衆がみんな見ている前で色紙・短冊・一行などの字を書いたそうです。その書いたものも残っておりますけれども、非常に字が上手い人ですね。歴代の中でも私の父と並んでこの人も字が上手いということです。

次に三世宗実。これは有名な歌ですね。貫之の「桜散る木の下陰は寒からで空にしられぬ雪ぞふりける」と。これ、単体で見てますとですね、本当に誰が書いたかわからないぐらい、みんなよく書いていると思います。

四世。これは『百人一首』のかるたを書いたものです。一番最初、天智天皇のところの歌から。次は人麻呂ですね、そういう歌です。

それから、次、五世。宗香正峯（まさみね）。「虫の歌合わせ」の帖というのを今日はご披露していますけれども、この人は幕府の若年寄も勤めた人で、小堀家の中で幕臣としては最も優秀だった人です。

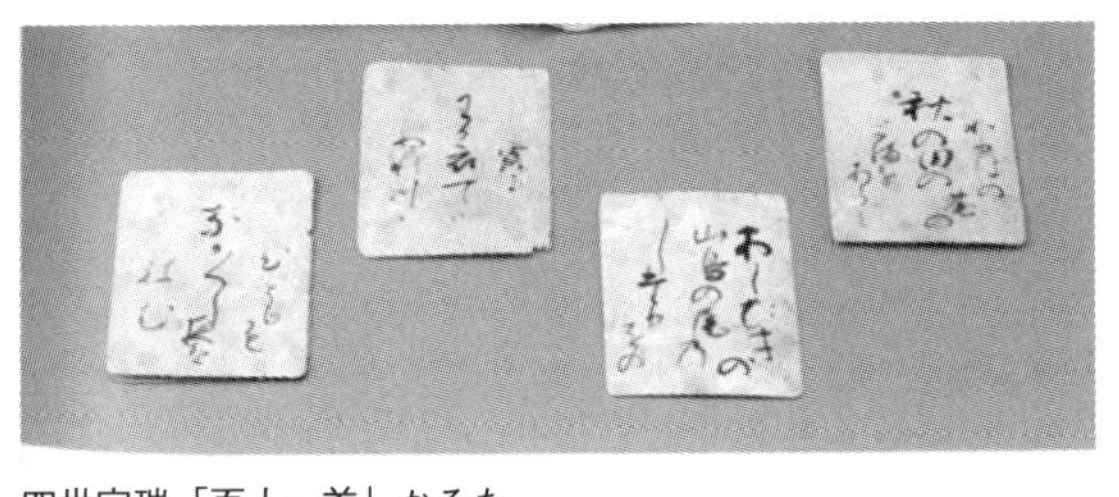

四世宗瑞「百人一首」かるた

五世宗香「虫の歌合わせ」

次、六世の宗延と申しますけども、これも『百人一首』です。これを見て思うことは、私自身、字を実際に書いている人間といたしまして、藤原定家もですね、このま、こう、いろいろ書かれるんですけども、この六世のこれ最初の、いわゆる一ページ目ですよね、第一ページ目。で、この第一ページ目は、これは恐らく遠州が写した『小倉百人一首』を隣において六世は臨書しているんです。遠州も最初のところはとにかく定家のものを横に置きながら書いてますから、本当にそっくりに書いている。従ってこれもそっくりですね。だからこれ一枚こう、切って掛物になると、誰が書いたのかな、非常に難しくなると思うんですけれども。書いていく人間としては、最初のところはもう寸分たがわないようにまず書こうとする。でも沢山こう書いていくうちに、そして、同じ日に書けませんから、次

六世定延筆

七世宗友筆

の日、または三日後に書いたりしますけど、最初の出だしはあれなんですけど、だんだんこう沢山書いていると、気持ちが乗って来てだんだん手がなれてきたときに、途中からやや自分の癖というものが、これはもう必ず出ます。ですから、そういうこと、そういうのが現実なんです。だから、そういう現実というものを考えて、いろいろなもの、切り取ったものをご覧になるときも見て頂くといい、というふうに私は思います。

次は、これは七世。これも同じようですね。

次は八世。これは、いわゆる熊野懐紙に代表される形式のものを紹介していますけど、本名は小堀正保(まさやす)、宗中(そうちゅう)というんですけど「藤原正保」と書いているところが、まあ、面白いなと思います。

九世、これちょっと短冊を紹介しました。

十世。十世のこの「夢」という字は隷書体なんですね。隷書体と定家様の組み合わせ。

十一世。これは絵讃でございまして、富士山と歌です。「山はなしよくよく見れば駿河なる雲の絶間に雪の一叢」と。

最後、十二世、私の父ですね。ま、本当に字が上手いです。「しぐれふる音はすれども呉竹のなど世とともに色も変わらぬ」と。

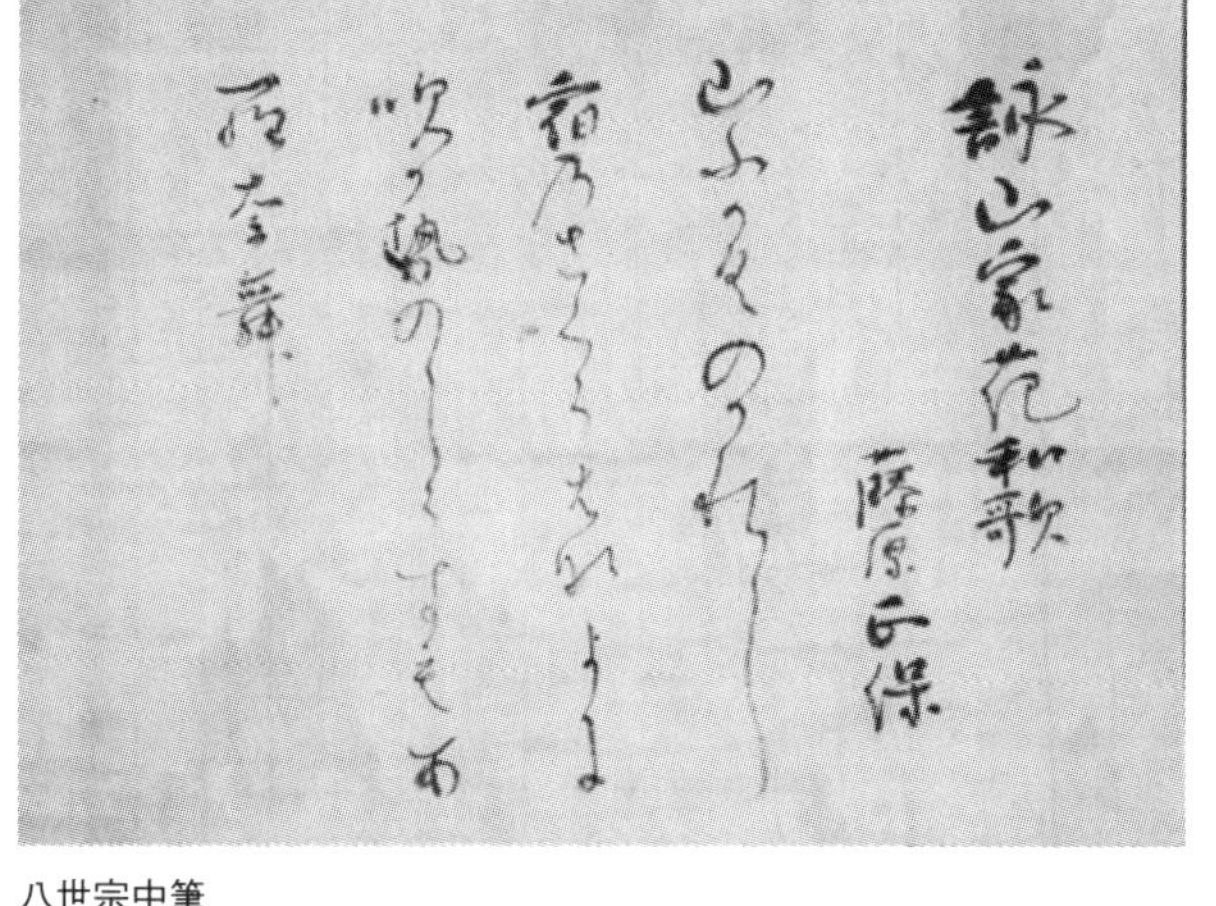

八世宗中筆

九世宗本筆

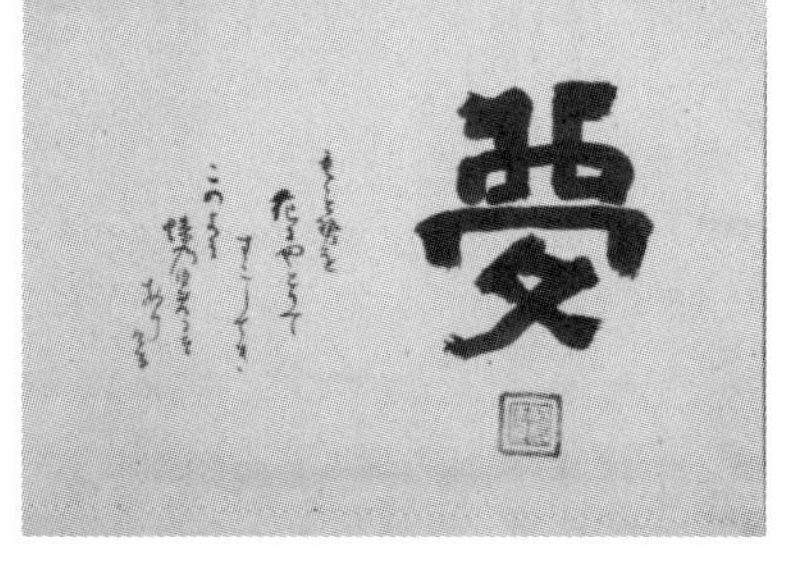

十世宗有筆

十一世宗明筆

十二世宗慶筆

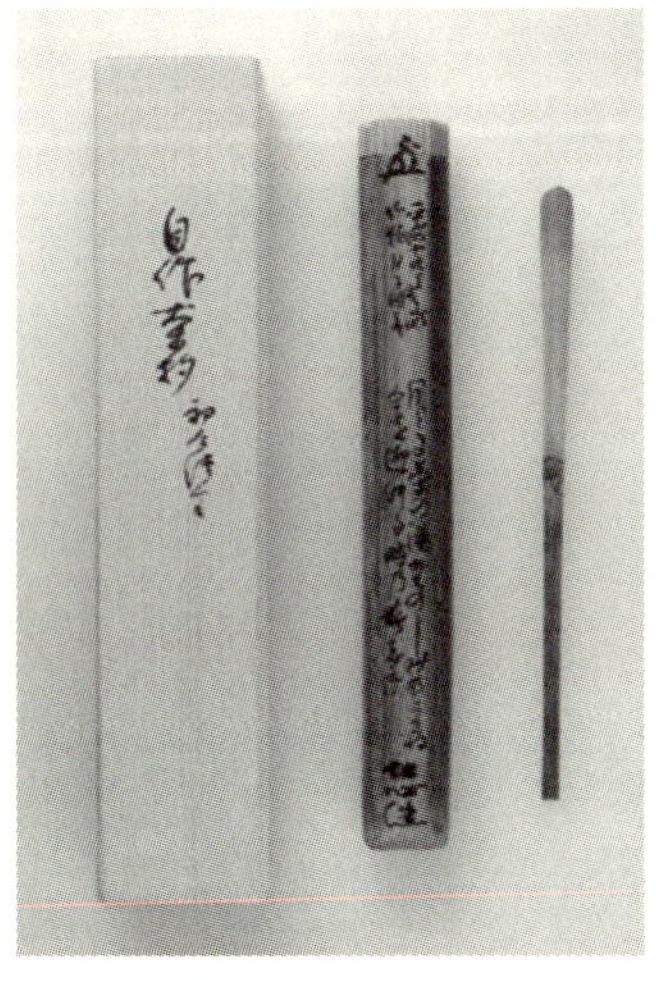

十二世宗慶筆

そして茶杓にこういう銘を、歌銘をつけるのも遠州流の独特なんですけれども、ここにも定家様で書かれています。

最後ちょっとだけ、ちょっと私が書いているところをご覧いただきたいと思います。（ＤＶＤ）で、この書いてるのをご覧いただいて、速いと思われるか、遅いと、どういうふうに思われるかは、皆様の感じ方だと思うんですけども、ま、普通の速度で書いてますけど、書き方は先ほどの別府先生のお話しにありましたように、筆はまっすぐ垂直に立てて書いています。書き方の一番は、筆の先のですね、一番先のところは字の中心にあるんです。ですから筆の先が字の輪郭を作らないで、筆の圧力で太さとか細さを出す。いつも筆の中心が字の真ん中にある、それが定家様の字の書き方の特徴です。

それから、筆継ぎは、書く紙にもよります。紙にもよりますし、要するに定家の場合は紙にしか書きませんが、私の場合は箱に書く場合もありますし、それから扇面、扇面はでこぼこしてますし、そういう書く材料によってももちろん書き方は違うんですけど。

私はこの「の」という字が比較的、得意ですね、漢字の方の「乃」です。

これは平成二十五年の時のお題が「立つ」。――「立つ」という題にちなんで歌を詠み、それを茶杓の筒に銘として書きます。太い・細いは、定家様を書くので、自分なりに最初を太く書いたら次はちょっと細めに書こうとか、最初細目に入って次を太くしようとか、というのは意識しながら今は書いています。「穏やかな春の光に輝けり」ですね。あとは、「湯気立ち昇る我が庵かな」という歌をこのときは詠みました。

これは最近に『和漢朗詠』を書いたものですけど、「風白浪に翻り花千片」と。「雁晴天に点ずれば字一行」。

「見渡せば柳櫻をこき交ぜて都ぞ春の錦なりけり」をご披露させていただきます。

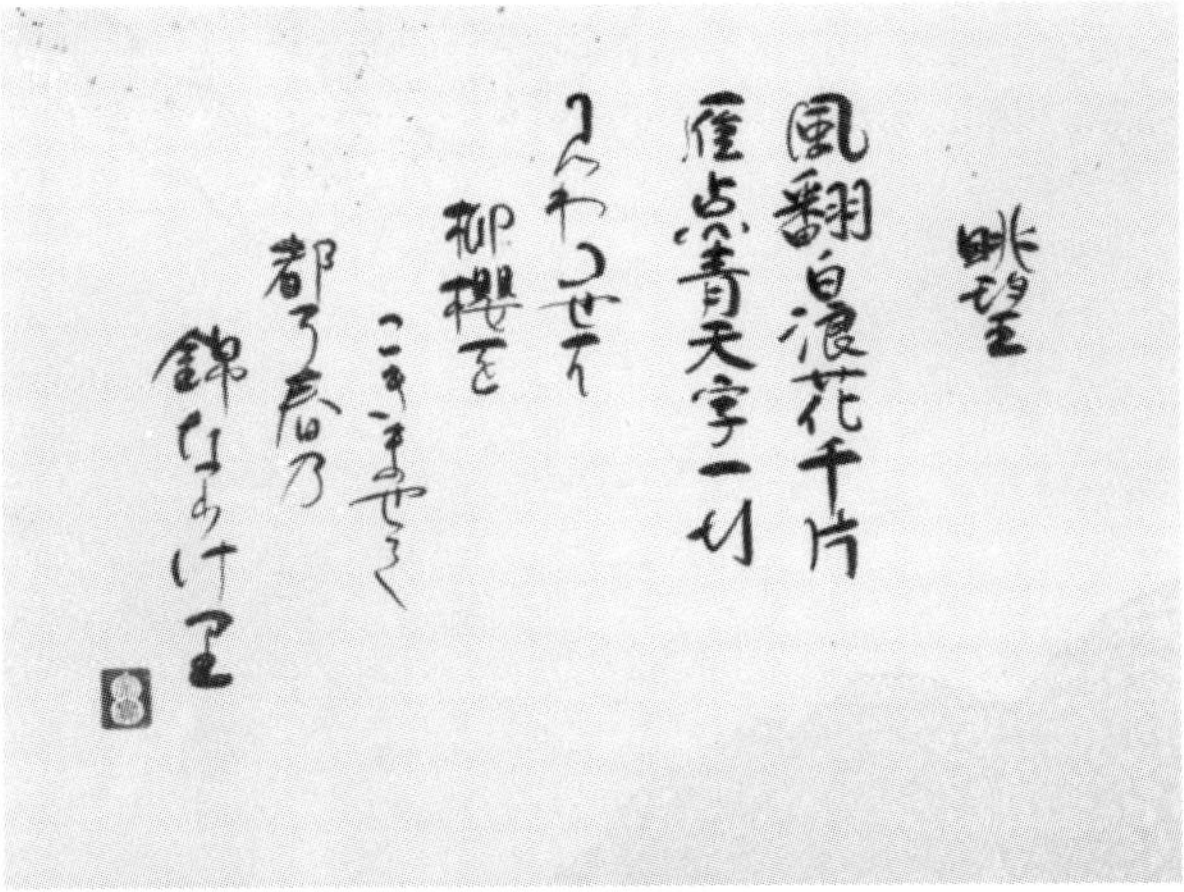

十三世宗実筆

遠州辞世

これは遠州の辞世でございます。「昨日といひ今日と暮らしてなすこともなき身の夢のさむる曙　成仏日」とありますけど、二月六日が遠州の亡くなった日でありますです。最後の辞世も定家様で書いてございます。

少し時間を超過致し

ましたけれども、これをもちまして私のお話を終わらせていただきます。どうもありがとうございました。

石井：宗実先生、誠に有難うございました。実際にお書きになるお立場からですね、最初のこう、二枚ぐらいはすごくリアルに書くんだけど、そこからだんだん自分のカラーが出てくるというのは、擬定家本ともなんだかつながってくるようなお話しで、大変興味深く伺いました。貴重な実作のご様子も見せていただきまして、非常に我々最後に充実したひとときを過ごすことができました。御礼を申し上げます。

四時間を超える長きにわたりましたこの講演会でしたけれども、非常に充実した一時となったかと思います。おつきあい下さいましたみなさまに改めまして御礼を申し上げます。有難うございました。

定家の築いた「古典」とは

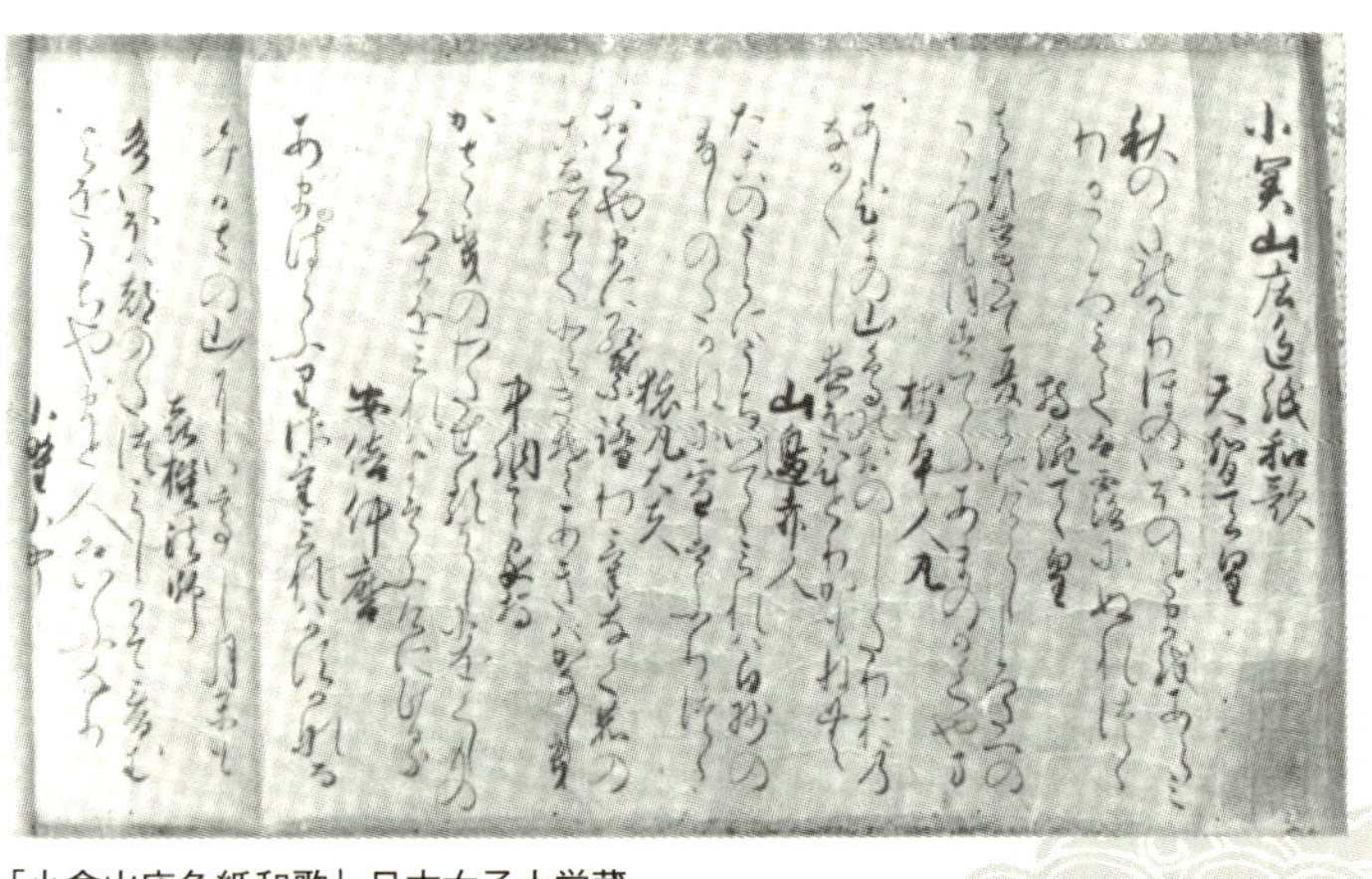

「小倉山庄色紙和歌」日本女子大学蔵

『源氏物語』本文の書写活動と定家本と称する大島本本文の性格

伊井春樹

一　定家本『源氏物語』の出現

現在の私たちが『源氏物語』を読もうとすると、一般には、

「源氏物語評釈」（玉上琢也　角川書店・一二冊　一九六四〜一九六九年）
「日本古典集成」（新潮社・八冊　一九七六〜一九八五年）
「新編日本古典文学全集」（小学館・六冊　一九九四〜一九九八年）
「新日本古典文学大系」（岩波書店・五冊　一九九三〜一九九七年）

といった注釈や現代語訳の付されたテキストを用いることが多い。それ以外にも出版され、参考にするとはいえ、日常的にほぼこれらのテキストの便利さもありもっぱら利用する。『源氏物語』五十四帖の複製本もありはするが、本文を調べるために開いて見る程度で、これで作品を読むことはまずない。現代人にとって、書写本は句読点が存し、漢字仮名交り文になっていないと、意味を把握するのが困難で、しかも黙読には適さない。右に示した注釈書以前もそうなのだが、底本は藤原定家が書写したとされる本文の系統が一般的で、研究者でない限りそれ以外の系統本をことさら用いることはない。しかも、定家が『源氏物語』五十四帖を書写し、藍色の表紙を付したとすることから、定家本と青表紙本とは同一レベルで処理されるのが現状である。

定家は数多くの古典文学を書写し、和歌の世界における崇拝とともに、定家本が規範として継承されたのは事実

ながら、大半は後人の転写した姿で伝えられるにしかすぎない。定家の筆跡をとどめた作品としては『後撰集』とか『更級日記』があり、とりわけ後者は定家本が唯一なだけに、これが伝存しなければ今日知ることも読むこともできなかった。定家は、『古今集』や『後撰集』など、歌の家の確立という背景も存したのだろうが、片桐洋一氏の調査によると（『古今集以前』笠間書院、二〇〇一年）、『古今集』は十七回以上、『後撰集』は十三回以上、『伊勢物語』も十六回以上も書写し、すこしずつ本文も訂正していったという。物語などの散文はこれほどまでに執着することがなかったとしても、『更級日記』は一度書写しただけで、たまたまそれが残されたにすぎないのか、幾度も書写していたのかはわからない。たとえば、物語ではもっとも早い成立とされる『竹取物語』など、写本で残されるのはいずれも江戸期のもので、鎌倉期の断簡というのがありはするが、よく知られた作品ながら古写本がないありさまである。定家は関心がなく書写しなかったのか、早い時期に失われ、後の人が転写することもないままになってしまったのか、このあたり現在からは知りようがない。それとなぜ定家は同じ作品を幾度も書写し、そのつど本文が異なっているのか、依拠した本文の違いなのか、定家自身の作品作りの結果によるのか、問題にしなければならない課題でもあろう。

『源氏物語』は紫式部の当時から読まれていたことはよく知られているが、その物語の内容やことばを用いて和歌を詠む営みも、すでに平安末期から出現しており、寺本直彦『源氏物語受容史論考』（風間書房、一九八四年）で詳細に論じられている。とりわけ注目されるのは、俊成の編纂した『千載和歌集』（巻十四、恋四）に、

寄源氏物語恋といへるこころをよめる　　よみひとしらず
みせばやなつゆのゆかりの玉かづら心にかけてしのぶけしきを
あふさかの名をわすれにし中なれどせきやられぬは涙なりけり

と二首の歌が採られていることであろう。玉鬘巻と関屋巻に依拠した詠作で、勅撰集への入集は、『源氏物語』の歌論書としての意義を高める結果となった。さらにその後の『六百番歌合』の判詞において、「草の原」のことばについての右方の批判に対して、むしろ俊成は「源氏見ざる歌よみは遺恨の事なり」と強く難じ、『源氏物語』は歌人必読の書とまで述べるにいたる。『六百番歌合』（古典ライブラリー）の該当する部分は、次のようにある。

十三番　枯野　左勝　女房

見しあきをなににのこさむ草の原ひとへにかはる野辺の気色に

右　　　隆信

しもがれの野べのあはれを見ぬ人や秋の色にはこころとめけむ

右方申云、くさのはらききよからず、左方申云、右歌ふるめかし、判云、左、なにのこさんくさのはらといへる、えんにこそ侍るめれ、右方人草の原難申之条、尤うたたある事にや、紫式部歌よみの程よりも物かく筆は殊勝なり、そのうへ花宴の巻はことにえんなる物なり、源氏見ざる歌よみは遺恨の事なり、右、心詞あしくは見えざるにや、但、常の体なるべし、左歌宜し、勝と申すべし、

『源氏物語』が和歌必読の書として定着すると、当時の歌人たちは競って作品を読もうとし、書写に務め、結果として多数の書写本が出現したはずである。俊成は当然のことながら書写して所持していたし、河内守であった源光行・親行の親子も諸本を収集し、本文の校訂という一大作業も推進する。嘉禎二年（一二三六）から着手し、二十年ばかり後の建長七年（一二五五）七月七日に一段落したというので、親子二代にわたる労苦のほどが知られてくる。

披廿一部本、殆散千万端之蒙、其中二条都督伊房卿、冷泉黄門朝隆卿、五条三品俊成卿、京極黄門定家卿、以彼自筆等所擬証本也、……往代之風雖難是非、以義理之相叶、切句点、或為和字之読、

（廿一部本ヲ披キ、殆ド千万端之蒙ヲ散ズ、其中二条都督伊房卿、冷泉黄門朝隆卿、五条三品俊成卿、京極黄門定家卿、彼自筆等ヲ以テ証本に擬スル所也、……往代之風是非シ難キト雖ドモ、義理之相叶ヲ以テ、句点ヲ切リ、或は和字之読を為ス、）

鳳来寺本や東山御文庫本にはこのような識語を持ち、親行本を忠実に転写したという鎌倉期の写本が残され、尾州家本は河内本を代表する本文として用いられる。光行以来の収集した伝本、借覧などもしたのだろうが、本文の校訂に用いたのは二十一本、とりわけ重要な本文となったのは俊成本や定家本などだったとする。五十四帖という長編物語だけに、本文は一定していなく、なおさら二百年以上も経過してしまうと、平安時代の姿をそのまま継承している本文などは存在しなかったことであろう。解釈できるようにするためは、表現やことばの取捨、句点を切り、かな文字は読めるように漢字を付すなどといった作業を進めていくことになる。

このようにして河内本が出現し、権威のある有力な伝本として後々まで流布するにいたったとはいえ、一方近代では数多くの本文を、河内家が読みやすく改めたと認識され、平安時代の古い本文ではなく、河内家による『源氏物語』として、定家本と対置されて低い評価にさらされるようになる。

藤原定家も『源氏物語』を所持しており、河内本にも利用されているように、当時流布する一本に数えられていた。これと直結するのかどうか不明ながら、『明月記』の嘉禄元年（一二二五）二月十六日の条に、よく知られている次のような注目すべき記述がなされる。

自去年十一月、以家中小女等、令書源氏物語五十四帖、昨日表紙訖、今日書外題、年来依懈怠、家中無此物〈建久之比被盗了〉、無証本之間、尋求所々、雖見合諸本、猶狼藉未散不審、雖狂言綺語、鴻才之所作、仰之弥高、鑽之弥堅、以短慮寧弁之哉

（去年ノ十一月ヨリ、家中ノ小女等ヲ以テ、源氏物語五十四帖ヲ書カセシム。昨日表紙ヲ訖ヘ、今日外題ヲ書ス。年来懈怠ニ依リ、家中ニ此ノ物無シ。〈建久ノ比盗マレ了ンヌ〉證本無キノ間、所々ニ尋ネ求メ、諸本見合ハスト雖モ、猶ホ狼藉イマダ不審ヲ散セズ、狂言綺語トイヘドモ、鴻才ノ作ル所、之レヲ仰グニ弥ヨ高ク、之ヲ鑽ズルニ弥ヨ堅シ、短慮ヲ以テ寧ロ之ヲ弁ズル哉）

定家はかつて書写本を所持していたものの、建久年間（一一九〇～一一九九）に盗まれ、以来三十年ばかりの間『源氏物語』は家に存在しなかったという。盗まれたという本文は、その後どのようになったのか、源親行が校訂本作成に依拠した定家本とはどれを指すのか、このあたりの事情はわからない。「被盗了」というのも理解できなく、盗賊が家に押し入って盗むような品物なのか、人に貸したまま返却されなく、いわば取られてしまったことなのか、曖昧な表現というしかない。

三十年ばかりもの間、家には『源氏物語』がなかったというのも変な話で、歌学の家としてあるまじき失態というほかはなく、これは「懈怠」によって「証本」の作成には及んでいなかったと言っているにすぎなく、書写本は所持していたはずである。手もとの本文と、人々の所持する諸本とを見比べると「狼藉」といったありさまで、不審な点ばかりが目についてくる。河内家ほどではないにしても、定家は伝来の確かな本文を参照して自らのテキストを所持し、本文の訂正、注記等も付していた。このような経緯のもとに「家中小女」を動員して転写し、家の「証本」が出現するにいたった。なお、これが定家筆『奥入』に本文も残される六半本で、これを親本として書写

し直したのが現存する定家筆「花散里」などの四半本となったとする（佐々木孝浩『日本古典書誌学論』二〇一六、久保木秀夫「定家本・青表紙源氏物語はどれだけ実際に読むことができるのか?」「中古文学」第九十四号、二〇一四年十一月）。嘉禄本は四半本とするより蓋然性は高く思うが、あまり複雑になるため、この点については深入りを避ける。

定家は書写するにいたったプロセスを明らかにしていないだけに、当時流布した信頼のおける一本を書写したと解釈し、それだけ定家の鑑識に叶った素性のよい本文であったとの判断により、河内本とは異なる純粋性を保っていると尊崇してきたきらいがある。それが青表紙本であり、依拠した本文も「別本」の一つであったと弁別もされてきた。私はそうではなく、「証本」を失って後に長年用い続け、多くの本文と校合し訂正してきた、書入れの多い本文だったと思っている。定家の指導のもと、「家中小女等」によって書写されて出現したのが、嘉禄元年の少なくとも二度目の「証本」の出現であった。

あらたに所持するにいたった「証本」に、定家は本文の該当する部分などに付箋によって古い注記や自らの解釈をほどこしていた。人に貸すなどした折、次々と転写されることもあり、その勘物の誤りの指摘や非難もされる。定家はそれらの注記をすべて各巻末に引き写し、出家して「桑門明静」と号するようになった天福元年（一二三四）の七十三歳以降に、切り出して別冊の『奥入』を作成するにいたる。定家筆『奥入』の巻末には、

此愚本、求数多旧手跡之本、抽彼是用捨、短慮所及、雖有琢磨之志、未及九牛之一毛、井蛙浅才、寧及哉、只可嘲弄、

と、『明月記』と近似した言辞を綴る。多くの古写本を求め、彫琢されたよい本文にしようと、語句を用捨するなど努めたものの、不明な個所があまりにも多かったという。定家は新たに手にした所持本に、これらの本文の異同

を書き込み、一応のめどをつけたのが嘉禄元年、「家中之小女等」に書写させて「証本」を手にすることになったという次第である。これによっても明らかなように、定家も河内家と同じ方法により多くの「旧手跡之本」を求め、それらを取捨して新たな本文を出現させたのであり、いわば混態本であった。

二　定家本の行方

定家の筆跡による『源氏物語』は、前田家の「花散里」「柏木」、保坂家の「早蕨」巻が知られ、「行幸」巻も存したようだが、これは現在所在不明とされる。本文には『伊行釈』などを記した紙片が付され、一部には巻末に『奥入』も書き込まれる。いずれも定家自筆だけに、定家監督下のもと「家中之小女」によって書写した嘉禄本とは異なってくる。

定家自筆の『奥入』は、各巻末に転写していた注記を切り出して冊子にしたため、末尾の本文が残存した巻も存する。そこに残された本文は定家とは別筆だけに、「家中之小女等」の書写本とは別の存在となる。嘉禄元年本の後、定家は全巻の本文とともに、巻末には勘物を付した別の「証本」作成していたはずだが、これが『花散里』などの四半本だったのであろうか。『奥入』の付された本文には定家の手が加えられていることからも、晩年にいたるまで見直し作業をしていた実態を知ることができ、このたゆみない営為は、『後撰集』や『伊勢物語』に対する姿勢と一貫していたといえよう。これまでたどってきたところからすると、定家の書写本は少なくとも次のような存在となる（(3)と(4)が同一かどうかは不明）。

(1)　定家本（建久之比被盗了）

(2)　定家筆本（花散里・柏木・早蕨・行幸　一部の巻末に「奥入」）
(3)　定家家本（嘉禄元年「家中之小女等」）
(4)　定家筆本『奥入』（現存、一部の巻末に本文）

ほかに定家筆かとされる四半本も存するのと、(2)と(3)とは前後が不明ながら、ひとまずはこの四点が考察の対象となる。(2)の現存本は定家筆の四半本、(3)は「家中之小女等」の筆で一部に定家が筆を加えていたようで、(4)は定家筆『奥入』と一部の本文とからなる。(2)から(3)(4)、あるいはその逆だったかもしれない。今日残された定家本の本文は一様ではなく、絶えず訂正などによって変化し続けているだけに、確かな本文が存在し、原典にさかのぼろうとして手を加えた結果なのか、定家の見識による判断なのか問題は残る。

定家本のいずれかどうか不明ながら、藍色の表紙が付されて「青表紙本」の呼称で流布し、(1)から(4)まではすべて同一概念で括られるようになる。鎌倉末から室町中期までは河内本が隆盛していたようだが、和歌の世界での定家崇拝とあいまって、定家本の行方が語られるようになってくるとはいえ、実のところどれが青表紙本なのか、また別の定家書写本が存在したのか、これ以上の言及は架空の論でしかなくなる。

青表紙本と号された定家本は足利義政の御物であったのだが、やがて周防山口の大内義隆本となり、岩国の吉見正頼へと伝領されることになる。定家筆本そのものはここまでしかたどれなく、その後の消息は途絶えてしまう。この行き詰まり状態を打開したのが、大島本の出現であった。大島本の関屋巻末に、

文明十三年九月十八日、依大内左京兆所望染紫毫者也　権中納言雅康

※文明十三年（一四八一）　大内左京大夫政弘（一四四六〜一四九五）　権中納言飛鳥井雅康（一四三六〜一五〇九）

とあり、飛鳥井雅康が大内政弘の所望によって定家筆『源氏物語』を書写したとする。複雑になるため、これ以上の言及は避けるが、伝承によって大内氏まで伝えられたとはいえ、政弘の所持本が定家の青表紙本であったとの保証はまったくない。後にも指摘するように、池田亀鑑の基礎的な研究の成果によって、和歌を二字下げにしているとか、他の定家本と本文が共通するという諸条件により、大島本が定家本の本流を汲む本文として認知されて今日の大勢となった。それにしても、なぜ関屋巻だけに識語が存するのか、六半本が四半本に書写されたのか、さまざまな疑念が生じるが、ここでの詳細は省略する。

この本がどのような経緯によるのか、いつ頃のことかも不明ながら佐渡に伝えられ、昭和に入って某家から出現する。池田亀鑑の詳細な調査により、この本は大内氏のもとで書写された伝本であり、青表紙本を書写した本文として紹介されるに至り、今日では定家本を忠実に継承する本文として高く評価され、初めにも触れたように現代の注釈書では基本的な底本となったという経緯である。とりわけ岩波書店「新日本古典文学大系」では、従来大島本では河内本とされる巻や問題とされる一部の巻は、別の定家本を底本にしてきたのを、全面的に大島本を採用したテキストにすることになった。これも一つの見識とはいえるのだが、定家本と称し、また青表紙本と評価されてきた本文とはいったいどのような存在なのかを、大島本はそれに該当するのかという問いかけも新たに生じてくる。

三　大島本の出現

古書収集家大島雅太郎が佐渡から出現した本文を入手した経緯とか、いつのことなのか、日付などは不明のままである。「この本は突如昭和五・六年の交に至つて佐渡の某家から現れた」（『源氏物語大成』研究資料編）と言及されるのが、今日では唯一の証言でしかない。大島氏の所有に帰したのは、昭和六年の後半から七年ころであろうか。

貴重な資料と判断して池田亀鑑に見せることにより、正統な定家本と確認された次第なのだろう。

日本の古典文学が近代的な研究の対象として扱われるようになるのは、ドイツに留学し、国文学に文献学の方法を導入した東京大学教授芳賀矢一の存在によるところが大きい。大正十年に退職するが、その功績を称えて記念会が発足し、その資金によって古典文学研究を推進することになり、記念会の事業として取り上げられたのが『源氏物語』であった。その事業推進の任に当たったのが、当時東京大学文学部の副手をしていた弱冠三十歳の池田亀鑑で、当初は『源氏物語』の諸注集成の委嘱を受ける。委員会の意向により古注釈書の調査研究をしていたものの、むしろ本文の確立を優先させるべきと思うにいたり、記念会でも変更が了承され、『源氏物語』の底本作りが始まる。このようにして昭和七年十一月には五冊からなる『校本源氏物語』の原稿がまとめられ、それを記念して注釈書類や本文関係の資料展示会が催され、「源氏物語に関する展観書目録」が作成される。目録には藤村作の「緒言」を頭にし、「源氏物語諸本」「源氏物語諸注」「源氏物語一般に関する研究書」「源氏物語の影響に関する資料」の四部に分けられ、六七八点の資料が並べられる。本文については、「河内本系統の諸本」「青表紙本系統の諸本」と分け、続いて「青表紙・河内本以外の系統の諸本」とし、まだ〈別本〉の名称は用いられない。とりわけ注目されるのは、諸本を掲載した後に「特別陳列」として「校本源氏物語底本　河内本（禁裏御本転写）写」とする資料で、「校本源氏物語原稿」の第一次から第五次までの五冊が展示される。宮内庁書陵部蔵河内本を底本にし、青表紙本等による「校異」を示していたようで、ほかに「校本源氏物語系統表」「現存諸本系統一覧」「源氏物語に関する探訪書解説」の原稿かノートも展示ケースに添えられていた。

(1)「源氏物語に関する展観書目録」（昭和七年十一月）

二

特別陳列

校本源氏物語原稿　（第一次）

同　（第二次）

同　（第三次）

同　（第四次）

同　（第五次）

校本源氏物語系統表

現存諸本系統一覧表

源氏物語に關する採訪書解說

(2)「源氏物語展覧会目録」（昭和九年一月、銀座松屋）

一六

一、古寫本源氏物語　五十四卷　大島雅太郎殿御所藏

一、證本源氏物語　三條西逍遙院筆　五十三卷　三條西伯爵家御所藏

一、古寫本源氏物語　牡丹花肖柏筆　五十四卷　池田　龜鑑殿御所藏

一、嵯峨本源氏物語　五十四卷　金子　元臣殿御所藏

一、同　五十四卷　安田善次郎殿御所藏

一、古活字本源氏物語　五十四卷　同

繪入源氏物語　承應三年刊　五十四卷　池田龜鑑殿御所藏

繪入源氏物語　小本　五十四卷　同

素本源氏物語　五十四卷　同

枕本源氏物語　萬治二年刊　五十四卷　同

英譯源氏物語　アーサー・ツエリイ譯　六卷　同

(3)「源氏物語展観書解説」（東京大学）（昭和十二年二月）

一〇　源氏物語　五十四帖　筆者未詳　大島雅太郎氏藏

昭和七年十一月の時点では、まだ青表紙本を底本とする考えはなく、全巻揃いの河内本を用いた作業であった。最終原稿をまとめる時期と重なるように大島本が出現し、それが定家の青表紙本との認識を持ったようだが、完成

記念展示の計画もなされていただけに、改稿する時間的な余裕はなかった。「昭和七年十二月十日稿」とする「源氏物語系統論序説」（「岩波講座日本文学」1、昭和八年一月刊）には、青表紙本の性質と形態とを保有する本文として「飛鳥井宋世自筆五十四帖」と紹介する。もう数年でも早く目にしていれば、河内本を底本にした校本作成を断念し、大島本に切り替えたことであろう。

大島本が定家の純正な青表紙本系統であると確信した池田亀鑑は、その後この伝本を中心にした本文作成に取り組み、その成果が今日まで八十数年生き続けているだけに、いかに重要な伝本なのかを知るであろう。この本文が初めて世間に公開されたのは、(2)に示した昭和九年一月の銀座松屋における「源氏物語展覧会」で、ここでは「古写本源氏物語　五十四巻　大島雅太郎氏殿御所蔵」として紹介される。『校本源氏物語』の原稿が完成して披露されながら出版されなかったのは、大島本の調査をするに及び、あらためて定家本の意義を認識し、河内本のままでは公刊できないと思うにいたったことによる。池田亀鑑としては、中世以来の認識と同じく定家本を尊重していたとはいえ、現実には五十四帖の揃い本が存在しなく、さし迫って記念会の事業を推進するためには、大正期に発見があいつぎ、研究が進展していった河内本を用いることで妥協したといえる。

大島本の出現にともない、池田亀鑑は『校本源氏物語』の全面的な改定作業にとりかかることにした。具体的には大島本を底本にし、「校異」はこれまでと異なり河内本との違いを示す方法である。この原稿の書き換えは部分的な作業では済まなく、底本そのものを全面的に変更し、本文の違いを他の伝本と比較して校異に示すという内容だけに、作業には膨大な時間を要したはずである。

芳賀矢一が亡くなったのは昭和二年、没後十年の周忌の追悼から、東京大学ではささやかながら二度目の「源氏物語展観」（昭和十二年二月七日、於東京帝大山上会議所）を催し、目録には三十二点の資料が示される。ここにいたって「青表紙本系統の諸本」を始めに置き、「源氏物語　五十四冊　飛鳥井雅康自筆　大島雅太郎氏蔵」と記す。この頃には大島本を基本にした校本作りを手がけており、その重要性を知るにつけ、もはや無視できない存在になっていた。目録ではこの後に「河内本系統の諸本」、続いて初めて「別本系統の諸本」と、「別本」の概念による諸本を並べる。

青表紙本と河内本は、鎌倉期以来対立的に比較され、室町中期までは河内本がもっぱら利用されていたのだが、連歌師の宗祇あたりから定家本を尊重する風潮が生じ、やがて流布本の位置を占めるようになる。『湖月抄』は簡便さもあり中心的な存在として広く読まれ、河内本はもはや消滅したとも言われていたほどであった。大正十年に山脇毅が河内本の発見紹介をし、大正十四年には金子元臣『定本源氏物語解』（三冊、大正十四年〜昭和五年・明治書院）が出版されるが、これは『湖月抄』を底本にし、河内本で対校するという方法を用い、きわめて読みやすいテキストになっていた。昭和九年には『河内本源氏物語』（山岸徳平　十冊　徳川黎明会）の複製本も出版されるなど、いわば大正から昭和の初期は、河内本が高く評価される時代でもあっただけに、池田亀鑑としても五十四帖の揃い本が存し、伝来も確かな河内本を底本にしたとはいえ、大島本の出現は以後の『源氏物語』の一大転機となったといえよう。

従来、大島本が初めて一般の目に触れたのは(3)の昭和十二年二月とされていたが、(2)に示したようにそれより早く昭和九年一月には銀座の松屋で公開されていた。これについてはあまり知られていなかった事実だけに、大島本の伝来を知るためにも、その経緯について簡単に述べておきたい。

昭和八年十一月二十六日から四日間、東京新歌舞伎座で、当時人気の歌舞伎俳優坂東蓑助（八代目三津五郎）一座による『源氏物語』が上演されることになった。すべての準備も整い、昼夜八回分のチケット一万枚は売り切れになっていた。番匠谷英一脚色、坪内逍遥、藤村作博士顧問の「紫式部学会」の全面協力、久松潜一、池田亀鑑による学術的な指導、松岡映丘、安田靫彦による屏風や背景画という豪華な仕組みであった。ちなみに「紫式部学会」

というのは、昭和七年六月に東京大学の藤村作が会長、久松潜一が副会長となり、副手の池田亀鑑が理事長を務めた、『源氏物語』の啓蒙をはかる組織として生まれた。

ところが直前の二十二日になって警視庁保安部から突然禁止命令が下され、上演ができなくなってしまった。理由としては、古代の宮中生活がそのまま描かれており、高貴な方が登場人物となり、しかも恋愛をするというのは、観客からも当然抗議が生じるはずだとの理由である。日本文学の研究者は勿論、劇団、文壇からも批判の声があがったものの、撤回の意向は示されない。紫式部学会を始めとして上演をはかろうと、すぐさま台本の改作にかかり、十一月二十八日には警視庁にその計画案を再提出し、今度こそは上演できるものと関係者はいさみたっていたが、十二月九日に再度上演禁止の通達となる。結果として『源氏物語』の演劇化の禁止に等しく、以後『源氏物語』の舞台化や映画化は戦後になるまで待たなければならなくなる。

この禁止令は日本の文学研究者をはじめ文化人にとっては大変な衝撃で、『源氏物語』の舞台化は初めてのことだっただけに、慎重を期して「紫式部学会」という、いわば研究者の支援を受け、松岡映丘や安田靫彦が背景画や屏風を描くという念の入れようであった。「朝日新聞」「毎日新聞」などもこぞってその衝撃のさまを新聞記事にして大きく報じる。

昭和八年十二月に、上演の許可が下りないと決定された翌昭和九年の一月、舞台で使用しようと準備していた『源氏物語』に関する小道具や衣装、折角描いた屏風なども、銀座の松屋で展覧会が開かれた。芝居をするにあたって久松潜一や池田亀鑑とも相談し、その結果として昭和七年に「紫式部学会」が発足することになったという背景も存する。

坂東三津五郎に、当時のことを回想した記事が存する（「回想・受難の『源氏物語』」）。

禁止を喰った直後に、松屋で衣装と小道具の展覧会を開き、松岡先生がじきじき我々に衣装を着せて下さいましたし、かおをするのも役者がしてはいけないと、一切を先生がして下さいました（「演劇界」昭和四十九年四月号）。

回想・受難の『源氏物語』

坂東三津五郎

私が劇団新劇場を結成したのが昭和七年の十月で、メンバーは、段四郎(先代)、翠扇、勘三郎、又五郎、今の西川鯉三郎、伊藤智子、客員に御橋公や汐見洋など随分たくさんいました。企画会議を私のうちで開き、スタッフの青柳信雄、八住利雄、伊藤熹朔、菅原卓、番匠谷英一が集り、第一回公演に『ポーギー』第二回に『人間万事金世中』を上演

のっかって、「末摘花をフランス喜劇の解釈でやったら面白いのじゃないか」と言いますと、皆びっくりして「お前『源氏』を読んだことがあるのか？」と私の顔をみつめました。私は子供の頃に、小山内(薫)先生から、有朋堂文庫を判っても判らなくても読むようにといわれていましたので、『源氏』も一応通読していました。

と松岡映丘先生に手紙を書いて下さいました。松岡先生は、『源氏』から生まれたといってもいいほどに『源氏』に精通していらした方です。私が安田先生の手紙を持って松岡先生のところへ行きますと、先生はむつかしい顔をして手紙を読んでいらっしゃいましたが、それなら、とおっしゃって、それからは大変乗り気になり、麹町に今でもあります高田装

すが、安田先生と松岡先生は、片や院展片や美術学校と、当時対立していらしたもので、このお二人が協力して一つ仕事をするなどあり得なかったことです。

一方文学畑からは、藤村作、坪内逍遥のお二人を顧問に迎え、美術のお二人と合せて四人が『源氏物語』を上演すると学士会館で発表し、一大センセーションをまきおこしました。それに池田亀鑑、久松潜一両先生も加えて、紫式部学会というものは、実にこの時に生まれたのです。

その上、私の後には朝日新聞の鈴木文史朗さんと毎日の小野賢一郎さんがいらして、大いにやれやれといって下さいます。そんな具合で、毎

松屋での展示は一月九日から三十日まで、「源氏物語同好会」の主催、その折の「源氏物語展覧会目録」が残されてもいる。ここには笹川臨風、藤村作、島津久基などの文章が寄せられ、展示品が並べられるが、坂東三津五郎のこととか、芝居が上演禁止になったことなどという経緯は一切書かれていない。確かにこの目録には、松岡映丘の「下絵巻物」三巻ほか、衣装とか几帳、簾、壁代などといった舞台で用いられる道具類などもありはするが、大半は『源氏物語』の写本や注釈書類で、これは昭和七年十一月の展示書目と重なってくる。第一部「源氏物語古写

本及び古版本」（十四点）、第二部「源氏物語研究書」（九十三点）、第三部（九十三点）はタイトルのないまま、石山寺蔵「紫式部画像」、金子元臣蔵「首書源氏物語」などが列記される。とりわけ第二部は定家筆『奥入』以下の諸注釈書類で、末尾には「以上の文献は文学士藤村作先生の御推薦により、池田亀鑑先生御所蔵品を拝借す」とする。池田亀鑑蔵というのではなく、資料の手配や出品の準備をしたのであろう。その第一部に、すでに示したような大島本源氏物語が並べられた。

デパートでの展示にはふさわしくないとはいえ、蓑助ほか上演に名を連ねていた人々が禁止への抗議手段として、急遽このような企画をしたのであろう。とりわけ注釈書類では池田亀鑑が中心となり、調査中の大島本も、このような背景のもとに借り出されたと知られてくる。

四　大島本の本文の性格

偶然というか、タイミングとして昭和七年八年は、大島本源氏物語にとって画期的な運命の時でもあった。池田亀鑑は『校本源氏物語』の原稿を全面的に改訂し、十年後の昭和十七年十月に大島本を底本にした『校異源氏物語』（五冊、中央公論社）を出版する。目録では五十四冊となっていたが、いつの時期か不明ながら浮舟巻は散逸しており、底本は架蔵する伝二条為明本が採用される。ほかにも花散里・柏木・早蕨は定家筆本、大島本の桐壺・夢浮橋は飛鳥井雅康筆ではないため同じく伝為明本、初音は別本であるためこれも為明本が用いられる。

このような経緯のもと、校異本文を継承しながら、新たに資料や索引を付した『源氏物語大成』（八冊、校異、研究資料、索引　昭和二八年～同三一年、中央公論社）が刊行され、戦後の『源氏物語』のありようを大きく方向付けることになる。すでに指摘したように、『源氏物語』のテキストは、大島本を中心にし、一部の巻は他の定家本で補うというわば取り合わせ本として定着していく。ただ、直近の「新日本古典文学大系」では、浮舟巻を除く五十三帖はすべて大島本を採用するという新しい方針を示す。大島本がこれほどまでに重要視されるのは、青表紙本を継承しているという大前提があり、定家が多くの古典文学作品を書写している実績と、定家への崇拝とか信頼が存するからにほかならない。

『源氏物語』が本来的に五十四帖だったのか、別の巻も存したのかはともかく、紫式部自筆本を転写したとする確かな識語を持つ本文でも存すれば、誰の指弾も受けることなく、意味の通じにくい語句の有無にかかわらず信頼を得たはずである。たとえそうではあっても、最終版なのか初校本なのか判断はむつかしく、一度の書写がすべてであったという保証はないだけに、本文の論議は限りなく続くことではあろう。ただここでは、定家の青表紙本を継承すると評価される大島本の実態を知り、『源氏物語』をどのように読むかを考えたく思う。

(1) しづ心なくて出でたまひぬ。・ふかきあかつき月夜[夜]のえもいはずきりわたれるに（賢木二二オ）

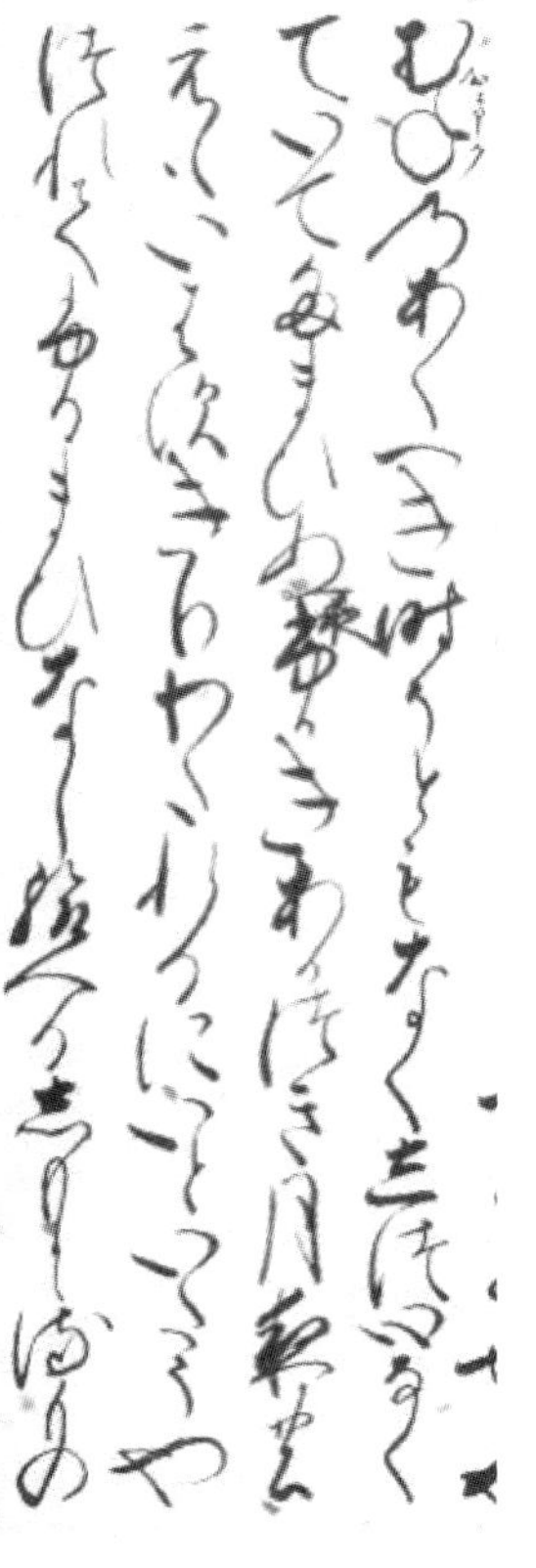
（『大島本源氏物語』角川学芸出版、以下同）

本文は大島本（角川書店影印本）を引用し、句読点と濁点だけを補ったが、底本に用いた『源氏物語大成』も「新日本古典文学大系」本も、当然のことながら傍記された「夜」のことばを本行に採用する。新大系の「凡例」に「底本の本文を尊重し、手を加えないことを原則とする」というのは大成本と同一の方法によるもので、江戸中期にいたるまで書き込みや訂正がなされた最終段階の状態を採用するという方針を明らかにしたものである。「底本の本文を尊重し」としながら、後人の書入れまでを尊重するというのは、あらためて大島本の底本とは何かという問題にもなってくる。

飛鳥井雅康が書写した当初の本文を指すのではなく、複数の人々の手により、時代も異なりながら次々と書き込まれて変貌した姿を意味するという理解が、今日一般の共通する概念になっている。そうなると当然のことながら、雅康が不注意で書き落としたのか、もともとそのようなことばは存在しなかったのかはともかく、後の人が所持する青表紙本と称する本文には「夜」があるため、墨で該当する箇所に書き入れたのだが、現代の研究者はそれを最終本文と判断したにすぎない。繰り返し述べてきたように雅康が用いたのが定家筆本であったという保証はないし、訂正も青表紙本によると信じての処理であり、それらの前提が一つでも崩れると、青表紙本を復元しているというのは幻想であったことになる。確かに大半の青表紙本は「夜ふかき」であるため、後人が正した結果とはいえ、「ふかき」が誤りかというと、河内本や大半の別本は「ふかき」のままであり、雅康の過失であったとは言えなくなる。

(2)　むすめすませたる方は、心ことにみがきて、月いれたるま木の戸ぐちけしき~~ことは~~（ばかり）をしあけたり。

（明石三三オ）

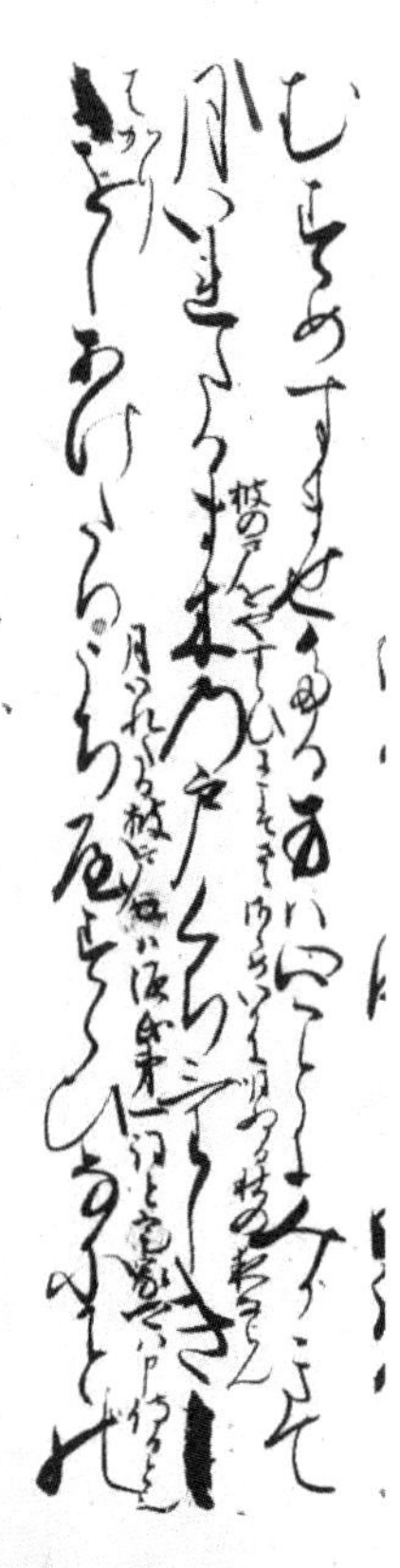

大島本での書写状態は、「けしきことに」とあった「ことに」を上から文字が読めないほど墨で抹消し、傍らに「はかり」と記し、それによって大成本も新大系も「けしきばかり」の本文を採用する。今川了俊の『源氏雑説抄物』（師説自見集）に、

月いれたる真木の戸口気色ことにおしあけたり
是は紫明抄説也、月いれたる真木の戸口気色ばかりおしあけたり、是は青表紙説也、定家卿云此言源氏一の面白言云々、

と、「けしきことに」は河内本、青表紙本は「けしきばかり」で、しかも定家は「源氏一の面白言」だと高く評価していたという。『紫明抄』では「けしきことに」とし、「真木の戸をやすらひにこそささざらめいかにあけぬる秋の夜ならん」の歌を引く。『奥入』には指摘がないが、定家が「けしきばかり」を称賛したとするのは、『花鳥余情』あたりからのようで、そこには次のように詳細な記述を見いだす。

定家卿の青表紙にはけしきばかりをしあけたりとあり、明石入道、源氏を引導申につきて、けしきばかりといふは、源氏にこの戸口より入らせ給へと思へる心向けに、ことさらばかりあけたる心なり。けしきことにといふは、もとより導きたてまつるうへは、これより入らせ給へとわざとがましくをしあけたるべし。両説ともに其謂なきにあらず、人の所好にしたがふべし。この月入れたる真木の戸口は源氏第一の詞と定家卿は申侍るとかや。

兼良は「けしきばかり」と「けしきことに」の両説を示し、いずれかに加担するわけでもなく、「好む所に従ふべし」と判断を読者にゆだねながら、一方では定家が「源氏第一」としたとの言説も提示するのは、了俊の見解によったのであろうか。このような経過をたどり、定家崇拝の風潮のもとに「けしきばかり」が重要視されてもきたのであろう。ただ青表紙本がすべて「気色ばかり」一色というわけでもなく、源氏物語大成本の校異では肖柏本と一致するくらいで、他の青表紙諸本や河内本では「けしきことに」とする。雅康が定家本の「けしきばかり」とあるのを、ことさら「けしきことに」としたはずはなく、もともと依拠した本文は定家本ではなかったことに起因するのではないかと思う。

(3)　御返なに心なくらうたげにかきてはてに、忍びかねたる御夢がたりにつけても、（明石三六ウ）

大島本では「はてに」の文字を墨で消してそのままにしており、当然のことながら大成本も新大系も「らうたげにかきて」とする。ただこれは大島本特有といってもよく、大成本の校異に用いた諸本はすべて「はてに」の語句を持ち、河内本では「かき給てはてに」とある。どのような典拠があって抹消したのか不明ながら、これによって大島本は他に類のない独自異文を持つにいたる。大島本にはこのような例は多く、削除とか補入によって、折角共通した表現を持っていた青表紙の諸本から離れて孤立してしまう。

（4）　あやまちなかめれど、すくよかにいひいでたる・[事も]しわざも女しき所なかめるぞ、（蛍二〇ウ）

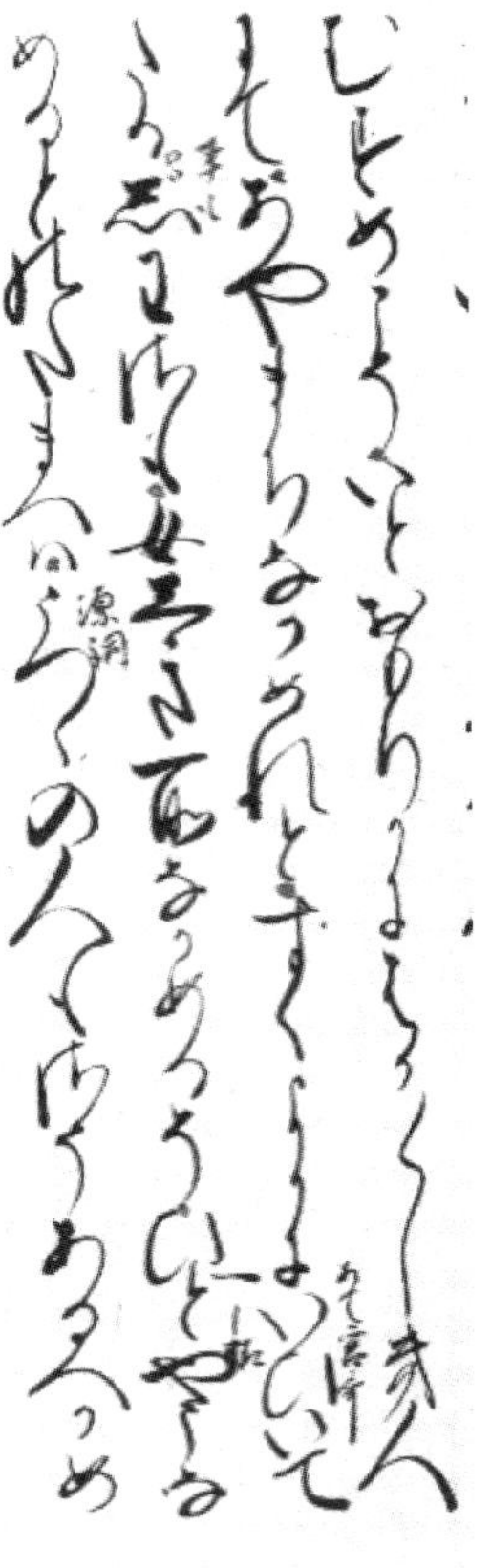

ここでも「事も」を入れることによって、かえって河内本と共通する結果にもなってしまった。ほかにもこの種の例は指摘でき、最終的な書き入れや訂正した本文を大島本の本来の姿とする方針だけに、大成本や新大系ではより純正な青表紙本の提供を標題に掲げながら、河内本の本文を示すにいたるという、奇妙な現象が生じてしまっている。

(5) 興津ふね(定本波とあり)よるべなみ路にたゞよはゞさほさしよらむとまりをしへよ（真木柱四五ウ）

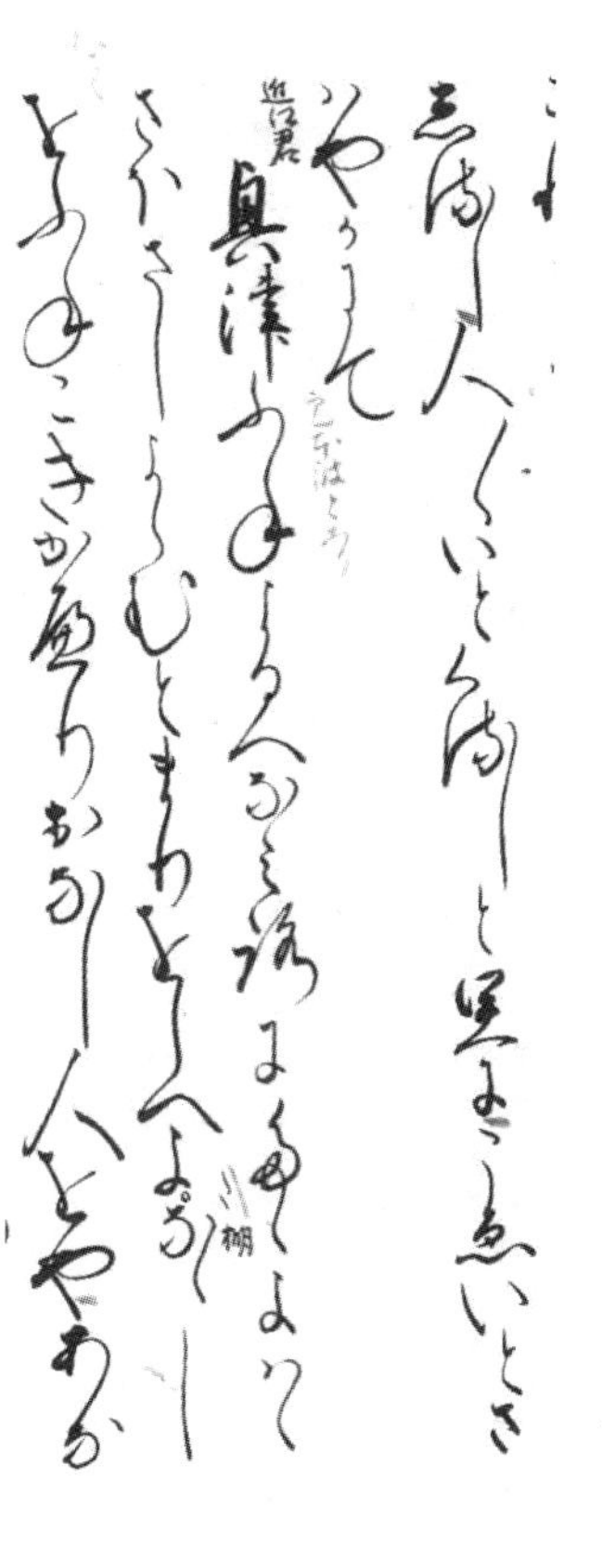

「ふね」には「定本波とあり」と朱で傍記されるものの、大成本も新大系もそれについては何の指摘もなく、「ふね」の語句をそのまま用いる。諸本には「波」と「舟」と揺れがあるようだが、江戸期の校訂者がこの歌の「ふね」を見て定家本とは異なることを認識し、その旨を書き入れたのであろう。ただミセケチなどにはしなかったため、たんなる注記の一種と処理され、無視されることになった。「興津波」から「波路」へと、同じ「波」のことばが続くので避けたのかもしれないが、近江君の歌だけにむしろふさわしいとも判断できよう。これなどはことさら「定家本」と書いてありながら本文に採用することなく、むしろ何の断りもなく訂正された語句が大半で、後人の書き入れによってより正統な青表紙本になったとするのは、いささか思慮を欠いているともいえるのではないか。

大島本には数多くの問題があるとはいえ、これまでのテキストはいずれも「大島本を採用した」としながら、それは最初に書写された本文ではなく、複数の後人によって幾度も訂正の筆が加えられた、原則として最終結果を採用する。大島本は飛鳥井雅康筆の巻があるにしても、それ以外の複数の筆跡も存する。そこには明らかに室町末期から江戸初期の注記も書き加えられ、長期にわたって人々の手を経ているのが、大島本の実態でもある。

『大島本源氏物語』の複製本が出版され、その本文の様相が詳細に判明するようになった。私自身原本の調査もしてはいるが、楮紙袋綴じの四半本、現状は本文や注記が余白、行間になされ、美麗な写本というわけではない。複製本（別冊）の解題によると、「柏木」巻が河内本の性格を有していることから、大島本の全体について次のように結論づける。一部を示すと、

一、飛鳥井雅康は書写にあたり、嫁入り本に近い綺麗な本を作成した。
一、大島本は江戸時代中期頃までに他の青表紙本で校訂された結果、より青表紙本の特色を持つことになった。

とし、嫁入り本の概念は人によって異なるとはいえ、本来は「綺麗な本」で、江戸中期にいたるまで他の青表紙本で校訂された結果、大島本はより青表紙本の特色を持つにいたり、その訂正加除された本文が青表紙本の本来の姿であるとする。よしんば飛鳥井雅康が全巻書写し、後の人が定家自筆本で江戸中期にいたる何百年もの間、同じ本を用いて幾度も訂正を加えた結果、純粋な青表紙本になったというのであれば理解はできるであろう。ところが、時代ごとに人々が校訂に用いたとする定家本は、それぞれ異なっていたとなると、逆に不純な本文に変貌してしまった可能性さえも生じてくる。このようにたどると、大島本が依拠した本文は定家の青表紙本であったのか、また定家本というのはもともと今日の分類する河内本や別本との混成本文ではなかったのかなどと考えられてもくる。

もう一例だけを加えておくと、大島本の初音巻は別本とされ、為明本を用いたことはすでに述べたところである。

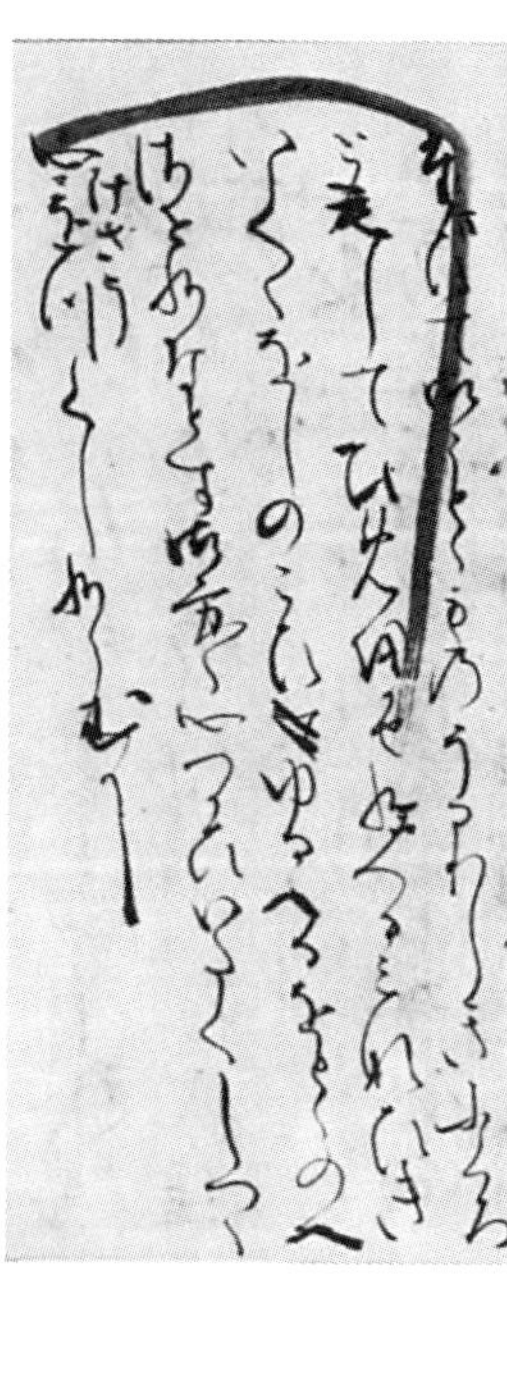

『奥入』（複刻日本古典文学館）

『奥入』の初音巻に残された巻末の本文を見ると、三行目の「をしのこひてゆるへるを」とし、「て」を抹消する。大成本に用いた為明本では「おしのこひてゆるへるを」と「て」があり、これが青表紙本の本文であったことになる。ところが、定家が晩年に書写した本文では「て」を抹消するという手を加える。河内本や別本では「て」を持たないが、定家もそれを妥当と判断したからにほかならない。

最後の行では「いたくしつ、心・をつくし給らんかし」とし、「けさう」のことばを補入する。「けさう」のことばを持つのは、河内本か別本と分類される本文である。大島本を確認すると、「心つかひいたくしつ、心・をつくし給らむかし」と、「をしのこひ」と「て」がなく、「けさう」は『奥入』の末尾本文と同じく補入する。詳細は省略するが、初音巻を別本とするのはなぜなのか、本来の定家本と処理すべきながら、諸本の多寡の論理で排除したのではないかとも疑念が生じてくる。

定家本とか青表紙本と称される本文のテキスト化には問題が多いのだが、これ以上の議論は省略する。今日では大島本の寡占状況にあるだけに、それで果たして作品が読めるのか、その本文を用いて表現論から語彙論まで展開できるのか、それは『源氏物語』のありようから評価にまで展開しかねない問題となる。大島本の由来にも疑念があると提唱しながら、具体的にどうするのかと聞かれると困惑するのだが、河内本を含めて本文を再度見直す時期が訪れているようにも思う。

補記―松屋銀座の展示目録については、田坂憲二氏のご配慮に深謝申し上げる。

書き入れ注記から見る定家の古典観

浅田徹

はじめに

藤原定家は多くの古典文学を書写したが、その際いろいろな書き入れを加えている。定家の自筆そのものが残っている例もあるし、自筆では残っていなくても、後世の人たちがそれを写し伝えているものもある。歌集では古今・後撰・拾遺の三代集、物語では伊勢物語・大和物語・源氏物語、その他枕草子や更級日記に定家の書き入れ注記があり、ほかにもまだ存在はするが、今回はこれだけを扱いたい。

定家の加えたものに限らず、古写本の持つ研究的な書き入れを我々は勘物（かんもつ）と呼んでいる。勘物は写本の行間や、上下の欄外に書き入れられている。実際に、どのようなことが書き入れられているのか、例を挙げてみよう。なお引用の底本は、稿末に一括して掲げることにする。

《例1》拾遺集巻三201番

源兼光〔先祖不見、大蔵少輔　景明父〕

《例2》同巻四248番

枝ながら見てをかへらんもみぢば、おらんほどにもちりもこそすれ

屏風のゑに、こしのしら山かきて侍ける所に

藤原佐忠朝臣

〔従四位上右中弁、或説輔尹歌云々〕

我ひとりこしの山ぢにこしかども雪ふりにける跡を見る哉

《例1》と《例2》は拾遺集の勘物から、作者についての書き入れを挙げた（〔　〕の内）。《例1》では源兼光について、彼の家系は資料がなくてわからないが、本人は大蔵少輔になった人で、息子は景明というのだと定家は書いている。

《例2》では、藤原佐忠について、従四位上右中弁に昇った人だと記し、またある資料に拠ればこの歌は輔尹の歌ともいう、と異伝を参考のために書き付けている。これらの注は、歌集に出てくる人物について、その伝記的な情報を記したものである。

《例3》源氏物語「桐壺」、桐壺帝が亡き更衣の実家に命婦を遣わす場面。

命婦かしこにまかで着きて、門引き入るゝよりけはひあはれなり。やもめ住みなれど人ひとりの御かしづきに、とかくつくろひたてゝ、めやすき程にて過ぐし給ひつる、闇にくれて伏し沈み給へる程に、草も高くなり、野分にいとゞ荒れたる心地して、月影ばかりぞ、八重葎にも障らずさし入りたる。

↓定家自筆本「奥入（おくいり）」に「やへむぐらしげれるやどのさびしきに　人こそ見えね秋はきにけり」を引歌としてまず掲げる。しかしそれに、「此歌非二其時古歌一。不レ可レ為二証歌一」と付記。その後、写本の余白に「問人（とふ）もなきやどなれどくるはるはやへむぐらにもさはらざりけり　貫之歌」と書き入れる。

《例3》は源氏物語の「奥入」である。定家は源氏物語のそれぞれの巻を写した後に、その巻の引歌などをまとめて記した、補注のような部分を加えていた。これを「奥入」と呼んでいる。右に掲げた本文は桐壺巻で、亡くなってしまった桐壺更衣の実家に、帝が命婦を遣わす場面を挙げた。命婦が到着してみると、更衣の実家は悲しみに暮れて、雑草も刈り払わないので荒れ果てた感じだ、とあり、その最後に「月影ばかりぞ、八重葎にも障らずさし入りたる」と書かれている。物語を読み慣れている人ならば、ここには引歌がありそうだと感ずるところだろう。

定家はこの箇所について、まず「やへむぐらしげれるやどのさびしきに人こそ見えね秋はきにけり」という、百人一首に採られた恵慶法師の歌を引歌の典拠として掲げた。なるほど、八重葎が宿を閉ざしているのに、秋はそれにも障らず入り込んでくる、という歌だから、内容的に共通性があると言えよう。

しかしその後になって、定家はこの勘物を撤回した。「此歌非㆓其時古歌㆒。不㆑可㆑為㆓証歌㆒」、すなわち恵慶の歌では紫式部にとって古歌とは言えない、それでは引歌としては不適切だ、ということである。実際、紫式部は970年代初めの生まれで、1008年までには源氏物語で著名になっていたことはよく知られている。一方、恵慶法師は990年頃まで生きた人と言われているから、時代として近すぎる印象がある。そこで定家は、さらに写本の余白に「問人もなきやどなれどくるはるはやへむぐらにもさはらざりけり」という貫之の歌を書き入れた。貫之は946年没かとされているので、これなら古歌として問題がない。定家はこのように、ある作品についての研究を継続的に行っていたことが、書き入れから知られるわけである。

定家の古典作品に対する研究業績としては、注釈書の形になっているものがまず挙げられる。三代集に関しては、顕註密勘・三代集之間事・僻案抄という三つの注釈が遺されており、これらの注釈書を見れば定家の考え方はわかるわけである。これに対して勘物はまず、定家が注釈書を書かなかった作品について、彼の考えを知る貴重な手掛かりになる。それだけでなく、注釈書が遺されている作品の場合でも、それと勘物とを比較することで、定家の作品に対する考えを別の面から考察する大事な資料となるのである。

現在、三代集や伊勢物語、大和物語、源氏物語、枕草子、更級日記などの有名な古典作品は、定家の校訂した写本を底本として活字本が作られているが、勘物までそのまま翻刻されている例は残念ながらあまり見られない。そのため、定家がたくさんの書き入れを行っていることは、専門家以外にはよく知られていない。今回の報告では、その実態をなるべく全体的に俯瞰しつつ紹介したいと考える次第である。

一　歌集類の勘物

定家が加えた勘物を通観していくと、作品によってその性格が異なるようである。このことを正面から取り上げた先行研究はないようだが（断片的な指摘はある）、それは大きく三つのグループに分かれていると思われる。以下、そのグループごとに、定家がその作品のどういう点に着目して注を加えているかを説明していきたい。

まず最初は、古今・後撰・拾遺の三代集である。この三集で大きなグループを形成している。三代集の勘物では、さきに掲げた《例1》や《例2》のように、歌人の伝記事項に関する注が中心である。それは、まずは勅撰集での歌人の位署（官位や官職、姓名）をどう書くべきかを研究するためであったものと考えられる。(1)

勅撰集では、位署の書き方に決まりがあった。三代集でもある程度法則化されていたが、はっきりした規則になるのは四代目の勅撰集である後拾遺集からだと言われている。定家は若い頃、父俊成が千載集を作った際にアシスタントとして働いていたし、自分自身も新古今集・新勅撰集と二度の勅撰和歌集で撰者となった。勅撰集での作者の書き方については、決して間違ってはいけない責任があったのである。そのために、三代集での書き方について研究する必要があったわけである。

《例4》 後撰集・巻二68番

衛門のみやすん所の家、うづまさに侍けるに、そこの花おもしろかなりとて、おりにつかはしたりければきこえたりける

〔能子同人云々、父右衛門督之時為二更衣一、両所名不レ同、随二其時一書歟〕

山ざとにちりなましかば桜花にほふさかりもしられざらまし

《例4》は後撰集の勘物から採った。ここでは、詞書に「衛門のみやすん所」という女性が出ており、藤原能子を指すが、ここで定家は、この書き方はおかしいのではないか、という勘物を付けている。後撰集はこの歌の少し前に（61番）、同じ藤原能子が作者として出ているが、そこでの表記は「大将の御息所」となっている。それなのにここでは「衛門のみやすん所」と表記されているため、不統一ではないか、と疑問を表明したのである。「能子同人云々、父右衛門督之時為二更衣一、両所名不レ同、随二其時一書歟」とは、能子が更衣（御息所）となったのは父親が右衛門督の時であるから「衛門の御息所」はわかるが、「大将の御息所」という表記は父親が近衛大将に昇進した時にそう呼び改めていたのだろうか、という意味である。

定家はここで単に、そこに登場する人物が誰であるかわかればいい、という態度で勘物を付しているのではなく、その表記の正当性に関しても徹底的に考察しておかなくてはいけないと考えていることがよくわかるであろう。

次の《例5》《例6》はどちらも菅原道真の表記に関する勘物である。道真はもともと右大臣であったが、周知の通り謀反の疑いを掛けられ、九州に左遷されてしまい、その時に官位を剥奪されてしまったわけである。しかしこれも周知の通り、道真は死んだ後に怨霊と化し、しきりに祟りをなしたので、朝廷は恐れをなし、死人にもう一度右大臣の位を与え、さらに次々と昇進させ、最後は太政大臣にまで昇らしめたのであった。こうした複雑な経緯があるため、勅撰集の道真に対する表記は異例なものとなっている。

《例5》 古今集・巻五272番

菊の花うへたりけるに、くはへたりけるうた
ふきあげのはまのかたにきくうへたりけるによめる
すがはらの朝臣〔延喜元年以後、贈位以前也、仍注姓朝臣〕

《例6》 後撰集・巻二57番

家よりとをき所にまかる時、前栽のさくらの花にゆひつけ侍ける
菅原右大臣〔延喜廿二年右大臣正二位、正暦四年五月贈左大臣正一位、十一月贈太政大臣〕
さくら花ぬしをわすれぬ物ならばふきこむ風に事づてはせよ

まず《例5》を見る。これは古今集で、そこでは道真は「すがはらの朝臣」と書かれている。定家はその表記について、〔延喜元年以後、贈位以前也、仍注姓朝臣〕、すなわち延喜元年に官位を剥奪されたあと、古今集は延喜五

年に成立したが、それはまだ朝廷が道真に官位を復活させる前のことだった、だからここでは「すがはらの朝臣」という書き方になっているのだ、と注記している。

次に《例6》を見よう。これは後撰集で、こちらでは表記が「菅原右大臣」になっている。それについて定家は〔延喜廿二年右大臣正二位、正暦四年五月贈左大臣、正一位十一月贈太政大臣〕と勘物を付けている。つまり、後撰集が出来た時はもう道真は右大臣に復帰していた、だからここでは「菅原右大臣」でいいのだ、さらに後の正暦四年には左大臣位を贈られるが、後撰集が出来たのはそれよりは以前であるから、左大臣とはならない、という意味である。

その後、定家の勘物にある通り、道真は太政大臣にまでなっている。この結果として、後撰集の次の拾遺集ではちゃんと「贈太政大臣」と表記されている。定家は、道真の呼び方がどう変わっていったかを、三つの勅撰集が出来た時期と丁寧に突き合わせて、それぞれが確かにその時点での正式な書き方であることを確認していたわけである。

定家は、三代集に関しては、自分が調べられる限り、すべての作者の表記が本当に適切であるかどうか確認していたと推定される。こういうことは、彼が書いた注釈書を見ても知られないのであって、勘物によってこそわかるのである。

さて、三代集の勘物で、作者の伝記に次いで多いのは、詞書に出てくる事件の年次について考証する勘物である。これも実例を挙げておこう。

《例7》後撰集・巻十五1123・1124番

小野好古朝臣、にしのくにのうて（＝討手）のつかひにまかりて二年といふとし、四位にはかならずまかりなるべかりけるを、さもあらずなりにければ、かゝる事にしもさゝれにける事の、やすからぬよしをうれへおくりて侍けるふみの、返事のうらにかきつけてつかはしける　源公忠朝臣

玉匣(たまくしげ)ふたとせあはぬ君がみをあけながらやはあらむと思し

返し　小野好古朝臣

あけながら年ふることは玉匣身のいたづらになればなりけり

〔伊与国海賊純友追討也、
A天慶元年正月右少将、二年正五下、四年五月二日従四位下、今年正月事歟、
B天暦元年参議六十、大弐如レ元、四年止二大弐一、天徳三年左大弁、四年又任二大弐一、康保四年致仕八十五〕

勘物の内部を便宜のため三条に分割した。この贈答は、好古が藤原純友の乱討伐のため西国に赴いていた時、四位に昇進するのを待っていたのに、その年正月の叙位で上がれなかった（五位の衣服の色である「朱＝あけ」のままであった）ことを友人の公忠が伝え、好古が嘆きの返歌を送ったというものである。

勘物のうちA部分は、好古の官位の昇進過程から、この贈答が五位昇進と四位昇進とに挟まれた天慶四年の正月のことであるはずだと指摘したもの。これは、後撰集の詞書に描かれた両者のやり取りの事件年次を明らかにするための考証で、なるほど内容理解のために必要な注であろう。

しかしBはその後の好古の経歴を辿っている。事件以後の経歴を記しても、詞書内容の理解には関わらないはずだ。定家がこれを付したのは、後撰集における好古の表記が「姓名＋朝臣」表記でよいのかどうか（「参議好古」

とか「大弐好古」等でなくていいのか）を検討するためであったと考えられる。

このことは、同じ事件と贈答を扱う大和物語第四段に定家が付した勘物と比較するといっそうよくわかる。

《例8》 大和物語（野坂家蔵天福本）・四段

野大弐、すみともがさはぎの時、うてのつかひにさゝれて、少将にてくだりける。おほやけにもつかうまつる。四位にもなるべき年にあたりければ、む月のかゝい（＝加階）たまはりのこと、いとゆかしうおぼえけれど、京よりくだる人もおさ〳〵きこえず。ある人にとへば、「四位になりたり」ともいふ。ある人は「さもあらず」ともいふ。「さだかなること、いかできかん」とおもふほどに、京のたよりあるに、近江守公忠の君の文をなんもてきたる。いとゆかしう、うれしうて、あけてみれば、よろづのことどもかきもていきて、月日などかきて、おくのかたに、かくなん。

（後撰）玉匣ふたとせあはぬ君が身をあけながらやはあらんと思ひし

是をみてなん、かぎりなくかなしくてなんなきける。四位にならぬよし、文のことばにはなくて、たゞかくなんありける。

〔参議小野好古
天慶三年正月兼追捕使凶賊使、正五位下右近少将、四年五月一日叙位（従カ）四位下、少将如元、五年正月任左中弁。此歌、天慶四年正月事歟〕

定家はここで、さきの《例7》の勘物Aにあたる部分までしか注記していないことがわかる。すなわち、事件の内容を理解するための考証までで終わっているのであり、勘物Bのようなその後の好古の経歴は注されていないのであって、歌物語である大和物語と勅撰集である後撰集とでは、勘物の目的が異なっていたことがわかるのである。

以上のように、古今・後撰・拾遺の三代集での定家勘物は、基本的に「歌人の伝」「詞書の事件の年次」について付されている。一方、和歌の内容についての注記は含まれないことが注意される。ごく一部、詞書に有職故実関係の事項が出てきた場合に注がある程度（拾遺集1189番の「灌仏のわらは」注など）である。古今集や拾遺集には物名部があって、珍しい動植物（例えば「けにごし」とか「をがたまのき」とか）や器物の名が多く出てくるが、そうしたものの注も見えない。

我々は、定家が写本にたくさんの書き入れを行った、と聞くと、歌人として歌に詠みたい言葉を抜き出して注を付けたのだろう、とか、自分の好きな歌に印を付けたのではないか、などと予想してしまうが、そうしたものではなかったわけである。

二　枕草子・大和物語・更級日記の勘物

第二のグループは、枕草子・大和物語・更級日記の勘物である。枕草子は高校教科書等では「随筆」と規定され、大和物語は「歌物語」、更級日記は「日記文学」となるから、ジャンルの異なる奇妙なグループであるようにも思える。しかしこれらには、過去の事実を記録したもの、という共通点があるのである。以下順に説明していきたい。まず枕草子から述べよう。

枕草子のテクストとして現在普通に使われているのは三巻本だが、三巻本を校訂したのは定家であろうと昔から想像されてきた。三巻本巻末の奥書がいかにも定家らしい内容なのだが、その奥書には実名でなく「耄及愚翁」という韜晦した署名が付されているので、慎重を期する態度で扱われてきたのである。しかし最近佐々木孝浩氏が、

「定家本」とはっきり呼んだ方がよいと提言され、[2]私もそれでよいと思うので、ここでは三巻本を定家の校訂本とし、勘物も定家の付けたものとして扱うことにしたい。

《例9》を見よう。これは「清涼殿の丑寅の隅の」段（段数表示は引用底本に従う）の一部である。以下、定家が勘物を記入して考証した原文の該当箇所は、　　を付して示すことにする。

《例9》 枕草子「清涼殿の丑寅の隅の」段（第二十段）より

「…ただいまの関白殿、三位の中将ときこえける時、

潮の満ついつもの浦のいつもいつも君をば深く思ふはやわが

といふ歌の末を、「頼むはやわが」と書きたまへりけるをなん、いみじうめでさせたまひけるるにも…」と仰せらる

〔永観二年正月七日従三位右中将、三十二〕

「ただいまの関白殿」は中関白道隆。その道隆が、まだ「三位の中将」と呼ばれていた時、という記述に定家は勘物を付けて、道隆が従三位・右中将になったのは永観二年、三十二歳の時だと注釈しているわけである。

実は、枕草子の定家勘物はこうした「事件年次の注」がほとんどなのである。次もそのような例である。複数の勘物があるので、①、②、③と番号を付して区別しておく。勘物には長いものがあるので、ここまでのように全体に傍線を引くことはやめて、注意すべき箇所にのみ引くこととする。

《例10》 枕草子「今内裏の東をば」段（第九段）

①今内裏の東(ひむがし)をば、北の陣といふ。楢の木の遥かに高きを、「いく尋(ひろ)あらむ」など言ふ。②権中将、「本よりうち切りて、定澄僧都の枝扇にせばや」とのたまひしを、③山階寺の別当になりて慶び申す日、近衛司にてこの君の出でたまへるに、高き屐子(けいし)をさへ履きたれば、ゆゆしう高し。出でぬる後に、(清少納言ガ)「など、その枝扇をば持たせたまはぬ」と言へば、(中将ハ)「物忘れせぬ」と笑ひたまふ。

①〔一条院　長保元年六月十四日内裏焼亡、十六日行二幸一条院一、女院御所也、十一月一日女御入内、七日中宮皇子誕生、長保二年二月十日女御彰子立后、宣旨之後退出、廿五日立后、十一日中宮定子入御、十八日一宮御百日、三月廿七日出二御生昌宅一、八月八日皇后宮入内、廿五日退出、十月十一日行二幸新造大内一、中宮同入御、十一月十六日皇后宮定子崩廿四〕

②〔権中将成信〕

③〔長保二年三月十七日、以二定澄律(ママ)一補二興福寺別当一〕

中宮定子がある時住んでいた御所に高い楢の木があって、皆が「幾尋あるだろうか」などと言っていると、権中将だった藤原成信が、「これを根本から切り倒して、定澄僧都の枝扇にしたいね」と言った。定澄は背が高い人だったので、彼に持たせる扇にはこの大木がちょうどいい、と冗談を言ったわけである。するとその後で定澄その人が、興福寺の別当になった答礼を申しにやって来ることがあった。それを見たら本当に背の高い人だった。定澄が帰った後に、清少納言が成信に向かって、「楢の木の枝扇をあげるんじゃなかったの？」と戯れたら、成信は「くだらないことをよく覚えてるなあ」と笑った。…という話である。しかしそのたわいない話に対して、定家は三つの勘物を付けている。

まず①は、まずこの話の現場となった「今内裏」というのは「一条院」であること、それは前の年に内裏が火事で焼けてしまって、里内裏となっていたのであること、定子はちょうど出産を終えて内裏に戻ってきたところだったのであって、長保二年二月十一日から三月二十七日まではこの一条院におり、また八月八日から二十五日にも留まっていたこと、を指摘している。清少納言は定子付きの女房なのだから、彼女もこの期間しか一条院にはいなかったことになり、この段の話は、この二つの期間のどちらかの間にあったことでなくてはならない、という注であろう。

②は「権中将」が藤原成信であることを示した。

③では、のっぽの定澄が興福寺の別当になったのは長保二年三月十七日であることを指摘している。ということは、その礼に彼が内裏にやってくるのも三月中が自然であろうから、先の二つの期間の内、二月から三月の期間の方が、この話の年次として正解だ、ということが結果として示されていることになるだろう。

この段の、言ってしまえばくだらないジョークのやり取りについて、定家はここまで詳しく調査していたのである。実際には、定家は枕草子の中のすべての事件について、調査可能なものはすべていつのことか調べ上げていたのだと考えられる。

次の《例11》は枕草子の最終段、枕草子はこうやって世の中に広がったと清少納言本人が述べている部分で、成立論のためには重要な章段である。

《例11》 枕草子・最終段

左中将、まだ伊勢守と聞こえし時、里におはしたりしに、端のかたなりし畳をさし出でしものは、この草子（＝枕草子）載りて出でにけり。まどひ取り入れしかど、やがて持ておはして、いと久しくありてぞ返したりし。それより（本書ハ）ありきそめたるなり。

〔源経房朝臣…（略）…伊勢権守長徳元二年事也、此草子長保元二年事多書レ之、若書加歟（以下経房の官歴を詳しく列挙する…略）〕

「左中将、まだ伊勢守と聞こえし時、里におはしたりしに」とある「左中将」は源経房であるらしく、彼がまだ伊勢守であった時、清少納言の実家へやって来たことがあり、ちょうどその時枕草子の写本が目に付くところに置いてあった、経房はそれを見つけて、止めるのも構わず持っていってしまった、彼の所から枕草子は写されて広がっていってしまったのだ、という内容である。

定家は勘物で経房の官位の昇進について詳しく書き上げている（長いので割愛する）。それにより経房が伊勢守であったのは長徳元年から二年（995～996年）であることが明らかになるが、定家はそこで考証を終わりにしていない。定家はここまで枕草子のすべての記事の年次を考証してきたのだが、それによれば長保元～二年（999～1000）の記事が多く見られることが明らかであった（さきほどの定澄僧都の話も長保二年）。すると、経房が伊勢守だったころには、枕草子の記事の多くはまだ存在しなかったことにならざるを得ない。定家はそれを不審とし、あるいはそれらの記事はのちになって増補したものか（「若書加歟」）と疑っているわけである。これは現在の目から見ても、優れた研究だと評価されなくてはなるまい。

なお定家は、枕草子のうち、いわゆる「日記的章段」に関してはかなり詳しく事件年次を考証しており、現在では失われた古記録を典拠として引いてもいるので、枕草子研究のための貴重な資料となっている。今でも、研究者は定家の勘物を頼りにして枕草子を論じているのだ。

さて、こうした年次考証の詳しさの一方で、定家は枕草子に数多い「古歌の引用」「漢籍の引用」などについては全く沈黙している。例えば、周知の「香炉峯の雪、いかならむ」という話（二百七十六段「雪のいと高う降りたるを」）

では、当然白氏文集の漢詩を注釈として付けてほしいところだ。あるいは、いわゆる「類聚的章段」の中には、歌枕になる地名を列挙したような段（十段「山は」、十一段「市は」等）もあるのだから、実際にそれらの山や市を詠んだ古歌を参考のために書き付ける、というような注もあっておかしくないはずである（定家と同時代には、例えば順徳院の八雲御抄のように、歌語辞書の典拠として枕草子の類聚的章段を利用するものが実際に存在している）。しかし、そういう勘物は全然ないのである。

定家は漢籍引用の典拠や、和歌作例との関係に無関心だったわけではなく、実際には典拠となる和歌や漢文をよく調べていて、元の典拠によって本文を校訂しているらしいことが指摘されている。(3) しかし勘物としては出てこないわけである。定家は枕草子について調べたことを、何でも書き付けているわけではなく、そこには選択があるのだ、ということを注意しておきたいと思う。

次は大和物語である。大和物語にあっても、定家の勘物は「登場人物の伝」や「事件の年次」についての注であることは、枕草子と変わらない（前掲の《例8》もその例）。作品の中に出てくる和歌について、それが別の歌集に出ているという注記のことを「集付（しゅうづけ）」と言うが、大和物語では集付は丁寧に記されていて、詞書や作者の異同についても記している。しかし、歌語（歌に出てくる言葉）についての注は、九州の地名「白川」に言及した一例しかない。私が、枕草子の勘物と大和物語の勘物を同じグループに括っているのは、そういう理由による。では実例を見ていこう。

《例12》大和物語・七十一段

故式部卿宮うせ給ひける時は、きさらぎのつごもり、花ざかりになん有ける。つ、みの中納言のよみ給ける、

さきにほひ風まつほどの山ざくら人の世よりはひさしかりけり

〔敦慶、延長八年二月二十九日薨〕

定家は、「故式部卿」が敦慶親王で、延長八年の二月二十九日、まさに「きさらぎのつごもり」に亡くなったことを確認している（旧暦では桜の盛りは二月の後半となる）。このように、一つ一つの記事の裏を取っているわけである。集付以外の大和物語の定家勘物は、基本的にこうした性格のものである。

次の《例13》は「生田川」の段として知られている段。二人の男に言い寄られてついに身を投げた女の話だが、大和物語では、その話が終わった後に後宮の人々がみなこの話を題材にして歌を詠んだという記事が続いていて、引用してあるのはその部分である。

《例13》 大和物語・百四十七段より

…かゝる事どもの昔有けるを、ゑにみなかきて、故きさいの宮に人の奉りたりければ、これがうへをみな人々、この人にかはりてよめる。

伊勢の御息所、おとこの心にて

かげとのみ水のしたにてあひみれどたまなきからはかひなかりけり

〔伊勢非二更衣一、但諸本如レ此、以任レ本書レ之〕

大和物語は歌人の伊勢を「伊勢の御息所」と呼んでいるが、定家はそれに対して「伊勢は更衣ではないから、御息所と書いてあるのはおかしい」と述べた上で、「但諸本如レ此、以任レ本書レ之」と記している。自分の見比べた大和物語の諸本には、この点について異同がないのであえて改めない、という意味である。定家は大和物語の伝本をいくつか校合検討し、不審な記述でも諸本同じならばあえて校訂しなかったということになる。

ということは逆に言えば、校合の結果よい本が見つかれば、定家はそれに従って校訂してしまい、かつそのことは表だっては記さなかったかもしれない、という想像に誘われる。定家の考証研究はすべてが勘物に表されているのではなく、本文の改訂という形でテクストの内部に埋め込まれているものもあるのだろう。我々には見えないところで、定家が地道な基礎研究をこつこつと継続していたことが、こういう記述から窺えるわけである。

さて、第二のグループの最後は更級日記である。これも枕草子や大和物語と同様で、作品中に出てくる人物や事件の年次を考証する勘物ばかりが付いている。

《例14》 更級日記より

ま丶は丶なりし人は、宮づかへせしがくだりしなれば、思しにあらぬことゞもなどありて、世中うらめしげにて、ほかにわたるとて…

〔上総大輔、後拾遺作者、中宮大進従五上高階成行女。孝標朝臣為二上総一時、為レ妻、仍号二上総一〕

《例14》では、作者菅原孝標女の「ま丶は丶なりし人」が、後拾遺集に歌が採られて勅撰歌人となった「上総大輔」であることが記されている。孝標女は、父孝標が上総守になったために、父親に連れられて下ったのだが、この「ま丶は丶」が「上総大輔」と名乗ったのはその孝標の妻だったからだ、という情報まで添えてくれている。

《例15》同

又きけば、侍従の大納言の御むすめなくなり給ひぬなり。

〔権大納言記、三月十九日卯刻、病者気絶、悲歎之甚、不レ知レ可レ為〕

《例15》の本文では、孝標女姉妹と縁のあった、「侍従の大納言の御むすめ」が亡くなったということが書かれている。「侍従の大納言」といえば藤原行成であるから、定家は行成の日記の「権記」をひもといて、彼の娘が治安三年の三月十九日に亡くなっていることを確認し、この娘のことだと指摘している。ちなみに、現在我々が見ている「権記」はこの年の分が欠落しているので、この記事がいま参照できるのは、定家が労を厭わず調査して、勘物にしてくれていたおかげである。感謝せねばなるまい。

更級日記の勘物も、これらの例のような人物・年次の考証である。定家は非常に詳しく考証してくれているが、考えてみると、菅原孝標女は宮仕え経験も僅かで、有名な人物の母親というわけでもない。そうした、言わば普通の女性の日常に関する細々とした記述を、定家は丹念に調べたことになる。これは驚くべきことではないだろうか。孝標女は歌人でもある。更級日記も、半ば家集のような体裁で、和歌がたくさん含まれている。では、定家は和歌資料として重要だと考えて、勘物を付けたのだろうか。しかし勘物には歌の内容の注などは見えない。また彼女は「夜の寝覚」ほかいくつかの物語の作者であろうとされているが（更級日記写本の末尾にそうした書き付けがある）、それでは物語作者の自記として研究したのかと考えてみても、日記中に見られる源氏物語など物語作品についての言及に対しても、やはり勘物は付けられていないのである。

実は定家は更級日記の巻末奥書に、なぜ自分が勘物を付けたかを自ら記している。それは、「為レ見二合時代一、勘二付旧記等一」とある、「時代をはっきりさせるため」だと言っているわけである。

しかもこうした言及は更級日記のみでなく、枕草子奥書でも、定家は「但管見之所[レ]及、勘[二]合旧記等[一]、注[二]付時代年月等[一]、是亦謬案歟」と書いている。

こうした奥書によると、定家はこれらの作品については、いつの事件を記録しているのかを何より正確に知ろうとしていたことになる。我々は、定家が歌人であることを知っているから、枕草子・大和物語・更級日記などにあっても、そこに収められている和歌を勅撰集に採録するために研究しているのではないか、と考えてしまいがちだ。事実、定家が撰者として関与した新古今集や新勅撰集には、これらの作品から歌が採録されている。しかし、勘物の付け方から見る限り、これらの作品は「和歌資料」というよりも「古記録」として扱われていると見なくてはならない。

このことに関連して、印象深い資料があるので紹介したい。それは定家筆の「臨時祭試楽調楽」という写本である。

この資料は、十一月下旬の年中行事「賀茂臨時祭」での天皇による歌舞御覧に関して、そのリハーサル「試楽」（「調楽」とも）をどのように挙行するかを、定家が旧記から抄出してまとめたものである。自筆本が現存し、複製本が刊行されている。以下の記述は複製による。

《同書の構成》

（1）江家次第（大江匡房作の儀式書）からの抄出

（2）長秋記（源師時の漢文日記）からの、当該行事記録抄出

（3）枕草子「内の局は」の一部、「まいて、臨時の祭の調楽などはいみじうをかし…」、十六行分。

（4）紫式部日記「五節すぎぬと思ふ。内わたりのけはひ、うちつけにさうざうしきを、みの日の夜の調楽、

げにをかしかりけり…」四行分。

（5）「蔵人私記」（漢文記録）からの、当該行事記録抄出。

宮中行事の故実を研究するのは、それに出席すべき貴族にとって必須の活動である。そしてその際に典拠として参照されるのは、当然ながら儀式書と古記録であるはずだ。定家も貴族の一人として臨時祭の故実を調べたわけであるが、その資料として江家次第や長秋記と並べて、枕草子や紫式部日記を挙げていることが注目される。定家は枕草子や紫式部日記の行事関係記事を、儀式書や古記録と同列の資料として位置づけていたことになるのである。

定家よる枕草子の勘物が、作中の事件年次を詳しく考証していたのは、摂関期の宮中の記録としての性格を重視していたからであろう。紫式部日記については、定家の手を経たと確認できる伝本は現在知られないが、定家は恐らく、この作品にも詳しい人物・事件の考証を加えていたに違いない。(4)

三　源氏物語の勘物

定家勘物の第三のグループを形成するのは、源氏物語である。定家本源氏物語には、引歌を示す付箋などもあるが、それらは原態が知られないので、(5)ここでは各巻末に定家がまとめて心覚えを記した「奥入」についてのみ述べる。

源氏物語の定家勘物の特徴は、その内容が引歌・漢文典拠（仏典を含む）・有職故実に限られることである。それらは、前掲の第二グループ、枕草子・大和物語・更級日記の勘物では除かれていた内容であって、明確な対照をなしている。

左に漢籍と有職故実の例を掲げる。なお、勘物のうち引歌になっている和歌を考証した例については、既に《例3》で触れたのでここでは省略する。

《例16》桐壺巻より、帝が亡き更衣を偲ぶ場面。

絵に描ける楊貴妃の容貌(かたち)は、いみじき絵師といへども、筆限りありければいとにほひすくなし。太液(たいえき)の芙蓉(ふよう)、未央(びあう)の柳も、げにかよひたりし容貌を唐めいたるよそひはうるはしうこそありけめ、なつかしうらうたげなりしを思し出づるに、花鳥の色にも音(ね)にもよそふべき方ぞなき。朝夕の言ぐさに、翼(はね)をならべ、枝をかはさむと契らせたまひしに、かなはざりける命のほどぞ尽きせずうらめしき。

〔長恨歌
帰来池苑皆依旧　太液芙蓉未央柳　在天願作比翼鳥　在地願為連理枝〕

《例17》同巻、帝が生まれた御子を高麗の相人に観相させる場面。

そのころ、高麗人の参れる中に、かしこき相人ありけるを聞こし召して、宮の内に召さむことは宇多の帝の御誡めあれば、いみじう忍びてこの皇子を鴻臚館に遣はしたり。

〔寛平遺誡　外蕃之人、必所召見者、在簾中見之、不可直対耳…（下略）〕

「有職故実」の注としては、賭射や踏歌の儀式次第について儀式書を引くような例、源姓を賜って臣籍に下りた者の元服の例を古記録から引いた例、雅楽の名器について古記録の記事を引いたものなどがある。和歌や漢文の典拠指摘に比べて少ない上、本文の記述を理解するのに必要なものに限られるようである。三代集や大和物語、枕草子の勘物では、登場する人物たちの家系や経歴を詳しく調査していた定家であるが、例えば源氏物語の登場人物たちの相互の姻戚関係や、昇進の過程などを注した書き入れは、全く見られない。

このような考証態度をどう位置づけるべきだろうか。定家の談話を弟子の藤原長綱が筆録した、京極中納言相語には次のようにある。

一　近代の人源氏物語を見、沙汰する様、また改まれり。或いは歌を取りて本歌として歌を詠まむ料、或いは職者を立てて「紫上は誰が子にておはす」など言ひ争ひ、系図とかや名付けて沙汰ありと云々。古くはかくもなかりき。身に思う給ふやうは、紫の父祖の事をも沙汰せず、本歌を求めむとも思はず。詞遣ひの有様の言ふ限りもなきものにて、紫式部の筆を見れば、心も澄みて、歌の姿・詞の優に詠まるるなり。…

定家は長綱に、「自分は紫上の父祖について検証したりはしないし、歌を詠むための素材として源氏の歌を利用しようとも考えない。源氏物語は文章が素晴らしく、紫式部の筆を見ていると心が澄み、結果として歌も優美に詠めるようになるのだ」と言っているわけである。

定家にとっては、枕草子や更級日記は「古記録」としての価値が重視されていたのに対し、源氏物語は現実を離れ、優美な文辞を味わうためのものであった。現実に基づかない作品について、人間関係や経歴の考証をするつもりはなかったのだと思われる。書き入れ注記には、定家の作品観が反映しているのである[6]。

四　和文作品の「古典」化

以上、定家の勘物の三類型を示してきたが、ここでいったんまとめてみよう。

・三代集…勅撰集の作者表示の規則を研究する必要から注記したもの。

・枕草子、大和物語、更級日記…古い時代の事実を記録した古記録としての位置づけ。それに即した年時考証を加えたもの。土佐日記もこれに準ずる。

・源氏物語…現実世界とは切り離された美麗な文章としての位置づけ。それに即して、表現の典拠の注を加えたもの。

その他、本稿では扱わなかったが、万葉集では自作に使えそうな詞を抜き出して写本の上部欄外に記したようである（広瀬本万葉集）。この場合、和歌に詠むための詞の資料源として見ていたことになろう。

定家の「古典研究者」としての業績の重要性についてはしばしば言及される。しかし、「古典」はどれも同じ性質のものとして定家の目に映っていたのではなかった。本稿ではここまで、そのような側面を明らかにしてきたつもりである。

だが、定家と同じような作品観だけが同時代に存在していたわけではない。例えば源氏物語にあっては、定家は京極中納言相語で、「近代の人」が源氏を読むにあたり「或いは職者を立てて[7]「紫上は誰が子にておはす」など言ひ争ひ、系図とかや名付けて沙汰」している状況を批判していた。すなわち、定家の同時代には、源氏物語の作中世界を現実の世界のように見立てて、登場人物の系図を作っては議論する者もいたわけである。それらの営みは、現在「源氏古系図」の類として残存していることはよく知られている。一例として、九条家本源氏古系図（鎌倉中期写）より、紫上の父祖についての部分を抄出しよう（表記は改める）。

先帝─式部卿宮　もとは兵部卿ときこえき、乙女の巻に式部卿になり給ふ。
　├（略、髭黒大将ほか）
　└紫上　母故按察使大納言女　六条院、源氏の中将ときこえし時、北山にてほのかに見て迎へ給ふ。年経て若菜巻に、病によりて頂ばかり剃りて五戒を受け給ふ。御法巻に隠れ給ふ。源氏の院、雲隠れ給ふ事、□御思ひによりてなり。春の空を心にしめ給□。

いったん、定家が源氏物語や枕草子をどう意味づけたかという細部から離れて、平安末期頃の全体的状況を考えてみると、どうなるだろうか。すると、この時期は和文の作品が次々に「古典化」していく時期であったことに改めて気付くのである。

古今集や後撰集、拾遺集については伝授が始まった。定家に限らず、諸家で研究が進められていたことは言うまでもない。

伊勢物語の定家勘物については後述するが、六条家でも研究が進められていたのは大島本伊勢物語等を見れば明らかである。大和物語では、勝命が詳密な勘物を付したものが遺っている[8]（九州大学附属図書館支子文庫本）。

枕草子を研究対象としたのも定家だけではない。藤原季経による「十巻」もの注があったことが『本朝書籍目録』により知られている（現存せず）。季経は六条家の歌人なので、久保田淳氏のように「おそらくかれは作歌に資するものとして、枕草子を読み、その注釈を試みたのではないかと考える」とする意見もあるが[9]、和歌に関わる事項のみであるなら「十巻」は多すぎ、有職故実など博く注釈したものであったと考えるべきであろう[10]（唯一知られる注釈内容も、「韻塞ぎ」についてのものである）。歌人だから、作歌に役立てるために利用したのだろう、というような考え方では、定家や季経の営為を十分に理解することはできない。

枕草子が、本来の雑纂的形態（三巻本・能因本）だけでなく、類纂的形態（堺本・前田家本）をも持つことはよく知られている。類纂という行為自体が、研究的な営為であることに注意すべきであろう。類纂本のうち前田家本は鎌倉時代中期写とされ、堺本の成立はそれより早いと考えられるので、やはり同時代のことである。同様に、本来はやはり秩序だった構成を持たなかった伊勢物語にも、研究の結果「あるべき順序」に改編された「狩使本」が平安末期には存在した。

源氏物語も、平安末期から研究対象に上昇した。藤原伊行による源氏釈、定家の奥入などの注釈が成立し、河内方による伝本研究と学的校訂作業が行われ、また前述のように鎌倉中期までにはいくつかの登場人物系図がまとめられた。定家の子、藤原為家は自宅で源氏物語の講釈を行っている。

栄花物語の古写本である三条西家本には、登場する人物多数に、名前や略歴・家系が細かく勘物として付されている。鎌倉中期は下らない書き入れと言われ（岩波文庫の三条西公正解説）、それ以前にはこうした研究がなされていたことがわかる。大鏡の古写本群（東松本・千葉本・池田本・建久三年本など、鎌倉時代中期頃までの書写）も多くの勘物を有している（天理図書館善本叢書『大鏡諸本集』昭50・八木書店、赤松俊秀氏解説など参照）。

決して忘れてならないのは、今次々に数え上げたような作品たちは、本来「研究」されたり「注釈」されるようなものではなかったはずだ、ということだ。清少納言は自分が気の向くままにものした、たわいない書き物が、二百年後に精密に考証・注釈されるなどと聞いたら仰天したことであろう。和歌も物語も、本来は何の権威も持たない楽しみのためのメディアであったはずだ。

平仮名で書かれているような、程度の低い作品が研究対象になるのは院政期以降のことであり、それも当初は古今集のような勅撰集から始まったことであろう。枕草子や源氏物語のようなものまでが――すなわち、和文作品全般が――学的探究の対象として浮上してくる平安末期頃の動きを、我々は全体として把握しなくてはならない。定家は、その中の一人なのである。

前掲の京極中納言相語において、定家は源氏物語の登場人物系図を作るような人々の姿勢に対して、「そうした享受は「近代」の悪癖であって、古くはそんなことはしなかった」と批判していた。しかし、枕草子を詳しく考証する定家自身の態度もまた、実は「近代」の産物に他ならなかったはずである。定家と彼らとの違いは、前代と「近代」の差異なのではなく、単にそれぞれの作品に対する作品観の違いであると把握すべきだ。

もう一歩だけ踏み込んでみる。和文作品全般が「古典」化していくとは、どの作品にも学ぶべき貴重な点が内在していると意識されるようになることだ。しかし、そんな美点はア・プリオリに作品の中に存在しているわけではない。それは、作品が「古典」に格上げされていく過程で、人々によって形成されていくものだ。

例えば枕草子は、定家には道長時代の貴重な古記録と見えた。しかしそうは見なかった者もいた。類纂本の堺本は、枕草子の中で定家の重視した日記的章段をみな排除して、類聚的章段と随筆的章段による王朝的美意識の世界を作り上げている[11]。順徳院の八雲御抄は、類聚的章段を活用して歌語辞典の典拠としている。「古典」の本質は、それぞれの観点から見出されていくのである。

定家の書き入れは、一人の教養ある貴族が、和文作品の急速な「古典」化の流れの中で、それぞれの作品の中に学ぶべき何を見出していったのかを知る上で、興味ある資料である。彼は極めて真摯な態度で研究を継続していたのであって、しかもそれは必ずしも「詠歌に役立つから」だけの理由ではなかった。そのような人々が、家柄を問わず相次いで出現する時代相を想像するのは、御子左家と六条家との対立だとか、御子左家と反御子左家との抗争などといったことを考えるよりも、より重要なことだと思うのである。

補　伊勢物語の勘物

定家勘物の三類型のうち、枕草子や大和物語と、源氏物語との間には、実際に起こったことの記録と、虚構の物語という作品の質の違いが関わっていることを述べたが、この区分に関して興味深いのは、伊勢物語での定家の勘物のあり方である。伊勢物語は、在原業平という実在の人物の歌伝であるようでもありながら、誰でもない「昔男」の物語のようでもある、特殊な作品である。実は伊勢物語での定家の勘物は、枕草子や大和物語での勘注の態度と、源氏物語での勘注の態度との中間的なあり方を示しているのである。

例えば伊勢物語九十七段では、

むかし、[1]ほり河のおほいまうちぎみと申す、いまそがりけり。[2]四十の賀、九条の家にてせられける日、[3]中将なりけるおきな、

[4]さくら花ちりかひくもれおいらくのこむといふなるみちまがふがに

①〔昭宣公基経　貞観十四年八月廿一日右大臣左大将三十七〕

②〔貞観十七年〕　③〔業平　十九年任中将。不審〕　④〔古今〕

のような勘物がある（④は集付）。これは基経の四十賀の時、業平はまだ「中将」ではなく不審であると指摘したもので、事件年次の確認や人物の考証に属する。こういう勘物は少なくない。しかしそういう注記の一方で、例えば初段末尾の「むかし人は、かくいちはやきみやびをなんしける」の「みやび」については、定家は全巻の末尾に長い考証スペースを設け（源氏物語に倣って、これも「奥入」と呼ぶべきだと思う）、次のように考証している。

〔宋玉神女賦
素質幹之醲実兮、志解泰而體閑
曹子建洛神賦
瓌姿艶逸、儀静體閑
みやび　みやびか也といふ詞。
其心、みやびをかはすなどいふは、なさけといふ同心事歟〕

こうした要語の語義考証は、枕草子や大和物語、更級日記の勘物には見られないものである。同様に、第十四段では東女の詠「①中〳〵に恋にしなずは②くはこにぞなるべかりけるたまのをばかり」「夜もあけばきつにはめなで③くたかけのまだきになきてせなをやりつる」について、

①〔入二万葉一〕　②〔桑子　繭虫也〕

③〔東国之習、家ヲクタト云、家鶏也〕

＊〔万葉云、かけのたれを〕（↓武田本のみ）

と勘物があり（①は集付）、これもやはり語義の考証である。伊勢物語勘物が中間的な性格を持っていることを確認することが出来よう。

武田本系統の一本である常縁筆本には、定家の奥書があって次のように言う。

…（伊勢物語の作者については諸説あるが―注）…上古之人、強不レ可レ尋二其作者一、只可レ翫二詞華言葉一而已。

伊勢物語は作者や成立の過程を論ずべきものではなく、「詞華言葉」の美を翫ぶべきものだ、と言うのだが、これは前掲の京極中納言相語での源氏物語に関する言説「詞遣ひの有様の言ふ限りもなきものにて、紫式部の筆を見れば、心も澄みて、歌の姿・詞の優に詠まるるなり」を思わせるものがあろう。これも、伊勢物語の持つ、現実に還元できない性格の反映と読むことが可能だろう。以上を補足させて頂く。

＊本稿は以前発表した拙稿「定家と古典　――定家は古典をどう読んだのか――」（『文人の眼』4、平14・9）の内容と重なる部分が多い。しかし同誌は一般向けのメディアで、かつ紙幅も極めて限られていたので、ごく簡略で粗笨なアブストラクトを示したのみであった。今回、口頭発表と活字化の機会をお与え下さったことに感謝したい。この原稿では、発表時にはお話しすることのできなかった所まで踏み込んだので、やや内容が異なることをお断りする。

注

（1）舟見一哉氏「永治二年以後の清輔本古今集逸文――勘物と歌学書――」（『文学・語学』201、平23・11）に指摘がある。

（2）佐々木孝浩氏「定家本としての『枕草子』――安貞二年奥書の記主をめぐって」（谷知子氏・田渕句美子氏編『平安文学をいかに読み直すか』笠間書院、平24）。

（3）圷美奈子氏『新しい枕草子論』（新典社、平16）第Ⅲ篇。

（4）その他、土佐日記は定家自筆本が伝わるが、本文中の勘物はないものの、末尾に貫之の土佐赴任期間についての勘注があり、やはり時代を確認していることを補足しておきたい。

（5）渋谷栄一氏「藤原定家と『源氏物語』注勘――「柏木」巻における尊経閣文庫・明融臨模本・大島本の奥入・付箋・行間注記・朱合点の関係を中心として――」（『日本文学論究』53、平6・3）参照。

（6）なお、定家も物語秀歌撰『物語二百番歌合』を編纂した時には、各歌の作者として源氏物語の登場人物を表示するにあたり、勅撰集的な身位表示の慣例に従おうとしていることが指摘されている（田渕句美子氏「『物語二百番歌合』の方法――『源氏物語』の人物呼称を中心に――」『源氏研究』9、平16・4）。「物語」から「歌書」へフィールドを移動すると、そのフィールドでのフォーマットが適用されていくのである。

（7）「職者を立てて…言ひ争ひ」の部分、「職者を立てる」とは「識者ぶった振る舞いをする」意と思われる。鴨長明の無名抄「不可立歌仙由教訓事」の段に、「あなかしこ〳〵、歌詠みな立て給ひそ」と中原有安が長明に教訓するところがあり、自分を歌詠みとして顕示しようとし過ぎるなとの意味と解される。それと同様の言い回しであろう。

（8）今井源衛「田村専一郎氏旧蔵支子文庫本『大和物語』について（上・中・下）」（『文学研究』74〜76、昭52・3、53・3、54・3）。『在九州国文資料影印叢書』第二期に影印。

（9）「枕草子の影響　中世文学」（『枕草子講座第四巻』有精堂、昭51）。

（10）浅田「作品への影響　e歌学書・歌論書」（枕草子研究会編『枕草子大辞典』勉誠出版、平13）。

（11）山中悠希氏『堺本枕草子の研究』（武蔵野書院、平28）。

依拠テクスト

・久曾神昇『藤原定家筆　古今和歌集』（汲古書院、平3）
・冷泉家時雨亭叢書2『古今和歌集　嘉禄二年本　古今和歌集　貞応二年本』（朝日新聞社、平6）
・冷泉家時雨亭叢書3『後撰和歌集　天福二年本』（朝日新聞社、平14）
・久曾神昇編『藤原定家筆　拾遺和歌集』（汲古書院、平2）
・鈴木知太郎解説校注『天福本　伊勢物語』（武蔵野書院、昭38）
・山田清市『伊勢物語の成立と伝本の研究』「定家本諸系統奥書勘物対照一覧」（桜楓社、昭47）
・高橋正治『大和物語の研究　系統別本文編』上下（私家版、昭44）
・複刻日本古典文学館『定家自筆本　奥入』（日本古典文学刊行会、昭47）
・池田亀鑑『源氏物語大成』第十三冊資料篇（中央公論社、昭60普及版）…源氏古系図
・岸上慎二編『校訂三巻本枕草子』（武蔵野書院、昭36）
・田中重太郎『校本枕冊子』「三巻本勘物対照表」（古典文庫、昭32）
・橋本不美男ほか編『更級日記　翻刻・校注・影印』（笠間書院、昭54）
・橋本進吉解説『臨時祭試楽調楽』（古典保存会複製、昭18）

※引用に当っては、特に散文作品において、底本の表記を必ずしも守っていない。

古今伝受に見る定家

杉本まゆ子

はじめに

ただいまご紹介にあずかりました宮内庁書陵部の杉本です。大学院まで後藤祥子先生にご指導いただき、宮内庁書陵部に就職しました。文書の調査を専門に行っています。実は宮内庁にはまだ公開できていない文書が多くあります。旧宮家や九条家のものです。これを調査して名前を付ける、いわば戸籍を作るのが私のいる図書調査室のメインの仕事です。もともとは平安和歌が専門でしたが、今は平安時代から昭和まで扱っています。今日は大御所の伊井先生と昔から目標としている浅田先生とご一緒ということで、舞い上がっています。本日の話も、お二人の先生方とは違い「現場でものを触っている人間の雑駁なお話」になってしまうのではないかと危惧しています。どうぞご容赦ください。

本日は「古今伝受に見る定家」と題して話をさせていただくのですが、書陵部にはその古今伝受の中でもとくに御所伝受と言われるものが残されています。その御所伝受と定家の関わりについて、お話したいと存じます。

一　古今伝受

まず「古今伝受とはいったい何か」というところから始めます。古今集の本文や解釈に関する学問であることは

画像①

その名の通りです。拠り所となる正しい本、証本と解釈・注釈です。証本と注釈と伝受は密接な関係にあります。この定家のシンポジウムで何度も繰り返されてきた通り、書写という手段をとるしかない時代に優良なテクストを手に入れることはとても重要でした。その上で師匠の解釈を受け継いでいくことが大切になる訳です。

画像①は古今伝受の血脈（けちみゃく）を表した切紙です。(1) この切紙は古今伝受で授受されるものの一枚ですが、伝受されるごとに師である人の名前までが書かれます。ここでは「智子」と後桜町天皇（江戸時代の女帝）が最後になっています。智仁親王から後ろを御所伝受と呼びます。始めの基俊は俊成の和歌の師であって血縁関係ではありません。俊成からは血縁で、定家、為家と来て、定家の孫の代で二条・京極・冷泉に分かれます。京極家は鎌倉時代の終わりに断絶し、二条家も応永七年（一四〇〇）為右の死によって実質的に絶えて、定家の流れは冷泉家だけになったのは皆さんご存じの通りです。二条家は二条流として歌壇で地位を保ち続けますが、血統による相伝とは異なるため師説の相承が重要になります。そのため道統の説を確立し師説を書き留める為に注釈書・歌学書が書かれ、次第に秘事の増大化と神秘化が進みます。

そして頓阿からの二条流の継承者として、東常縁から宗祇へ狭義の古今伝受が行われました。講釈（講義）を受けて奥義を伝え切紙を与えるという伝受のシステムが確立します。智仁親王が受けた古今伝受資料の中には、当流切紙として一八通と六通、合計二四通の切紙がありますが、その中に「此集伝受之法度」として「清濁・講議・伝受・口伝・切紙・奥書・免許」と挙げています。つまり、テクストの清濁や声点を学び、講義を受け、伝受・口伝を経て、切紙で秘中の秘を教わり、家々の証本の奥書を学び、免許を得るというシステムであったことがわかります。古今伝受は和歌における最終の階梯であることから、文学における最高位を得ることになりました。

しかし一方で、古今伝受は、荒唐無稽な秘伝を有しているというのが多くの方の認識であると思います。本居宣長は「古今伝授大いに歌道のさまたげにて、此道の大厄也」[2]（排蘆小船）と述べています。その荒唐無稽の代表が三木と三鳥です。古今集の中で出てくる「オガタマの木　めどに削り花　かわな草」「稲負鳥　呼子鳥　百千鳥」。それぞれ実態がわからなくなり注釈が必要だった語彙ではあるのですが、古今伝受はそれらに色々な意味づけを行ったのです。オガタマの木というと木蓮の仲間ですが、三箇大事という切紙では「当流」では「鳥柴」というものなのだと、これは口伝であると言うのです。このようにそれぞれ色々な解釈をなされた切紙があり、その次の段階では、オガタマの木は内侍所を意味するのだと書かれています。内侍所は賢所つまり八咫鏡（やたのかがみ）のことです。めどに削花は「めど」がメドハギとも、妻戸だとか馬道（めどう）のことだとか定かでは無く、それに作り物の花を付けた、と解釈されるのですが、それが神璽（八尺瓊勾玉（やさかにのまがたま））の意味とされました。かわな草はコウホネという黄色い花を咲かせる水草のことですが、これが宝剣、つまり天叢雲剣（あめのむらくものつるぎ）のことで三種の神器を表すのだ、というのです。そしてそれらは正直・慈悲・征伐の比喩であるということになりま

御賀玉木	内侍所	正直
妻戸削花	神璽	慈悲
賀和嫁	宝剣	征伐(武力)

表①

す（表①参照）。

三鳥も同様に、稲負鳥（いなおせどり）、呼子鳥、百千鳥が天皇・関白・臣下の比喩となります。こうして古今集の和歌は雅な文芸として花鳥を愛でていれば良いというものではなく、それぞれ意味があり、王権に結びついた物だと考えられていたのです。

三　実隆・幽斎・智仁親王

古今伝受は、宗祇から三条西実隆に伝受され御所の周辺に戻ってきます。三条西実隆は有職故実に明るく、和歌や源氏物語などに造詣の深い人物です。公条、実澄（実枝と改名）と三条西家で相伝され、実枝も息子公世に伝えようとしましたが、先立たれてしまいます。残ったのは幼い公国ですが、この子が成長するのを待てない状況で、仕方なく高弟ではありますが武家の細川藤孝（幽斎）に伝受し、後に幽斎は公国に伝受しました。これを「返し伝受」と言います。しかしこの公国も天正一五年（一五八七）に亡くなってしまいました。幽斎は慶長五年（一六〇〇）東軍の武将として丹後田辺城で籠城して戦い、ここで幽斎に死なれると古今伝受のすべてを知る者が居なくなってしまうと、後陽成天皇が勅書を送って開城させた話は有名です。ですがこの時、智仁親王が古今伝受を途中まで受けていたことはあまり知られていないかもしれません。

智仁親王は後陽成天皇の弟で豊臣秀吉の猶子になっていた時期がある、時代に翻弄された一人です。桂離宮の桂宮の初代で、当時は八条宮と呼ばれていました。幽斎は慶長一五年に没するまでに、三条西実条（公国の子）に返し伝受を行い、公家の烏丸光広や中院通勝などにも伝受を行いました。智仁親王への伝受は古今集の講義（講釈）が中途になっていたので、伝受之箱に諸資料を入れて貸し（画像②）、親王はそれを写し取り伝受を果たしたことに

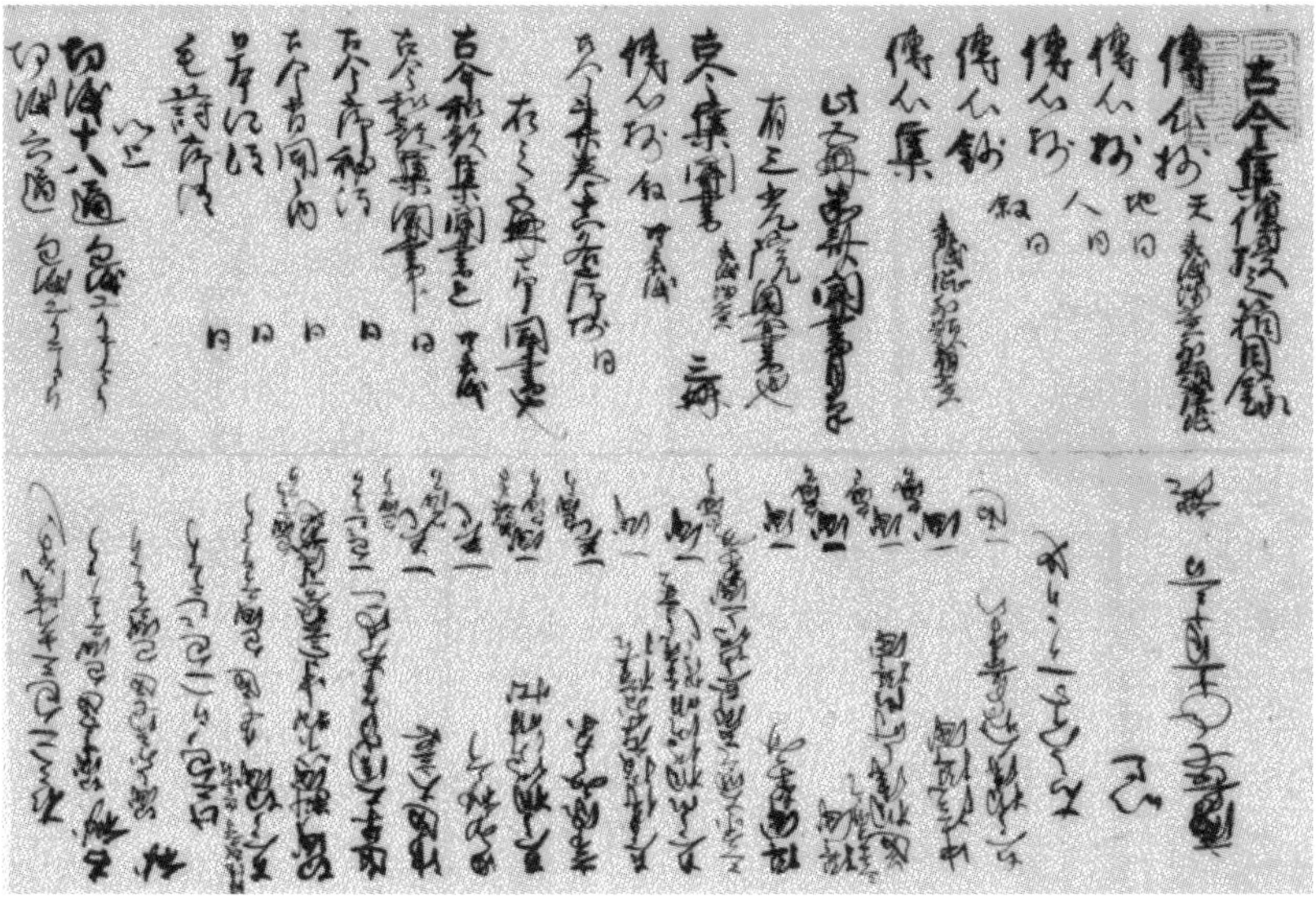

画像②

しましたから、変則的なものになってしまったのです。この古今伝受資料の中には、講釈を受けた時の当座聞書というノートがあるのですが、巻二十は有りません。それでも伝受は完了したことになりました。幽斎が実枝からの伝受をまとめた伝心抄を踏まえて記しているからです。勿論、関ヶ原の戦いが終わった後、智仁親王は幽斎に質問をしますが、それでも三条西家に行った返し伝受とは自ずと性質の違うものになったと考えて良いと思います。

そして後水尾天皇が慶長一六年（一六一一）に即位します。江戸幕府は当然朝廷を締め付けてきます。慶長二〇年、二十歳の天皇に突きつけられたのが、禁中並公家諸法度です。

天子諸芸能の事、第一御学問なり、学ばずんば則ち古道に明らかならず、しかるに政を能くし太平を致すはいまだあらざるなり、（中略）和歌は光孝天皇よりいまだ絶えず、綺語たるといえども、我国習俗なり、棄置くべからずと云々、禁秘抄に載するところ、

御習学専要に候事、[3]

と天子として行うべき学問・芸術のなかで、第一は御学問、ついで和歌とします。後水尾天皇自身も後継者に記したとされる後水尾天皇御教訓[4]で、「御芸能の事は…」と和歌を第一にすべしとしています。この二つの文言の中に禁秘抄というのが出てきます。禁秘抄は順徳天皇が記した、天皇が知っておくべき有職故実の本です。順徳天皇といえば承久の乱、天皇親政を熱望していた天皇ですが、幕府方はそれはともかくとして天皇の行動規定を行う時に禁秘抄を使っています。禁秘抄では、第一が学問、第二が管絃、第三に和歌なのですが、管絃を飛ばしているのですね。「諸芸能の事」から「棄置くべからずと云々」まで禁秘抄の文章です。それまでの天皇も勅撰集を編纂させ自らも多く歌を詠み和歌を大事にしてきましたが、ここで天皇自らの芸道として和歌を掲げたことになります。後水尾天皇は徳川和子（秀忠娘）を中宮としましたが幕府との間は良好とはいえなかったようです。とりあえず後水尾天皇は和歌を第一としましたし、また幕府もそれを良しとしていたことを押さえておきたいのです。そして後水尾天皇は智仁親王から古今伝受を受け歌道の宗匠となり、天皇を中心とする御所伝受というシステムが成立したわけです。そのシステムは幕末まで続きました。安政年間、ペリーが来航した頃に、関白鷹司政通が古今伝受箱の開見を孝明天皇に願い出た書状が残っているほどです[5]。

四　御所伝受

御所伝受の形式は、後水尾天皇が伝受した時のものと、霊元天皇から後桜町天皇までの形式で分けて考えていくことにします。

〈江戸前期〉

後水尾天皇は中院通村を指導役に置きながら、自ら文学圏（歌壇的なもの）を形成し和歌や周辺領域の学問を深めていきました。万治四年（一六六一）に御所が大火事になり本が失われたのを契機に、公家たちに書物を貸し出させ禁裏（御所）用に写しを作らせました。この機会に作られたと思われる書物が書陵部にはたくさん残っています。それと同様に、幽斎が中院、烏丸へ授けた伝受の資料を提出させて、後水尾天皇は伝受を再構築したのです。

後水尾天皇から後西天皇が受けた御所伝受（寛文四年）は左のような感じです。

二月七日　三十首和歌提出
五月　　日時勘文
五月一二～一六日　後水尾天皇による古今集講談
五月一八日　切紙伝受・誓状提出・御礼言上・進物進上
五月一九日　饗宴
一二月　三部抄・伊勢物語・源氏物語切紙の伝受
寛文五年一月　　古今伝受証明状　　（懸守の伝受）

まず決まった題の三十首和歌を提出して、これが通れば伝受に入れることになりますが、五月には日時勘文があります。天皇・上皇が主体なので、朝廷が行う行事と同格になって、勘文が必要になります。そして、古今集講談があり、切紙伝受・誓状提出・御礼言上・進物進上、お祝いの饗宴の後、三部抄・伊勢物語・源氏物語切紙の伝受、古今伝受証明状（懸守の伝受）があるのです。伝受に懸守を用いる事などは、後水尾天皇の再構築の結果、三条西家の伝受を繰り込んだものであることは海野圭介氏[6]にすでに指摘があります。

古今伝受の場は画像③[7]のようになっています。その脇に

今日辰刻、新院（後西天皇）御幸、右三人（中院通茂・烏丸資慶・日野弘資）同じく伺候し、弘御所に於いて此事あり、弘御所上壇、外に垂簾、人丸像前に白木机一脚、像之上、天井に錦を張らせ、机上広蓋に御鏡、御太刀、御香箱之有り、広蓋の左右に洗米、御酒を土器に盛り之を供え、香炉同じく之有り[8]

画像③

とあります。人丸（人麻呂）の絵を掛けるのは平安時代後期の人麻呂影供からの流れです。

このように中院や烏丸（日野）といった公家達は和歌を得意とする家柄で自分の家に伝受資料があるにも関わらず、講釈や伝受を天皇から受けようとする時代がやってきました。実際、中院家では通村が後水尾天皇の側近として、後水尾天皇の弟子達の指導にあたっているにもかかわらず、中院家で伝受するのではなく孫の通茂は後水尾院から受けるわけです。そして、霊元天皇は途中まで父の後水尾天皇に、最後の古今伝受は父帝崩御の為、兄の後西天皇から伝受されました。このあたりでシステムが固定されたようです。

〈江戸中期〉

江戸時代中期、閑院宮美仁親王が後桜町天皇から御所伝受の各階梯を受けた時の年齢は左のようになります。

入門（一三歳）
手仁遠波伝受（二七歳）
三部抄伝受（三七歳）→詠歌大概・秀歌之躰大略・百人一首・未来記・雨中吟
伊勢物語伝受（四〇歳）
灌頂三十首和歌（四一歳）
切紙伝受（同右）
一事伝受（懸守使用）（四二歳）

源氏物語などの講釈は別途受けています。江戸中期になると手仁遠波伝受と三部抄の伝受が形となって現れています。手仁遠波伝受を終えると、弟子を取って良いという勅許が出て、師匠からお弟子さんを分けてもらうことが知られています。三部抄は定家の詠歌大概・秀歌躰大略・百人一首と、定家に仮託された未来記・雨中吟という作品についての伝受です。

五　定家を受け継ぐ

さて長々と古今伝受・御所伝受の話をしてきました。この御所伝受の中に定家がどう現れるのか。まず「定家を受け継ぐ」を考えるには三つポイントがあると思います。

①定家の考え方、歌の詠み方の流れ（道統）を受け継いでいるか

②定家の子孫である冷泉家がどう関連するか

③定家自体がどう書き表されているのか

①定家の道統

定家の道統のうち、両度聞書（東常縁伝、宗祇記）をはじめとする多くの古今集の講釈書で、二条流と他流の意識が分かれています。他流は冷泉や飛鳥井になるほか、俊成の頃に最高潮だった六条藤家のものも挙げられることがあります。この二条流の意識は非常に強く、血脈でも見たとおり、二条流の正統な授受を行っていることを強調するものです。もう一つはいわゆる鵜鷺系偽書といわれる定家仮託書のひとつである桐火桶の末尾に三木の話が出てきます。「さても亡父卿（俊成）、金吾（定家）に古今の説を受けられし時」として、一日目ははぐらかされて二日目にようよう三つ挙げてもらえたという話です。勿論定家の真の著作にはこのようなものは出てこず、鎌倉末期〜室町時代の二条流と冷泉家の対立などから生まれてきた仮託書の中で出てくるのです。これにより、定家の権威付けが組み込まれていく様子がわかります。

②冷泉家と御所伝受

また定家の子孫のうち、冷泉家だけが残ったと申し上げました。伝受血脈にも冷泉家の流れが記載されているにもかかわらず、冷泉家の名が御所伝受にないのはなぜなのか、後水尾天皇と中院、日野、烏丸のような状態にないのはなぜなのかを少し見ていきましょう。

御子左家の初代から江戸中期の冷泉為村までの伝記を記した冷泉正統記には、

享保六年、古今集家伝の筥勅封開見すべき霊元法皇の院宣を蒙りける。是は俊成卿定家卿古今伝受切紙を代々家伝し給ひけるが、後水尾上皇の古今集御伝授を得させ給ひし後は、偏に勅伝と成て、冷泉家に秘伝せしも勅封を付け置れける。[9]

と書いてあります。智仁親王が受けた古今伝受切紙の中に、基俊、俊成、定家…と血脈どおり伝受を行ったことを表す「土代」という名のついたものがあります。これを信じるか否かは別として、勿論冷泉家にも古今伝受はあり、室町後期の冷泉為和が伝受を行った際の切紙の写しが残っています。[10]また京都・曼殊院の資料で寛永四年に藤谷為賢から良恕法親王が伝受を受けた時の模様がわかっています。人麻呂のほかに、仏像を挟んで俊成・定家・為家の御影（肖像画）が懸けられていました。[11]この後水尾天皇の勅封について久保田啓一氏[12]は「宮廷歌壇の主導者たらんとした天皇が、己の権威と誇りをもって冷泉歌学を主流の二条派に包摂させ、歌壇の統一と発展を期した」「歌道の宗匠としての活動を実質的に封じられた」としています。天皇の意図する所としてはまさにそうでしょう。ただし、この勅封は冷泉家だけに限ったことではなく、桂宮の伝受箱についても勅封がなされ、宮家の当主ですら勅許がなければ開けられなかったのです。冷泉家だけが冷や飯を食わされていたと言い切ることは、この記事からでは言えません。

それはさておき、冷泉家は後水尾天皇が即位してまもなくの慶長一九年三月の徳川実紀に「けふ冷泉中納言為満卿、駿府にまかる。これは大御所、古今和歌集の奥旨御伝授あるべきためと聞こえし」とあり、三鳥の口訣を家康に伝受したことが知られています。その後も幕府方の歌道の師として大きな力を奮っていましたし、朝廷でも歌会の出題などで欠くべからざる家ではありましたが、往事の活躍は望むべくもなかったのです。

③定家と御所伝受

先ほど、江戸時代中期の伝受の階梯を見ました。そこで細かく分かれた中に、三部抄の伝受がありました。三部抄は、歌の規範となる考え方、秀歌例、見習うべきではない例、から成り立っています。その歌の規範となる考え方を示すのは詠歌大概です。

詠歌大概は短い作品です。「情は新しきを以て先と成し、詞は旧きを以て用ゆべし」という冒頭と、後半部の「和歌に師匠無し。唯旧歌をもって師となすのみ」という詞が有名です。細川幽斎は、「歌口伝心持状[13]」の中で、智仁親王からの問いに、

哥をよむ故実におゐては、詠歌大概に過たる事、御座有まじく候。其外、定家の被書置たるものどもの哥、以下御心つけらるべく候、

と答えています。また、後水尾天皇が講義し、霊元天皇が書き留めた麓木鈔でも、

学書はまず、古今、詠歌大概、伊勢物語をよくよく諳んじたるよき也。次には新古今、後撰、拾遺は歌によるべき也、

と、詠歌大概を大きな存在と捉えていることがわかります。

上野洋三氏[14]は聞書や筆録類を分析され、元禄の堂上歌論の到達点を、

・思うことをそのまま詠む　・心を直にして置く
・無心の強調　・物との一体化
・信・真・実・誠の理念　・新しさ
・軽く詠む　・初心性の尊重

とされています。またこれらの聞書類の多くが詠歌大概の註であったり、詠歌大概を廻っての文章であることを示されています。これは歌論を語ろうとする時に、多く詠歌大概を用いたことの証左にほかなりません。古今伝受や古今集の多くの注釈を学びながらも、シンプルな詠歌大概の文言に集約されていったことになります。大谷俊太氏は詠歌大概の冒頭を後水尾天皇が「歌を詠もうとすることは、古めかしい趣向を新しく引き替えようとすること」[15]と考えた、とされています。頷けます。

さて、本来ならば、歌論的な中身の部分に入るべきですが、今日はこういう事象があるという確認だけに留めておきたいと思います。

六　定家と人麻呂

一月　一八日　仙洞御会始・二四日　禁裏御会始・二六日　当座歌会
二月　一八日　仙洞月次御会・二二日　禁裏水無瀬法楽・仙洞水無瀬法楽
　　　二四日　禁裏月次御会・二五日　禁裏聖廟法楽・仙洞聖廟法楽
　　　二八日　仙洞当座歌会

右に掲げたのは、江戸中期の明和九年（一七七二）の正月・二月の公的な和歌御会[16]です。一〇回も歌会があっては公家は和歌を詠むのに必死です。まず各題を二首ずつ作って師匠に見せ添削を受けて、歌の形になったものを出詠します。この他に法楽和歌や師匠の家の和歌会なども入れると相当な数の詠草が必要です。専門歌人でもないのに歌を詠まされており、実際の詠歌を見てみると「なるほど月並みというのはこういうことを言うのだ」と言いたくなるくらい似たような詠草が並ぶのですが、苦吟する暇もないほど矢継ぎ早に作らざるをえません。ですから暗記できるほどの短い文章で、定家という和歌のアイコンが示したものは重要だったのでしょう。

古今伝受の中で定家同様アイコンとなる人物は、と考えると人麻呂と貫之が候補に挙がると思います。御所伝受の切紙でこの二人を見ていくと、人麻呂は「ほのぼのと明石の浦の朝霧に島がくれゆく船をしぞおもふ」の歌の切紙と「桜花之口伝」というのがあります。

貫之は今上帝に伝受したとする「土代」という切紙と、伝受血脈の切紙があります。そして人麻呂が昔、貫之が今ということで古今の対構造になっている題号の切紙があります。しかし古今伝受の室礼で懸けられるのは人麻呂の肖像画幅で、貫之ではありません。

また、伝受とは直接関係ありませんが、霊元天皇は享保八年（一七二三）二月柿本人丸の千年忌に、柿本大明神の号を石見国人丸社に授け、詔して正一位の神階を贈っています。「おほきみつの位」であった人麻呂が神階で正一位になった訳です。時期はわかりませんが柿本社も御所内に勧請しており、霊元天皇以降は、古今伝受の前などはここに奉幣したり石見と明石の柿本社に短冊や巻子の詠草を奉納したりしています。

また霊元天皇は元日に人麻呂と定家の肖像画をかけて祈願の歌を詠んでいたと、鈴木健一氏[17]によって明らかにされています。確実なのは元禄六年（一六九三）以降です。その後、享保九年（一七二四）に三条西実隆の肖像画も元日に飾るようになります。ただ現在、実隆の肖像画は書陵部にも京都東山御文庫にも見当たらないようです。歌の聖である人麻呂、それに準ずる定家、実作でこのラインを目指そうとした実隆の画幅をかけ、新年に和歌の上達を祈ったのです。霊元天皇以外の天皇がこのようなことを行っていたかは、わかりません。伝受の課程には入りませんでしたが、霊元天皇の拠って立つところがよくわかるエピソードです。

終わりに

こうして見てくると、御所伝受の中の定家の役割が見えて参ります。定家の道統である二条流によって行われてきた古今伝受は、講釈において「当流」として二条流の「読み」を積極的に伝えてきました。定家の詠草や著作を利用するだけでなく、定家に仮託された書物の利用も多く見られました。

冷泉家と御所伝受という点では、後水尾天皇の和歌の宗匠たろうとする意識が、冷泉家以下「歌の家」の伝受箱を封じ和歌活動に一定の制限を加えられたことが分かりました。また冷泉家は幕府方との関係を深めていったことがわかります。

定家自体が御所伝受にどう出てくるかという点では、御所伝受の前期の段階で血脈や相伝の意識が切紙に見られました。中期以降は、定家著作の中でもとくに詠歌大概を重視していたことを明らかにしました。それは、公家たちが歌を多く詠まなければならない状況に詠歌大概がマッチしたからでした。

最後に、人麻呂と違い、御所伝受においては定家は神様にはなれなかったこともお話しました。神格化するために用いられるテクストも多く、定家は崇めるには十分な存在でしたが、伝受の席で御影が飾られ人麻呂にとってかわることはありませんでした。これはある意味では、冷泉家が家として定家を守っていたからであると私は考えています。実際には、祖先神と切り離して考えられない皇室や、高辻、五条、東坊城といった子孫がいるのに天神様と切り離されている菅原氏など、考えないといけないことは多いのですが、今後の課題にさせていただこうと思っています。私からは以上です。有難うございました。

注

（1）書陵部図書寮文庫所蔵（五〇二・四二〇）。当該資料のうち、切紙については、『京都大学国語国文資料叢書　古今切紙集（宮内庁書陵部蔵）』（京都大学文学部国語学国文学研究室編、臨川書店、一九八三）に画像と翻刻を収載。以下古今伝受資料で特記しない場合は、当該資料からの引用とする。

（2）本文は『排蘆小船・石上私淑言』（本居宣長、子安宣邦校注、岩波文庫、二〇〇三）による。

（3）原文は漢文。私に読み下す。以下漢文に関しては同様の処置をした。

（4）東山御文庫蔵（御物）、勅封番号一〇一―二―四。

（5）歌道伝授之事（書陵部図書寮文庫蔵、二六五・七五一、鷹司政通自筆）。

（6）海野圭介氏「後水尾院の古今伝授――寛文四年の伝授を中心に――」（『講座　平安文学論究　第十五輯』、風間書房、二〇〇一）。

（7）古今伝授之儀（書陵部図書寮文庫蔵、B六・四四七）。

（8）注7に同じ。割注は省略。

（9）書陵部図書寮文庫蔵（二〇七・七四〇）。

（10）永禄切紙（東京大学史料編纂所蔵、正親町本―一三―一三二）

（11）新井栄蔵氏「古今伝授とはどのようなものなのか」（国文学、一九八一・六）。

（12）『近世冷泉派歌壇の研究』（翰林書房、二〇〇三）。

（13）注1の古今伝受資料のうち。

（14）『元禄和歌の基礎構築』（岩波書店、二〇〇三）。

（15）『和歌史の「近世」』（ぺりかん社、二〇〇七）。

（16）古相正美氏「近世御会和歌年表」（中村学園研究紀要二七、一九九五・三）による。

（17）『近世堂上歌壇の研究（増訂版）』（汲古書院、二〇〇九）。

おわりに

私ども日本女子大学文学部日本文学科ならびに大学院文学研究科日本文学専攻では、本学学術交流企画の一環として、最新の研究成果を一般の方々と共有すべく、毎年さまざまな公開講演会やシンポジウムを開催しております。二〇一三年度から二〇一五年度にかけての三年間、古典文学研究においては避けて通ることのできない藤原定家について、「定家のもたらしたもの」という大きなテーマを掲げて取り組んで参りました。

藤原定家は一般的には「歌人」として知られていますが、彼は和歌の実作者・指導者であるばかりでなく真摯な研究者でもあり、「古典」を後世に伝えることにも心を砕いていました。定家亡き後、彼の生み出した和歌の世界や彼の言説はさまざまな形で享受され、彼の筆跡さえもが一つの規範となって模倣されてゆく。そして彼が書写した古典籍は現在もなお文学研究、日本語学研究の拠り所となっている。まさに定家自身がカノン化されたと言ってもよいでしょう。

はなはだ手前味噌ですが、本企画は、定家という巨人が文学史そして文化史上に遺したものの豊かさに触れ、知的好奇心をかき立てられる意義深いものとなったと自負しております。改めまして、本企画にお力添えを賜った講師の先生方に心より御礼申し上げる次第です。

なお、本書の刊行に際し、日本女子大学総合研究所から刊行助成を受けたことを申し添えます。また、出版の労をお取りくださった翰林書房の今井肇・静江ご両氏に心より御礼申し上げます。

二〇一八年三月

石井倫子

執筆者一覧

渡部泰明［東京大学教授］

村尾誠一［東京外国語大学教授］

味方 健［シテ方観世流能楽師］

ポール・アトキンス［ワシントン大学シアトル校教授］

坂本清恵［日本女子大学教授］

遠藤邦基［奈良女子大学名誉教授］

別府節子［出光美術館学芸員（シンポジウム時）、実践女子大学研究推進機構研究員］

小堀宗実［遠州茶道宗家十三世家元］

伊井春樹［阪急文化財団逸翁美術館館長・大阪大学名誉教授］

浅田徹［お茶の水女子大学教授］

杉本まゆ子［宮内庁書陵部文書研究官］

高野晴代［日本女子大学教授］

石井倫子［日本女子大学教授］

定家のもたらしたもの

日本女子大学叢書20

発行日	2018年 3 月30日　初版第一刷
編　者	日本女子大学 日本文学科
発行人	今井　肇
発行所	翰林書房
	〒151-0071 東京都渋谷区本町1-4-16
	電 話　(03) 6276-0633
	FAX　(03) 6276-0634
	http://www.kanrin.co.jp/
	Eメール●Kanrin@nifty.com
装　釘	須藤康子+島津デザイン事務所
印刷・製本	メデューム

落丁・乱丁本はお取替えいたします

ISBN978-4-87737-427-3